氾濫の家

佐野広実

Sano Hiromi

FLOODED HOME

講談社

目次

第一章　事件　5
第二章　波紋　88
第三章　拡散　199
第四章　事故　297
終　章　そして氾濫が　377
主要参考文献　386

氾濫の家

第一章　事件

一

警察車両が何台も連なって道を塞ぎ、暮れ始めてきた薄闇に赤色灯を回転させている。

その点滅は植え込みを抜け、家の中にまで入り込んできた。隣の正木《まさき》家に何人もの警察関係者が出入りして、すでに三十分は過ぎている。

最初なにが起こったのか、妙子《たえこ》にはまるでわからなかった。

そろそろ夕飯の支度をしなくてはならないと思い始めた頃合いだった。

ぼんやりと冷蔵庫を開けて途方に暮れていた。今夜のおかずになりそうなものがない。とはいえ、いまから買いに行くのも億劫《おっくう》だ。

どうしようか迷っていると、かすかにサイレンの音が耳に届いた。

サイレンが遠くで聞こえるのはたまにあることで、別に気にかけていたわけではなかった。

徐々にその音が大きくなり、火事かと思ってリビングの窓から様子をうかがったが、煙も見えず、焦げた臭いもしなかった。だいいち、周辺の住人が騒いでいない。

すると、間を置かずに前の道に音がはっきりと入り込んできた。

あわてて引き返し、リビングの窓から首を突き出すと、自宅の門前でパトカーが急停止したのが見えた。

うっかり消防のサイレンだと勘違いしていたことにやっと気づき、同時に思った。

――夫になにかあったのか。そうでなければ、こどもたちに。

瞬間よぎった思いは、すぐに消し飛んだ。

パトカーからスーツ姿の男がふたり降りてくると、誰かに声をかけ、そのまま隣の家に向かって行った。座敷の窓に移動すると、すでに三人の制服警官が隣家の門前に待ち構えていて、その警官たちに声をかけたのだとわかった。

三人のうちふたりの警官が、スーツ姿の男たちを家の中に導いていった。

妙子は急いで二階のベランダに向かい、そこから隣の様子をうかがった。だが、よくわからない。

すでに黄色いテープの規制線が道の両側に張られていたのに気づいたのは、そのときだ。規制線のところにも制服警官が立っていた。妙子が気づく大分前に交番勤務の警官たちが来ていたのだろう。

規制線は正木家だけでなく、両隣の家も、つまり妙子のいる新井《あらい》家も含んで張られている。家の前にある児童公園の出入り口にも黄色いテープが張られていた。ちょうど児童公園を囲むように四方に家が立ち並んでいるから、「お向かいの家」は公園の向こう側にある。

新井家の右側に道路があり、真ん中が正木家、その向こうに老夫婦の住んでいる磯田《いそだ》家がある。その三軒が一ブロックで、背後には同じように三軒の家が背中を向け合う形で立っている。

後ろの三軒は規制線の中には入っていないようだ。

スーツ姿の男ふたりが警官とともに正木家の中に入っていったあとは、なにも動きがない。

――隣でなにがあったのか。

ベランダの縁から乗り出して覗《のぞ》いたが、まるでわからない。カーテンが閉じられていて、その向こうにちらちらと誰かが動き回る様子だけが見えた。

そのときにはすでにパトカーがほかに二台、救急車と黒のボックスカーまで到着し、スーツケースを手にした鑑識らしき者や、ラフな格好の者がどっと隣の家の門に押し寄せた。

完全に道は塞がれてしまって、規制線の向こう側には野次馬が集まりだしていた。公園にも野次馬がいて、見覚えのあるいくつかの顔があるのに気づいた。

ベランダから隣を覗き込んでいる自分がはしたないことをしているのに思い至り、そのときになってやっと肌寒さを感じた。セーター一枚でベランダに長い間出ていれば当然だった。

パトカーが到着したときにはまだ明るかったが、すでに薄暗くなりだしている。十一月に入っているから、日没は早い。

気温も陽がかげると、とたんに下がってくる。

リビングに戻って時計を見たら、三十分は経っていた。

普段なら雨戸を閉める時刻だったが、妙子は閉めそびれてそのままにしていた。こんなときさっさと雨戸を閉めてしまえば、隣とうまくいっていなかったのかと思われかねないし、変な噂《うわさ》を立てられかねなかった。

照明もキッチンと廊下だけに電灯をつけ、あとは消えたままにした。リビングは道に面していたから、やはり消したままにしておいた。

しばらくして、暗くなった外からリビングの窓を通して、赤色灯とはべつの、やたらと明るい光が射し込んできた。投光器というのか、大きなライトがいくつか設置され、周辺を照らし出している。植え込みがあるので外からこちらは見えないが、光が強いせいで覗き込まれているような気がする。

カーテン越しにそれを確認したあと、思いついてテレビをつけたが、速報はまだ出ていないようだった。

ネットにも情報は流れていない。

妙子はいったんキッチンに戻り、椅子に腰をおろした。

インターホンが鳴らされたのは、それから少ししてからだった。

リビングとキッチンの仕切りにある壁につけられたモニターが制服警官の姿を映し出した。

どうするか。

わずかに迷ったあと、立ち上がってモニターの応答ボタンを押して短く、はいと答えた。

「新井さん。警察の者ですが、よろしいでしょうか」

駄目だとは言えない。どうぞと返答し、玄関に向かう。

鍵を開けようとして、明かりをまずつけなくてはと気づいた。

暖色系の光が玄関を照らし出した。サンダルを履いてドアを押し開くと、警官が敬礼をした。

二十代後半だろうか。

「ちょっとお話をうかがいたいのですが」

「なんでしょう」

尋ね返すと、警官は横にいたスーツ姿の男と入れ替わった。こちらは五十近くか。妙子と同じくらいだろう。ずんぐりした背格好で、表情はのっぺりしている。素早く内ポケットから身分証を取り出して示した。階級は巡査部長とあった。

「本厚木《ほんあつぎ》署の加賀美《かがみ》といいます。こちらの奥さんですね。新井妙子さん」

あいまいにうなずくと、身分証をしまい、手帳を取り出した。

「少しお話をお聞かせ願います。お隣の正木さんのお宅で事件がありまして」

「あの、なにがあったんでしょうか」

はしたないと思う前に、口をついて出た。

加賀美は息をひとつついた。

「まだ、はっきりしたことは」

「ああ、すみません」

あっさり事件の内容を口にするはずもなかった。妙子は首をすくめて視線をそらした。

「それでですね」

「寒いですから、中にどうぞ」

妙子の言葉に従い、加賀美と制服警官は玄関の中に入り、ドアが閉められた。寒さより、野次馬に様子をうかがわれるのが嫌だった。

「それで、七日からきょうまでのことをうかがいたいのですが、覚えていらっしゃいますか」

きょうは十一月九日だ。おとといからのことというなら、事件があったのはついさっきというわけではなさそうだった。

「おとといからですか」

思い出すまでもなかったが、ちょっと首をかしげてみせた。

――七日は火曜日で、いつものように五時に起きて朝食の用意をし、家族を送り出して掃除と洗濯を午前中に済ませると、午後は相模川《さがみがわ》の河川敷まで散歩をした。

家にこもっているのはよくないと言われたので、時間があるときはよく散歩をする。夕方までスマートフォンでネットを少し覗いてから食事の用意をして風呂を沸かし、食事が終わると十一時には寝てしまった。

八日のきのうも同じようなものだった。ただ本厚木までバスで買い物に出かけたことだけが違う。

隔週で水曜日には大和《やまと》駅まで行き、駅前で薬をもらうのだが、今週は行く週ではなかったから、そのまま帰ってきた。夕方には洗濯物を取り込み、夕食と風呂の準備。二日続けて出歩いたので、疲れて十時には寝た。

きょうは散歩には行かず、午後はずっとテレビをぼんやりと見ていた。気づくと四時半を回っていて、あわてて夕食の準備にかかろうとしていたら、サイレンの音が近づいてきたのだった。

「この三日間、お隣で大きな声とか物音などが聞こえたようなことはありませんでしたか」

「さあ」

いままでそんなことは一度もなかった。

　隣の正木家は夫が大学の教授で、奥さんもどこかの研究所で助手をしているらしい。だからほとんど接触はない。休日に顔を合わせたりすることもめったになかった。正木家が隣に越してきた今年の三月に挨拶したあと、夫の方は数回しか見かけていない。どちらも物腰の柔らかな温和な人物で、話せば楽しいのだろうが、そういう機会はまったくなかった。

「正木さんのお宅は三人家族ですね」

「は」

「ご夫婦と息子さんと」

「息子さんですか」

「ええ」

「いくつくらいの」

「今年二十八になるようですが」

　反射的に頭をよぎった。

「それじゃ、あの人が息子さんだったのかしら」

「どういうことですか」

　いぶかしそうな色が、加賀美の顔に浮かんだ。

「いえ。何度か大学生のような人が出入りしているのを見かけたんですが、ご主人の大学の学生さんかと。息子さんだとは思っていなかったもので」

「本厚木駅の近くにアパートを借りて、そちらにお住いのようですが、たまにこちらに戻ってこられていたようです」

「そうだったんですか」

「正木さんは、ご近所とあまりお付き合いされていなかったんでしょうか」

「ご夫婦とも仕事があったようですし。挨拶程度です」

「町内会の行事などは」

「そういうのには、いらっしゃらなかったようですけれど」

妙子も出たことはない。

町内会費は口座に振り込むようになっているし、回覧板もネットで登録したアドレスに送られてくる。年に二回だけ会合は開かれるが、委任状をネットで送れば、出なくても済む。

そのあたりを説明し、村八分のようなことをしていたわけではないと言外ににじませたが、通じたかどうかわからなかった。

「トラブルを抱えていたというようなことは」

「そこまでは」

言葉を切って首を振ってみせた。

わかるはずがない。たったいま息子がひとりいたということを知らされたのだ。正木一家のなにを知っているというのか。

そもそもあまり近所付き合いをしていないのは妙子のほうだった。

くだらない連中とくだらない話などするなと夫に注意され、河川敷や買い物に出る以外はめったに遠出もしない。周辺の家の者ならもっと情報を持っているかもしれないが、そういうことまで口にする必要はなかった。

じわりと、嫌な感覚が起きた。

なにか言ってはいけないことを口にしただろうか。近所にも聞き込みをしているなら、ほかの者が正木家について黙っていたことを妙子だけが言ってしまっているかもしれなかった。

考え込みかかった妙子に、加賀美はさらに質問してきた。

「おとといから昨日にかけて、不審な人物を見かけたりはしませんでしたか」

「不審な人ですか。そういう人は」

答えかけたとたんに、思い出した。

「なにか気づいたことでも」

素早く妙子の表情を読み取ったのか、加賀美が尋ねた。

「いいえ。特には」

いつも隣を覗き見している。

そう思われはしないかと、とっさにごまかした。が、まずかったかもしれない。

「配達の人が多いので」

付け加えたが、かえってなにかしら自分に疑念が向けられたような気になった。表情を変えずに加賀美が相槌《あいづち》を打つ。

「ふだん昼間はおひとりなんですか」

「たまに買い物や散歩に出ますけれど」

おとといは散歩、きのうは買い物に行ったことを告げた。

「なるほど。このあたりだと本厚木駅にはどうやって行かれるんですか」

「わたしは免許がないので、バスです」

ガレージには夫の篤史《あつし》が三年前に買い替えたメタリックシルバーのレクサスがある。だが、妙子は乗ったことがない。休日に篤史がひとりで乗り回しているだけだ。それまで乗っていたのは中古のクラウンだった。どこにそんな金があったのか不思議だが、見せびらかしたくて買ったのだろう。車のランクは男のランクだと、買った当初言っていた。

「どこか具合でも」

気づくと加賀美が覗き込んでいた。

「いえ、大丈夫です」

口のあたりに右手をあてて答えると、加賀美はさらに質問をしてきた。

「正木さんのところは車がないようですね。バスで乗り合わせたことなどはありませんか」

「ないと思います」

「きのうとおととい、外出の行き帰りに正木さんの家で変わった様子はありませんでしたか」

似たような問いを、いまさっきされたような気がしたが、警察というところはどうでもいいようなことを尋ねておいて、大事な質問にまた戻ってくるのかもしれなかった。

しかし、もはや別の答えを口にはできない。妙子は首をかしげるふりをして視線をそらせた。

「さあ、特にこれといって」

「そうですか。ところで、門柱にあるお名前を拝見すると、お宅はご主人と娘さん、息子さんの四人家族ですね」

「はい」

「お子さんおふたりは、きょうは」

「ふたりともまだ帰っていませんけれど」

いつ帰ってくるのかわからないと付け加えた。

「わかりました。事件発生がいつなのかまだ確定していないので、ほかのご家族にもお話をお聞きする可能性があります。そのようにお伝えください」

加賀美が軽く頭を下げたとき、ドアが開いた。

それまで黙って立っていた制服警官がとっさに身体の向きを変えた。

ドアから顔を出したのは、夫の篤史だった。

玄関に入ってこようとして、その余裕がないのを理解し、加賀美たちにいらついたような目を走らせた。

「おかえりなさい」

妙子はいつものように声をかけた。だが、篤史はあいまいにうなずいたまま、視線を加賀美たちに向けている。

「ご主人ですか。加賀美と申します」

さっきと同じように身分証を呈示した。

「帰ってきたのに規制線のところで足止めされましたよ。お隣でなにかあったんですか」

丁寧な物言いだが、嫌味がまじっていた。

「申し訳ありません。少し広めに規制をさせていただいているので」

「どうして門灯をつけていないんだ」

加賀美の言葉を無視して、妙子を睨《にら》んできた。

「ごめんなさい。忘れてたわ」

「気をつけろ」

あわてて玄関の横にあるスイッチを入れた。

こんなときだからつけずにいたのだと本当のことを言えば、余計にことを荒立ててしまうのはわかっていた。

「ところでご主人、この三日間、お隣で変わった様子はありませんでしたか」

靴を脱いでさっさと上がろうとする篤史を押しとどめ、加賀美が尋ねた。

篤史が挑むように、ゆっくりといかつい肩を半分、振り返らせた。

「なぜわたしにそんなことをお訊《き》きになるんです。昼間は会社に行っているんですから」

「いちおうどなたにもお聞きしています」

「見張っているわけじゃありませんし」

「まあそうですが。なにか思い出したことがあれば、いつでも結構ですのでお知らせください」

「関係ありませんから、ウチは」

篤史が力んだ口調でこたえた。

「そうですか。わかりました」

相槌を打った加賀美が妙子に目を向け、ひとまずきょうのところはと言うように、会釈をした。

「では、失礼します」

やりとりをするうちにも、篤史は廊下を抜けてリビングに入ってしまっていた。

「申し訳ありません」

妙子が頭を下げて加賀美と警官を送り出してから篤史を追うと、いらだたしげにリビングの雨戸を閉め終えたところだった。

コートを脱ぎ棄《す》てると同時に舌打ちをした。

「あんな連中を家に入れるんじゃない」

「ごめんなさい」

「おれをなんだと思ってんだ。無職に見えるってのか、え」

スーツの胸あたりを親指で叩《たた》いた。

「でも、お隣でなにかあったみたいだし」

返事を逸《そ》らせると、篤史は鼻を鳴らした。

「殺されたそうだ」

「え。誰が」

「旦那だ。旅行から帰ってきた女房が見つけたらしい。野次馬が話していた」

吐き捨てるように言い、ネクタイを緩めた。

——旦那が、殺された。

篤史の口にした言葉を納得するのに時間がかかった。殺人事件が身近に起きるなどと、予想もしていなかった。

「おい、飯は」

呆然《ぼうぜん》として立ちすくんでいた妙子に向かって、不満げな声が飛んできた。

「ごめんなさい。警察が来てたので」

「そんなに長くいたわけじゃないはずだ。どうせ野次馬と一緒になって隣の様子を覗いてて忘れてたんだろう。夕刊は」

テーブルの上にいつも持ってきているのだが、きょうはまだだった。

「ごめんなさい。いま持ってくるわ」

「隣でなにがあっても、ウチは関係ない。違うか」

「そうね」

「先に風呂だ。まさか沸かしてないってことはないよな」

「ごめんなさい」

まだなにか言いたそうだったが、もう一度舌打ちをして二階の自分の部屋に上がって行ってしまった。

——風呂のスイッチを入れ、夕刊を取りに行く、それから素早く夕食の支度。

手順をたしかめた。風呂から上がるまでに作るなら、チャーハンだろう。それに漬物とベーコンエッグくらいか。脂っこいものばかりと文句を言われそうだが、支度を遅らせたことに対する文句よりはましだ。それにどんなものを作ってもひとつやふたつは文句を漏らすのだから。

キッチンにある風呂沸かしのスイッチを入れ、玄関に向かった。

サンダルをつっかけ、ドアの取っ手に手をかける。緊張しているのが、自分でもわかった。

扉を押し開けると、冷気とともに外のざわめきが大きくなる。投光器の青白い光にあたりが照らし出され、周囲が普段の風景とはまるで違っていた。野次馬の姿は闇に沈んでいる。

思い切って小走りにポストまで行き、夕刊と何通かの封書を手にする。

「ちょっとすみません。お話聞かせていただけますか」

強いライトの光が門の前に駆け寄ってきて、その横から若い男がマイクを突き出した。

「お隣の正木さんのことなんですが、殺されたご主人はどんな人だったんでしょうか」

戸惑っていると、さらに何本もマイクが伸びる。

「あの、別に変わったことはなにも」

どこを見て答えていいのかわからず、目をうろうろさせた。

「トラブルとかはなかったんでしょうか」

顔は見えなかったが、こんどは女の声だった。

そのとき、ぐいと後ろからセーターを引っ張られた。入れ替わりにスウェット姿の篤史が前に立った。

「いい加減にしろ。ウチは関係ない。二度と来るな」

怒鳴り声に、門のところに集まっていた者たちが押し黙った。

「勝手に撮るんじゃない。プライバシーの侵害で訴えるぞ」

言うだけ言って、篤史は背中を向けて戻っていく。

妙子は軽く頭を下げて、それに続いた。

「ゴミが」

荒々しくサンダルを脱ぐと、吐き捨てた。

「また来るかもしれないからな。相手にするなよ」

「はい」

妙子が答えると、そのまま風呂場へ向かっていく。まだ沸いていないが、シャワーで済ませるつもりらしい。

リビングのテーブルに夕刊を丁寧に広げてから、何通かの封書に目を通す。

年金の通知。不動産の広告。宅配のチラシ。

それに妙子宛の封書が一通。裏返さずとも「瑞子《みずこ》」からの封書なのはわかっていた。

あわてて背後を振り返った。シャワーを浴びている音が聞こえている。

気づかれなかったのは幸いだった。妙子宛の手紙を先に見つけられれば、勝手に開封されるのは目に見えていた。

封書だけを手元に残し、あとは夕刊の横に並べて置いた。篤史はチラシ一枚でも自分でたしかめずにいられないのだ。

それから一階にある自分の部屋に行き、そこに手紙を置いてから、夕食の準備にかかった。

二

将一《しょういち》が帰ってきたのは、篤史が食事を終えてさっさと二階に上がっていってしまったあとだった。

いつもそうだった。見計らっているわけではないのだろうが、顔を合わせそうな時間を避けている。

妙子が調子を崩したせいで、この二年ほどは、篤史の愚痴がいっそう将一に向けられるようになっていた。

それをわかっているから、将一は篤史と顔を合わせようとしないのだ。

篤史は篤史で、将一を「できそこない」だとあからさまにののしるようになっていた。以前は説教とも励ましともつかぬ言葉をかけたりしていたが、もはや見放していると言っていい。

篤史が自分の部屋に行ってしまってから、妙子はリビングのテレビでチャンネルを切り替えてニュースをやっていないか探してみた。だが、どこも隣の正木家で起きた事件を取り上げていない。ネットでもまだのようだった。

雨戸で閉め切られた外が気になるが覗くのはしたないと思い、仕方なくキッチンでネットに目を落としているとき、ふらっと将一が姿を見せたのだった。

「驚かさないでよ」

インターホンを鳴らさず玄関のドアも音を立てずに入ってくるのはいつものことだが、きょうはことさら驚いてしまった。

ひどく疲れているように見える姿が大きくため息をついた。白セーター姿で、デイパックを片手に下げている。

「外、どうだった」

無言でキッチンに入ってきた将一に、妙子はおかえりよりも先に尋ねていた。

「どうって。殺人があったんだろ」

将一は少し興奮したような様子で答えてきた。

「よくわからないのよ」

「隣の人が殺されたって、警官が言ってた」

やはり殺人が起きたらしかった。

妙子はあわてて問いを重ねた。

「テレビ局、いたんじゃないの」

「それっぽい人もいたけど」

「なにも訊かれなかったわよね」

「べつに」

「あんまり変なこと口にすると、あとで面倒だから」

「わかってるって」

「黄色いテープ、まだ張ってあるの」

「お隣の門のところにはあったかな。警官がふたり立ってたよ」

規制線は正木家のみに狭められたようだった。

「野次馬は」

「ちらほら」

そこで妙子はため息をついた。

「大変だったのよ、もう」

自分の感情のことを訴えたつもりだったが、そんな思いが通じるわけもない。あわてて付け加えた。

「野次馬が」

「隣って、大学の先生だったっけ」

「そう」

将一は頭を軽く振った。

「いつ死ぬか、わからないんだな」

「え」

「なんでもない」

つまらなそうに答えて視線をテーブルの上に泳がせ、そこにあった林檎《りんご》を手にすると、夕食はいらないと言い捨て、そのまま行こうとした。

「ちょっと」

妙子は呼び止めて座るように目で示した。

隣で起きた事件のせいで精神的に不安定になられては困ると思い、ひとこと言っておこうと思った。

「なにさ」

面倒臭そうにしたが、それでも腰をおろした。

「どうなのよ、予備校は」

「どうって」

「来年は大丈夫よね」

「そんなこと、わかんないよ」

そっぽを向いて林檎にかじりついた。

「母さんが叱られるんだから、頼むわよ」

そう励ましたが、林檎をさらにかじった。

「だったら、姉さんとの連絡なんかやらせないでくれよ」

「だって、あなたしか頼めないでしょ」

「そりゃそうだけど」

「とにかく、あと少しなんだから」

「どうせまた駄目だよ」

「なんでそんなこと言うのよ。最初からあきらめてたら人生無駄だって、父さんも言ってるじゃないの」

うんざりだと言いたげに顔をそむけた。

「わかってるんだろ」

「なにが」

「受かるはずないって」

「そんなのやってみなくちゃ」

林檎をテーブルに叩くように置いた。目の色が、篤史そっくりになった。

「おれのことはおれがいちばんわかってる。ていうか、母さんだって受かるなんて思ってないだろ」

たしかに、東大早慶に行けるとは思えなかった。かといって勉強ができないわけではない。もう少しランクを落とせば、今年も受かったはずだった。じっさい、去年は県内の国立大に受かっていた。

妙子はそこでいいと思ったのだが、篤史が頭から否定した。

おれのようにスポーツをしてたならいいが、そうでないやつはトップの大学に行かないと意味がない。大学は人脈を作る場だ。おれはアメフトをやっていた。だからその人脈で就職もできたし、出世もできてる。周りにいるやつらができそこないじゃ話にならない。教育学部なんかに受かったって、たかが教師になるしか能のない連中ばかりだ。そんなところに行って将来どうするつもりだ。

篤史は将一を前にして、そう説教したのだ。おれはお前のためを思って言っている。励ましているんだからな。しっかりしろ。

それは大学受験のときばかりの話ではなかった。中学受験のときから、同じことを将一に吹き込んでいた。

それがかえって将一を萎縮させてきたのだ。

中学受験に失敗したと知ったとき、篤史はあからさまに将一を見下した。そして県内のトップ高校に行けば挽回できると「励まし」たのだ。三番手の高校にしか入れなかったときは、大学受験しか残されていないぞと「励まし」ていた。

一度ではない。顔を合わせれば口に出さずとも、篤史が無言で将一を「励まし」ていたように妙子には映った。

東大早慶どころか、篤史の出た大学は将一が合格した県内の国立大よりランクが下だった。それでもアメフトをやっていたから自分は社会で一定の地位を築けているという理屈だった。スポーツを一切やっていない将一では、篤史の出た大学にOB関係者の家族枠で入れてもらえたとしても意味はないとも口にした。

それ以来、将一は篤史となるべく顔を合わせないようにして生活している。

妙子にはそう感じられていた。

「やりたいことがあるなら、無理に大学へ行かなくてもいいのよ」

急に弱々しい声になったせいか、将一の顔つきから「篤史」が消えた。かじりかけの林檎をテーブルでころがしている。

「べつにやりたいことなんかないよ」

「でも、いつか父さんに訊かれてたじゃないの。おまえはなにをやりたいんだって」

呆《あき》れたような吐息が漏れた。

「あれは、そんなこと訊いてるんじゃないって。親父がなにをさせたがっているのか、よく考えて動けっていう意味だよ」

そんなこともわかっていなかったのかと言いたげだった。

「ああ、そういう意味だったのね」

妙子はすぐに納得した。それならいつも篤史から妙子も言われていることだ。篤史の「おまえはなにがしたいんだ」は「篤史がわたしになにをさせたいのか」なのだ。見当違いのことをすれば、すぐに文句と説教が始まる。

——将一に尋ねていたのもそういう意味だったのか。将来どんな仕事に就きたいのかという意味だと思っていたが。

気が重くなりそうになり、妙子は短くうなずいて話題を変えた。

「ところで、ちかごろ姉さんから連絡ないの」

林檎をころがす手を休めず、じっとそれに目を向けたまま、将一は首を振った。

「前は一週間に一回くらいはあったんでしょ」

「忙しいんだろ、きっと」

「こっちからメール、してないの」

「しないよ。べつに用事なんかないから」

順子《じゅんこ》のメールアドレスを知っているのは、将一だけだった。シンガポールに行く前に、こっそり教えてくれたのだという。妙子や、ましてや篤史には教えるなと釘を刺されたらしいが、将一は妙子に事情を打ち明けてくれていた。

ただし、アドレスは教えようとしなかった。

妙子に教えれば、すぐに篤史に知られ、面倒なことになると思っているのだ。もちろん、その予想は当たっている。ただ、それでも弟には連絡先を教えたわけで、まったくつながりを断ちたいわけではないのだろう。

「とにかく、やれるだけのことはやってる。それで駄目ならしかたない。悪いけど」

ぼんやりと考えていた妙子に、将一はきっぱりと告げ、キッチンを出ていった。

——何度同じやりとりを繰り返しただろうか。

妙子はため息をついただけで、悲しみすら感じなかった。いまではそれが「日常」だった。家やこどものことはおまえの責任だ。

結婚当初からそう言われ続け、それが当然だと思ってきた。

篤史は会社に行って金を稼いでくる。妙子は家を守って家事をし、姑《しゅうとめ》とこどもの面倒を見る。

姑は順子がシンガポールに出ていって二年ばかりして亡くなったが、それまで三年ほど脳梗塞《のうこうそく》で半身不随だった。

その姑の面倒をみるのも、妙子に任せきりだった。

どこかおかしかった。

――どこで道を間違えたのか。

ことあるごとに、妙子は自分に問いかけてみる。

きっかけは、妙子が受付に座っていたところへ篤史が現れたことだった。しかも唐突に。篤史は新浪建設の営業で、妙子は取引会社の受付だった。それまで何度か応対したようだが、妙子にはまるで記憶がなかった。気づかないうちに見初《みそ》められた形だった。何度も熱心にデートに誘われ、断り続けられず、結局つき合うことになり、一ヶ月後にはプロポーズされた。篤史は一見すると人当たりも良く、好みのタイプとは言えなかったが、このあとまだプロポーズしてくれる相手が出てくるなどと、妙子は思い上がっていなかった。結婚まで辿《たど》り着いたときには、これで自分は幸せな生活を送っていけると思ったものだった。

三十年近く前からいままでの、どこかでなにかがおかしくなったに違いない。

それは篤史のせいなのか、自分のせいなのか、あるいは姑か順子か将一のせいか。

どれくらいぼんやりしていたのか、ふと気づいて壁の時計を見上げると、十一時に近かった。

将一のぶんのチャーハンは明日の朝食に自分で食べることにして、妙子は薬を水で流し込んだ。洗い物も明日にしよう。

風呂にも入る気が失《う》せていた。ゆるゆると立ち上がると電灯を消して回り、以前は納戸だった自分の部屋に向かう。

敷きっぱなしの布団を少しばかり整えると、明かりを消して正木家に隣り合った小窓から様子をうかがった。

まだ捜査員が何人か残っているらしく、投光器が庭を青白く照らし出し、声が聞こえる。

——本当に、隣の家で殺人があったのだ。

あらためて、背筋が震えた。

ついきょうの昼過ぎまでいつもの生活が続いていた。いや、殺人が起きたのはおとといだったかもしれない。それにまったく気づかず、いつもの生活が続いていると思い込んでいたのだ。

自分の立っている生活の場が、気づかないうちに崩れていたような気がした。

べつにこんな生活なら、とふいに言葉が口の中にわいた。そう、こんな生活なら。

最後までは、言葉にしなかった。それは結婚してからの自分を否定してしまうことでもある。

いや、すでに隣で事件が起こってしまい、妙子の意思にかかわらず、生活の場が崩れ始めたのだ。

そう思うと、ふいに加賀美と名乗った刑事の顔がよぎった。

——疑われたかもしれない。

不安が追い打ちをかけた。

あのときつい口ごもってしまったが、いまさらだった。

気にしないようにと言い聞かせつつ小窓を閉めて布団に潜り込むと、スタンドの明かりをつけ、さっき届いた手紙を手に取った。

拝啓
ご機嫌いかがですか。わたしは相変わらずの毎日を送っています。

この前いただいた手紙では、少し具合がよくなったとのこと。なによりだと喜んでおります。ただ、ちょっとしたことで気分がすぐれなくなったりするともあったので、心配です。

こういう病気は心の平安がいちばん必要だと思います。なにか不安なことがあればいつでもお話をお聞きします。わたしがいつもそばにいるのを忘れないでください。あなたは一人じゃないんですから。

ついこの前、買い物に出たとき、コンビニで店員に偉そうにクレームをつけている中年の男性を見かけました。いったいなにが不満なのかと品物を選ぶ振りをして様子をうかがっていたら、どうやら注文したチキンのから揚げが出来立てではないといって怒っているのです。

仕方なさそうに東南アジア系らしい若い女のバイト店員は、揚げたてのチキンに取り替えました。

そうしたら、これじゃなくてあれだと言い出します。あっちの方が大きいじゃないかって。

こどもじゃあるまいし。

店員は言われた通りに取り替えました。不服そうな顔ひとつせず。

中年男は金を払って出ていくとき、今度から気をつけろと捨て台詞を吐いていました。

確実に店員は不愉快になったと思います。

そのとき、気づきました。

自分が幸せを感じるために、自分より不幸な人をわざわざ作ろうとする人がいるのだなって。

なんだかつまらない話をつい書いてしまいました。

つぎの手紙ではもっと楽しかった話を書ければなと思いますが、どうなることか。

お身体お大事に。

瑞子

「瑞子」の手紙は、いつもこんな具合だった。

ふだんの生活で見聞きしたこと、考えたことなどを、毎回短い手紙に書く。そして、そこにはいつもなにかしらの気づきがあった。

人は自分が幸せを感じたいために、わざわざ自分より不幸な人を作ろうとするだろうか。

手紙の文章を読み返し、そういう者もいるとあらためて思った。

妙子はその言葉を心に刻みつけるようにつぶやき、それから手紙を封筒にしまい、新井家のとは別に買った小さな仏壇の引き出しに丁寧にしまい込んだ。すでに二十通ほどはたまっている。

たまに取り出して一通ずつ読み返すが、今夜はその気になれない。

布団に戻り、スタンドの明かりを消した。

いつもなら薬のおかげですっと眠りに入れるのだが、なかなか寝つけなかった。暗闇で目を開いたまま、天井に向け続けた。真上が篤史の部屋で、その隣に将一の部屋がある。

将一の方の気配はわからないが、篤史が動き回っている気配はあった。

ふたりの部屋には、もう長いこと入っていない。二階に上がることはあるが、部屋に入ろうとは思わない。ベランダに洗濯物を干しに行き来するだけだった。

結婚当初は妙子も二階で寝起きしていたのだが、順子が生まれたあと、部屋を追い出された。夜泣きする順子をあやしていたとき、隣に寝ていた篤史が妙子を怒鳴ったのがきっかけだった。

赤ん坊ひとり寝かしつけられないのか。

その声で順子がさらに泣き出し、その晩からいまいる部屋に移った。

そのくせ妙子を求めるときには今夜は上に来いと命じられた。体調がよくないと断れば不機嫌になるのはわかっているから、仕方なく二階に行き、事が済めば下に行って寝ろと追い出された。

かつてのことが思い返され、息がつまりそうになる。寝返りを打って、目をつぶる。

まだ隣の正木家では、捜査が続いているのか、ぼそぼそと声が伝わってきた。

――本当に正木家の主人が殺されたのだ。

実感と同時に、疑問が起きる。

――いったい誰が、なぜ。

また加賀美の顔が浮かぶ。

明日警察に行くべきだろうか。あとから思い出したのだという言い訳が通るならそうしてもいいが、まったくの見当違いだったなら、訪問者に迷惑をかけてしまう。

いや、もしかすると、あれは正木家の息子だったのかもしれない。加賀美から聞くまで息子がいたということを知らなかったのだから仕方がないが、もしそうであるなら、いまさら話しに行かずとも、警察は調べているに違いない。

とりとめなく考えが浮かび、その挙句結局行くべきではないと思った。

「密告」という嫌な言葉が妙子をひるませた。それだけでなく、警察に証言などすれば、篤史が余計なことをするなと文句を口にするのは目に見えていた。

しかし、そう決めても、つぶった目の中にあのときの光景が浮かび上がってくる……。


――きのうの夕方、帰宅してあわてて洗濯物を取り込もうとベランダに上がったときだった。気配を感じてふと正木家の門のあたりに目をやると、その姿が門から玄関へと歩いていくところだった。

頰がこけて、鷲鼻《わしばな》。目は細かった。年齢は三十代半ばに映った。

どこかで会ったような気がした。知り合いの中に一致する顔を探したが、わからなかった。茶色のジャケットにジーンズで、手にはなにも持っていなかった。

これから人を殺そうとしているようにも見えなかった。周囲を気にする様子もなく、その家が自分の家ででもあるように、ごく自然に門から入り、玄関に向かっていた。

その顔がふいにベランダを見上げてきたのだ。

妙子の気配を感じ取ったのだろう。

何の気なしに、会釈をしていた。すると、相手もゆるゆると会釈を返してきたあと、ふたたび背を向けて玄関へ向かった。

家の中に入っていったところまでは見ていないが、あの場から引き返すとも思われない。

そのことを、加賀美に尋ねられるまで、忘れていた。

ときたま隣の家に出入りしていた男がどんな風貌だったのか思い出せないから、きのうの男が以前に見かけた男と同一人物かどうか、はっきりしない。

息子かどうかはともかくとして、もし犯人だったなら、妙子は目撃者ということになる。

妙子に向けた会釈の視線がただの愛想だと思っていたのは間違いだった。ゆっくり会釈をしたのも、妙子の顔を覚えようとしていたからではないか。

もちろん、その男が犯人だとは限らないし、妙子にとっては、犯人かどうかより、誰だったのか思い出せないほうが気にかかった。

――たしかに、どこかで会っている。

それに間違いはなかった。

だが、どうしても思い出せない。

そして、思い出せないまま、やがて薬が効き始めたのか、妙子は眠りに引き込まれていった。

三

五時に起きると、まず一階の雨戸をすべて開ける。それから朝刊を取りに出る。

この時期はまだ薄暗く、マスコミらしき姿はなかった。ただ、正木家の前には一晩中ふたりの警官が張り付いていたらしく、その姿だけがあった。

ほっとしつつ朝刊を手に引き返し、テーブルに置く。

朝刊も夕刊も、まず最初に篤史が目を通すことになっていた。

リビングのテーブルに置いておかないと文句を言われる。

ただし、篤史はここ数年、家で朝刊を開きもしなかった。夕刊も大して見ていないようだが、郵便物や投げ込まれたチラシは必ず確認する。

朝食も必ず用意するように言われていたが、いっさい手をつけず六時半には黙って出ていく。

朝食がいらないのなら、妙子は五時に起きる必要はない。だが、作らないで寝ていれば帰ってきてから説教が始まる。だから無駄とわかっていながら、朝食は作る。

将一がいるから作っているようなものだったが、将一も近頃は一週間に一度か二度しか食べない。夕食も似たようなものだった。篤史の方はいつ帰ってくるかわからないことが多いのだが、作っておかなければ説教が始まる。食べなかったときは、それをそのまま翌朝出すが、結局食べないで出ていくから、妙子が自分で食べることになる。

おまえの料理はうまくないんだよ。

結婚したころに、そう文句を言われたことがあった。

だから、しばらくは篤史の口に合うような料理を作ろうとした。

家でうまい飯を食っているから仕事にも力が入るんだ。そうだろ。

まるで妙子のせいで仕事がうまく行っていないと言いたげな口ぶりだった。姑も篤史の味方をして、似たようなことを言っていた。

姑が亡くなるまで、それが続いた。

いまではインスタントや冷凍食品を使っているが、それまでは一から手作りしないとならなかった。

順子と将一が幼いころには手伝おうとしてくれたこともあった。だが、姑がそれを見ていて、こどもにそんなことをやらせていては勉強がおろそかになると言われ、それからは妙子がひとりで料理を作った。

短大に行く暇があれば、もっと料理の腕を磨いておけばよかったのに。

姑には、そんな皮肉を言われた。

順子が出ていき、姑が亡くなると手間は減ったが、結局将一も篤史も、たまにしか食べないのに、妙子は食事を作り続けている。

六時を過ぎると、階段を踏み鳴らして階下に降りて来る気配がした。

妙子はじっと聞き耳を立てた。

篤史は毎朝洗濯物を風呂場の横に投げていく。それが出ていく合図だった。

キッチンにいて篤史が出ていったのを確かめると、妙子はリビングに行き、ガウン姿のまま朝刊を開いた。

社会面に目を走らせたが、そこには載っていなかった。地方版のベタ記事に、やっと目的の事件を見つけた。

◆大学教授刺殺される◆
九日午後四時二十分ごろ、厚木市鮎川町の住宅で、正木芳光さん（五二）が腹部を刺されて死亡しているのを、旅行から帰ってきた妻の真知子さんが発見した。死後一日ほど経過しているとみられ、本厚木署では犯人の行方を捜査している。芳光さんは静真女子大学経済学部の教授。テレビなどで経済問題についてのコメンテーターもしていた。


短いが、必要な情報は書かれていた。

事件が起きたのが八日だということもわかった。

妙子が不審な男を見かけたのも八日だ。

やはりあれは犯人だったのだろうか。

妙子はテレビをつけてみた。朝の情報番組の中でも、短いニュースになっていた。アナウンサーは「物盗りと怨恨の線で捜査している」と言っていた。以前テレビでコメントをしていたときの映像も少しだが流れた。出たとしても、一度か二度くらいだったのだろう。

テレビに出ている学者という風には、周辺の住民たちはみなしていなかった。

つづいて、昨日の状況が映し出された。

その風景が、いったいどこなのか、最初わからなかった。

普段見る角度ではない場所から映されていたせいだろう。すぐに公園の側から正木家を映しているのだと理解した。正木家の隣には、当たり前だが妙子の住んでいる新井家が映り込み、ベランダに自分の姿があるのが小さくちらりと見えた。手すりから乗り出して正木家を覗いていた。すぐに画面が切り替わり、つぎはスポーツだとアナウンサーが告げ、コマーシャルになった。ほかのチャンネルはどうかといくつか見てみたが、自分が映りこんでいたのは最初のときだけだった。

ほっとしてテレビを切った。篤史に見られたら、またなにを言われるかわかったものではない。あの程度なら見たとしても気づきはしないだろう。

しかも、かなりの数のマスコミが来ていたのに、テレビにはよくある「周辺住民のインタビュー」はなかった。

篤史のような言い方はしないにしても、どこの家でも取材を断ったのかもしれない。

ネットにもいくつか記事が載っていた。事件の発生した場所や正木家の家族構成、正木芳光《よしみつ》の経歴や顔写真もあった。

正確なものかどうかはわからないが、事件について憶測まじりの考察をしている記事もあった。

正木芳光は京都大学経済学部を卒業し、大学院で学位を取り、経済学者として各地の大学で研究を続けていた。八ヵ月前に県内にある静真《せいしん》女子大の教授に着任したのをきっかけに厚木に引っ越してきた。妻の真知子《まちこ》も京都大学卒らしい。同じ大学出身者同士で結婚したのだろう。真知子は県央にある大学の医学部で研究員として勤務しているようだ。

夫は大学教授、妻は研究員とは聞いていたが、勤務先は初めて知った。埼玉から厚木に越してきたのが勤務地に近いという理由なのは、挨拶に来たとき聞いた気がする。

事件のあった日、芳光は講義のない日で終日家にいたという。真知子は研究会で青森に三泊四日で出張していた。

帰宅時に玄関の鍵が開いているのを不審に思いつつ、真知子は中に入り、応接間で仰向《あおむ》けに倒れていた夫を発見したようだ。

悲鳴のひとつくらいは上げたかもしれないが、妙子には聞こえなかった。

いくつかのネット記事に目を通し、妙子は首をかしげた。

記事の家族構成に、息子の存在がまったく出てこないのだ。別の場所に住んでいるとしても、息子がいることくらい触れてもいいはずだ。本厚木署の加賀美が嘘をつくとも思えない。

引っ越しの挨拶に来たとき、応対したのは妙子と将一だった。

息子ですと将一を紹介したとき、それが呼び水になって息子の話が出てもおかしくなかったはずだ。

ここに住むのは夫婦だけだし、息子は成人しているのだから、言う必要もないと思ったのかもしれない。しかし、振り返ってみればできるだけ隠そうとしていたようにも感じられる。

そんなことを考えつつ、さらに画面を眺めていると、町内会のサイトにメールが届いたと表示された。

鮎川町内会　回覧メール第二五号
一昨日、町内で住民に対する事件が発生しました。
警察の捜査が続けられていますが、町内会としましても防犯対策の相談をする必要があると考えます。

そこで十一月十一日土曜日午後七時より、緊急の会合を公民館で開きたいと思います。

よろしくお願いいたします。

町内会長　工藤孝浩

※メールを確認した旨のチェックをして返信をお願いします（　）
※会合の委任をされるかたは、以下のスペースにお名前と委任する旨の一文をお願いします。

（お名前・　　　　　　は会合について委任します）


いつもの回覧メール同様、妙子は確認のチェックを入れて返信した。

迷ったが、「委任」の欄は空欄のままにした。いままで会合に出たことはなかったが、今回ばかりは顔を出さなくてはならないと思った。正木家の隣に住んでいながら、今回の会合を無視はできない。

もっとも篤史に、そんなものに出る必要などないと言われてしまえば、それまでだ。

アプリを閉じ、洗い物をしようとキッチンへ立ったとき、また二階から降りて来る気配があった。

「ご飯あるわよ」

将一の背中に声をかけると、一瞬歩みを止め、振り返った。寝不足のような顔をしていた。遅くまで勉強をしていたのか。

ニット帽をかぶっているのは、セットが間に合わなかったせいだろう。昨日と違って黒のジャンパーを着ている。

「いらない」

「お味噌汁だけでものんでいきなさいって」

妙子の言葉を無視し、将一は背中を向けて玄関から出ていってしまった。

その背格好が、また目撃した若い男の姿をよみがえらせた。

将一はまるで関係ないのに、そこに奇妙なつながりを作り上げてしまった自分に不快な気分が湧いた。

それを振り払うつもりで、玄関に行きドアを開いてみた。

門を出てデイパックを肩に担いだ後ろ姿がバス停の方角に歩いていくのが見えた。力なくうなだれている姿に、朝陽が当たっている。

「いってらっしゃい」

聞こえるかどうかわからなかったが、声をかけた。

同時に、正面にある公園に立っている何人かの人影がこちらに視線を向けた。テレビカメラを手にした者もいる。正木家の前には警察関係者らしき姿も数人立っていた。

あわててドアを閉め、鍵をかけた。

いつもと違うのだと、あらためて言い聞かせた。

隣で殺人事件が起きたのに、のんきに「いってらっしゃい」と声をかけた自分のうかつさに呆れた。

いや、べつにかまわないと言えばかまわないはずだが、「周辺住民」の取る態度ではないと言い出す者もいるかもしれなかった。

しばしドアに背中をあずけて気持ちを落ち着かせ、それから座敷へ向かった。

窓から正木家を覗いてみると、きのうに引き続いて現場を捜査しているらしく、私服と制服の警察関係者が何人も入り混じって出入りしているのが見えた。

――また来るだろうか。

加賀美の顔が浮かぶ。

目撃した人物について口にしないと決めたはずだったが、加賀美がやってきて尋ねられれば、どうなるかわからない。つい口をすべらせてしまう可能性もあるし、面と向かっただけで妙子がなにか隠し事をしているのを見抜かれてしまうかもしれない。

――いなければいいのだ。

そのことに、妙子は思い至った。夜になるまで、篤史も将一も帰ってこない。帰ってきたとしても、合鍵は持っている。

篤史が文句を言うなら、マスコミがうるさかったから逃げ出していたのだと言い訳すればいい。

どこへ行くあてもなかったが、家にいるよりはましに違いなかった。

マスコミと警察に呼び止められても、急用で急いでいると言って振り切ってしまえば、それで済む。

妙子は座敷の窓から離れ、着替えるために急いで部屋へ向かった。

四

本厚木駅から小田急《おだきゅう》線に乗って新宿まで行き、山手線で渋谷の本社に向かうのが、篤史の通勤ルートだった。

新宿に出るのは、帰りに寄り道をすることが月に二、三度あり、そのときに便利だからだ。

いつもなら新聞など買わないが、その日、本厚木駅で全国紙と地方新聞を買い込み、早くも混みだしている車内で目を通した。

隣家で殺人事件など起こされてはたまったものではない。周辺の地価が下がってしまうではないか。

いらつきつつ記事を探し出して読み、あらかたの状況はわかった。

正木芳光が何者かに刺殺されたということらしい。物色した痕跡はないようだが、物盗りと怨恨の両方の線で捜査がおこなわれている。

もし無差別に付近の家を狙った犯行だったなら、治安が悪いという評判が立ってしまう。それだけは御免だった。

記事に、もう一度ざっと目を通す。

――京都大学か。

篤史は鼻を鳴らした。どうせひ弱な男だったに違いない。たとえ頭がよかったとしても、身体を鍛えてこなかったのだろう。何度か見かけたような気もするが、眼鏡をかけてひょろっとした男だった。抵抗のひとつもできずに刺されたといったところか。

――静真女子大の教授ね。

テレビに出ていたのは初めて知ったが、恨まれるようなことでも言ったのだろう。

そう思ったきり、相模大野《さがみおおの》駅に着く前に新聞は棚の上に投げ捨てていた。

あとはいつものように列車に揺られ、新宿で乗り換えると、八時過ぎには渋谷に到着した。行きつけの喫茶店かファストフードの店でモーニングセットを食べるのが、ここ数年の習慣になっていた。

家でしけた顔を見ながら食べるより、若い女のいる店で食べる方がいいに決まっていた。

腹がくちくなると、いつもならいらつきもおさまるのだが、きょうばかりはなかなか殺人の件が頭から離れず、そのまま宮益坂《みやますざか》を上がっていった。

五階建ての新浪《にいなみ》建設本社は、渋谷駅を見下ろす位置にある。

社員千四百人で、業界の中堅クラスだが、シェアでは三位の業績があった。官公庁との太いパイプがあり、天下りも受け入れているからだ。現場作業には子会社の五社があたっている。

不機嫌な面持ちで三階まで上がった篤史は、営業二課の課長である自分の席についた。そのころになっても、まだ隣家で起きた殺人事件が気になっていた。

社内で噂にでもなるとまずい気がしていた。社の者を自宅に呼んだことはないが、どこで誰が気づくかわかったものではない。べつに隣家とかかわりがあるわけではないが、変な噂を立てられるのは避けたかった。

フロアにはすでに部下が揃《そろ》っている。課長の篤史より早く来て遅く帰らなければならないという暗黙の決まりごとがあった。むろん、篤史が部下をそう仕向けたのだ。

「おはようございます」

席に座ると、今年入ってきた女が茶を持ってくる。

胸には名札がついているから、わざわざ覚えなくても済む。「池上《いけがみ》」か。下の名前まではわからない。もう少しマシなのを配属してほしかったが。

「ああ、ありがとう。池上くん」

名前を口にすれば、それだけ親しみというものが出る。

篤史はそう思っていた。

茶碗を手にひと口啜《すす》り、五十人あまりいる部下たちを見渡した。

始業時間前から営業二課だけは勤務を開始している。それは篤史の統率のたまものというわけだ。

その様子を目にして、篤史は満足した。

隣家で起きた不愉快な一件が、少しばかり薄れた。課長職はコーチと同じだ。部下のひとりひとりが命じられた通り仕事をこなすかどうか、それを監督すればいい。もっとも、それ以外にやらなくてはならない「仕事」もあるのだが。

アメフト部のつながりを使って就職した篤史は、営業職を三十年近く続けてきた。営業は一課と二課に分かれており、一課は対外的な取引、二課は新浪建設傘下の関連会社と下請けの統括が担当になっていた。

就職のときに篤史を二課にほしいと言ってくれたのは、いまの金木部長《かなぎ》だった。三十半ばで課長補佐に昇進、五十になってもまだ課長だから昇進は遅いと思われるだろうが、その代わり余禄があった。それに、いまの部長である金木が定年になれば、営業部長の椅子は約束されている。

金木部長はむろんアメフト部の先輩にあたる。年齢的に一緒に試合に出場したことはないが、しばしばOBとして試合の応援や練習を見に来ていた。

篤史はクォーターバックで活躍していたから、金木の目に止まりやすかったのだ。金木も現役時代はクォーターバックだった。

「課長、おはようございます」

デスクの前にやってきた課長補佐の清水彰《しみずあきら》が、はきはきした調子で頭を下げた。

「おはよう。お、そうか。そうだったな」

きのう帰り際に金木部長から内線があり、清水とともに朝いちばんに来てくれと言われていたのを思い出した。そこで昨日のうちに声をかけておいたのだ。

隣家で起きた一件のおかげで、すっかり頭から抜けていた。

卓上の時計はまだ始業の九時には二、三分ある。清水を立たせたまま、内線にかけてみた。秘書が応対に出て、電話の向こうでうかがいをたてたあと、すぐ来てほしいと答えた。

篤史は立ち上がってスーツの裾を伸ばしたあと、清水をうながして部屋を出た。

清水はアメフト部の後輩で、三年前に入社してきた。先輩である篤史としても、営業二課にほかに後輩がいないので、つい目をかけてやるようになっていた。べつの言い方をすれば、使いやすかった。

清水が来るまでは、なにかにつけて部下の言動が気にかかった。表向き自分に従っているように見せかけて、裏では舌を出しているような者がいないかどうか、監視を徹底した。

課長補佐だった男からそれとなく部下たちの動静を聞き出し、少しでも篤史に対して不満を口にするような者は、さっさと追い出した。仕事ができたとしても、いや仕事ができる者ほど、篤史には目障りだった。いつ自分の地位をおびやかすことになるかもしれない。

むろん、そういった手口は金木が課長だったときに叩き込まれ、いまでは自分も同じことをやっているわけだ。

清水が入ってきたのを機に、それまで課長補佐だった男は、総務部に回した。金木部長を通じて頼み込めば、人事ばかりでなくたいていの要求は通った。

「あ、そうだ。宮崎《みやざき》の件なんですが」

清水がすっと近づいて耳元でささやいた。

「なにか動きがあったか」

篤史は歩みを止めずに尋ねた。

「どうも今度は経理に出入りしているようです。きのうの夜、経理から連絡がありました」

「ほう」

宮崎誠《まこと》は五年ほど前に営業二課に回されてきたつまらない男だ。篤史より一、二歳下で、五十になろうというのに、結婚もできないでいる。

陰口を叩くわけではないし、同僚とも用件以外は口もきかない。命じられたことはこなすが、能力があるわけでもない。それだけの男だった。人畜無害だったから、いままでは放置しておいたのだ。

だが、このところ、こそこそと立ちまわっているらしいと清水が報告を上げてきた。それが一ヵ月ほど前になる。総務部や広報部、人事部などに顔を出しては、なにか探りを入れているらしい。

部下が自分の見えないところでよからぬことを企んでいる可能性があるかどうか、注意することは欠かせない。

金木に教えられたことのひとつだった。

どの部署にも、二課の中に変わった動きをする者がいたら知らせるようにと手を回してあった。

「なにをやってるんだ、宮崎は」

「営業二課の経費を訊いてきたそうです」

通常経費とは別立ての経費があることは、アメフト部つながりの金木、篤史、清水だけが知っていた。

「手を打ちますか」

「いや、様子を見よう。いざとなったら部長がなんとかしてくれるだろう。どうせダイガエの利くメンツだしな」

社内でよく使われる言い回しだった。代わりの者をいくらでも用意できる程度の人材を、そんな風に裏で言い合っていた。

「わかりました」

同じフロアにある部長室の前に着いたので、清水はそれ以上問いかけて来るのをやめた。ノックをして入ると、秘書の松永美智《まつながみち》が立ち上がって一礼してきた。ムスク系のむせかえる香りが鼻を刺激する。年齢の割に大人びた匂いだ。

入社して四年目。いまだに松永以上の女は入社してきていない。ちょっと怯《おび》えたような目つきをするところが気に入っていた。二課にも、もう少し見栄えのいいのをほしいものだった。

以前食事に誘ったことがあり、体《てい》よく断られたあとは眺めるだけにしているが、案外その気がありそうでもあると、篤史は勝手に思っていた。

「部長がお待ちです」

興味などなさそうな顔つきを作って篤史はうなずき、清水とともに奥に通じるドアをノックした。

返事があり、中に入って清水と並び、直立不動の姿勢で頭を下げた。

「おはようございます」

声が揃う。

「朝から悪いね」

開いていた新聞をたたみ、立ち上がるとソファのところへ出てきた。

アメフトをやっていたのは四十年近く前だから、金木が突き出た腹をしているのも無理はない。スーツの下に着こんだベストが貫録を醸し出す。

「座りたまえ」

篤史と清水はまた一礼し、金木と向き合う形でソファに腰を浅く下ろした。

「ほかでもない。例の件なんだがね」

やはりと篤史は思った。横にいた清水もかすかに身じろぎしたようだった。

「もう少し、なんとかならないか」

「あと、どれくらいでしょうか」

篤史は身体を乗り出し、声をひそめた。

金木は口髭《くちひげ》に手をやって、ぼそりとつぶやいた。

「百人」

ということは五百万か。

「承知しました」

無理だと言える立場にはない。

「集められるだろうか」

「はい。お任せください」

やってみなくてはわからないが、なんとかしなくてはならない。

「これはわたしにとっては最後の大仕事だし、なんとかここを切り抜けなくてはならない。きみたちにとっても昇進のいい機会になる」

言わずもがなだったが、金木は念を押したつもりだろう。

「経理に話は通してある。なにしろあの現地では最初だからね。どれくらいアンチが来るか予想がつきにくい」

「わかりました」

篤史がうなずいて席を立とうとしたとき、清水が声をあげた。

「部長、じつは」

途中で口を閉じ、あわてて篤史に目を向ける。先輩をさしおいて話をするのが失礼なのは、暗黙の了解だった。

「あの件はお耳に入れておいたほうが」

気まずそうに付け加えた。

篤史はほんの少したしなめるような視線を清水にあててから、金木に向き直った。

「二課にいる宮崎という男なんですが、このところなにか探っているようです」

「どういうことかね」

「おそらく、今回の件についてだと思います。長期出張ということで大阪支社にやっていただけませんか」

「部下の統率は取れていると思ったが」

不満そうに視線をそらした。

「申し訳ありません」

篤史は頭を下げた。清水が口を開かなければ、金木に相談せずとも、こちらで収拾をつけられたかもしれなかった。

「まあ、いいだろう。ダイガエ可能な男なんだろう」

「はい。大して役には立っていません」

「わかった。そっちは何とかする。動員の方を迅速に頼む」

そう言って立ち上がり、デスクの方に歩いて行ってしまった。

あわてて篤史たちも立ち上がり、深々と頭を下げて部屋を出た。

知らぬ間に背中が汗ばんでいた。

「お疲れさまでした」

松永美智が微笑みつつ、廊下に続くドアを開けてくれた。

ムスクの匂いを吸い込みつつ、思った。

秘書課にするべきだった。受付に座っているだけの女は見栄えはよくても中身は駄目だ。

篤史は愛想の笑みを作って廊下に出た。

五

インターホンを鳴らしても、返事がなかった。

「いないようですね」

県警本部捜査一課から捜査本部に派遣された山岸《やまぎし》が、加賀美の背後から声をかけた。まだ若手だ。

「あと回しにしましょう」

加賀美は山岸に顔を向け、先に立って正木家を挟んだ反対側の家に歩き出した。正木家の前で張り番をしている警官がふたりに敬礼をしてくる。

「新井さんのとこ、留守かな」

「は、先ほど出かけたようですが」

警官は加賀美の問いに、あっさりと答えた。

――逃げたか。

加賀美の頭を、そんな言葉がかすめた。

昨夜の様子が、ひっかかっていた。

正木家に出入りしていた者を見なかったかという問いに一瞬だけ見せた戸惑い。なにか隠しているという気配が感じられた。誰かが正木家に出入りしたのを目撃していたかもしれない。

いかにも傲慢な態度の夫が帰ってこなければ、もう少し話を聞けたはずだが。

加賀美は正木家の門の前で、隣の新井家のベランダを見上げた。

あそこから見下ろしていれば、正木家に何者かが出入りする様子ははっきり見えるはずだ。門から玄関まで、人の行き来を目にするのを阻むものはなにもない。陽が落ちる前なら、だが。

警官のいぶかしげな視線に気づき、加賀美はありがとうと言って、その前を離れた。

正木家の内部では、今朝も現場検証が続いている。

きのう、機動捜査隊がやってくる前にざっと見ただけだったが、被害者に抵抗した様子はなかった。

応接間のソファとテーブルの間に仰向けに倒れこんでいた様子からして、来客と向き合っていたときに隙をみて刺されたのではないか。

何度も殺人の現場を見ている加賀美としては、すぐさまそう見て取った。昨夜の捜査本部会議でも、同様の見立てだった。

だが、解剖の結果は、少しばかり違っていた。

死亡推定時刻はおととい、つまり十一月八日の午後四時から八時のあいだで、凶器の果物ナイフは腹部に突き刺さったままだった。むろん指紋は出なかった。

妻の真知子が青森から帰宅したのが九日の午後四時少し過ぎだったという。地方へ出かけるときには必ず朝のうちに自宅に電話を入れるように言われていた。その指示通り、それまで毎朝電話を入れていたが、九日の朝は電話に出なかったという。

以前心筋梗塞で倒れたことがあったので、息子に様子を見に行ってもらおうと電話を入れたが、通じなかった。町内で頼める者もいないし、電話番号もわからない。

そこで、仕事をやり残したまま、まっすぐ帰宅したのだという。

インターホンを鳴らしても返事がなく、玄関をたしかめると、鍵がかかっていなかった。声をかけても返事はない。

荷物をその場に置いて、夫がいつもいるリビングに向かったが、そこに姿はなかった。散歩などするような習慣はないので、リビングから応接間に向かい、そこで横たわっている夫を見つけた。

とっさに、脳梗塞か心臓発作を疑ったという。

駆け寄って声をかけようとして、腹部にナイフが刺さっていたのに、やっと気づいた。

一一〇番通報は午後四時二十一分。

妻の携帯から、帰宅したら夫が腹部を刺されて倒れていたというものだった。

四時三十五分、派出所の警官が応接間に入ったとき、妻は遺体の前で呆然とへたり込んでいた。加賀美たち本厚木署員が現着したのは四時四十二分。すでに規制線が張られていた。

県警の機捜が四時五十五分にやってくるまでのわずかのあいだだったが、加賀美は最低限の情報は頭に叩き込んだのだった。

それから、警察がリビングに移動させていた妻の真知子に、同居している者はほかにいないか尋ねると、いないと答えた。ただ、厚木市内にアパート住まいの息子がいるという。加賀美は連絡先を聞こうとしたが、ちょうど機捜が到着したので、それ以上所轄は手を出せなくなってしまった。

妻の真知子はそのまま救急車で運ばれて行き、市内の病院にひと晩泊ったはずだ。精神的に落ち着いたのを見計らって、いまごろ事情聴取をしているだろう。

解剖結果の重要な点を、そのとき妻には話さないでおくのが得策だと、加賀美は考えていた。

自分が事情聴取をするなら、そうする。

なぜなら、それは「秘密の暴露」につながる事実だからだ。

正木芳光はナイフで刺される前に、すでに死亡していたのだ。

死因は心筋梗塞。

腹部の刺傷に生活反応がなかった。

つまり殺人ではない。

ただし、そのあとでナイフを刺した者がいる。

それが何者なのか、が問題だった。実質的に殺人ではないにしても、死体損壊の罪にはなる。

捜査本部長は、犯人は被害者と面識のない者と見ていた。

だが、面識のない者が、死亡している者をわざわざナイフで刺すだろうか。

所轄のヒラ刑事である加賀美ですら疑問に思うのだから、県警の刑事たちが疑問に思うのは当然で、誰かが昨夜の捜査会議で質問をした。

そのときの本部長の返答によれば、被害者がテレビなどに出ていたこともあるため、被害者の方では知らなくとも、犯人の方でその顔を知っていたかもしれないというのだ。

つまり面識はなくとも怨恨の線で考えており、それなら死亡しているにもかかわらずナイフを刺す可能性はあるという理屈だった。

しかし、加賀美の見立ては違った。

怨恨の線に異論はないが、犯人は顔見知りではないかと見当をつけていた。目下のところ、第一に疑うべきは息子だろうと思うのだが、証拠があるわけではない。

朝の捜査会議ではまだ息子と連絡はついていないということだったが、捜査員が住居に向かうことになっていた。早晩話を聞けるに違いない。

加賀美は息子に連絡をつける分担につきたかったが、結局地どりの担当になり、県警の山岸と組んで、まずは新井家を訪ねたのだった。

昨日県警が現場検証をしている隙に新井家と、反対側の磯田家の両方に聞き込みを入れたのは、むろん黙っていた。

問題は新井妙子だ。

どうしても、あの瞬間の態度がひっかかる。おどおどしている妙子の目が、ほんのわずか記憶の中のなにかを見つめていたような気がする。

「ちょっと行くと、もう相模川なんですね」

唐突に山岸が口を開いた。間延びした顔が視線を川の方に向けている。

「そうなりますね」

加賀美は短く答えた。いま川は関係ない。初対面で年配の加賀美と組まされ、どう接していいのかわからないのかもしれないが、別に親しくなる必要はなかった。

「なにが釣れるんでしょう」

「え」

「趣味なんです。このあたり鮎川《あゆかわ》町っていうからには、鮎かな」

そういうことか。自分の趣味のことに気が向いているというのが信じられなかった。

「今年の夏、首を絞めた死体を上流で投げ捨てたやつがいて、たしかこの付近に流れついたはずです」

「はあ」

嫌味は理解できるらしく、それ以上余計なことは口にしなかった。

正木家を横目に通り過ぎ、磯田家のインターホンを押したが、きのう同様、返事がない。老夫婦は伊勢原《いせはら》の息子夫婦の家に遊びに行っているということだったが、泊りがけで行ったらしい。

そのあと、周辺の家の聞き込みをしらみつぶしに続けたが、結局芳しい情報は出てこなかった。

このまま手ぶらで捜査本部に戻るのは、面白くなかった。

「町内会長のところに行ってみますか」

加賀美が提案すると、山岸はうなずいた。あまり乗り気ではなさそうな気配だ。怒鳴りたいのを抑えて、さっさと歩みを進めた。

工藤孝浩《くどうたかひろ》というのが鮎川町の町内会長をやっている。児童公園の向こう側に自宅があった。玄関まで出てきたのは六十前後の人物で、異様に肌が日焼けしていた。筋肉も歳の割には落ちていない。そのくせ頭髪は真っ白だった。

長年町内会長をやっていて、交通課や生活安全課などとはよく連絡を取っているらしい。町内で殺人事件が起きたことに困惑を隠さなかったが、そつなく質問に答える。

「正木さんのお宅は越してきてから、まだ一年にもなっていません。お二人とも仕事をお持ちですし、懇意にしていた家はないと思いますよ」

「不審な人物が出入りしていたといったことは」

「ないでしょうね。大学の先生ですし。あまりお見かけはしませんでしたけれどね」

「そうですか」

「ああ、それから、明日の夜、町内会の会合を開くことにしたので、本厚木署のかたにも来ていただけると助かるんですが」

「町内のみなさんが集まるんですか」

「今後の防犯のことなども考えないとなりませんから」

加賀美はうなずいた。

「わかりました。そのように伝えておきます」

むろん伝えた上で、加賀美自身が会合に参加するつもりになっていた。

きっと、新井妙子も顔を見せるに違いない。

ほんのわずかしか言葉を交わしていないから、もっと事情を聞きたかった。以前仕事に就いていたのかどうかわからないが、整った顔つきや仕草には、どことなく知的なものが感じられた。

少し窶《やつ》れているとはいえ、その奥からにじみ出て来る気配は隠せない。

それと同じで、なにかを隠そうとしても、隠しおおせてはいなかった。

その顔を浮かべつつ、加賀美は町内会長の家を辞した。

六

——正木夫妻は、なぜ息子がいることを隠していたのだろう。

本厚木駅へ向かうバスに揺られているあいだ、そのことが頭をめぐっていた。

殺された夫の顔は思い出せないが、妻の方とは引っ越しの挨拶に来たあとも、何度か道で会釈を交わしたことがある。エリートっぽいところがあるわけではなく、どちらかといえば気さくで優しげな雰囲気の人物だった。とはいえひどく神経質そうなところがあったようにも思えた。

そういえば、ゴミ出しをしているところを見たことがなかった。

公園の横がゴミ出し場なので、捨てに出てくれれば何度か目にしていてもいいのだが、一度も見かけたことがない。なぜかと考えかけて、見当がついた。

前の晩に出していた。

そうに違いない。仕事の都合かもしれなかったが、明るい時間にゴミを捨てる姿を見られたくなかったのかもしれない。

我ながらどうでもいいことだと思った。だが、息子のこともまた、明るい場所ではなく、暗い場所に追いやって見られたくなかったとも考えられた。

そこに、なにか知られたくない事情があって、息子の存在を隠していたのはたしかな気がする。

もちろん、事の大小はあっても、どの家にも他人の目に晒《さら》したくないことがらはある。みずからを省みれば、そんなことは明白だった。体《てい》よく周囲には取り繕った嘘をついて体面を保つ。

篤史は特に自分の家を「立派な家」だと思わせたがっていた。

夫は「安定した会社に勤めて」いて、妻は「笑顔の絶えない家庭で夫を支え」、こどもたちは「優秀で将来有望」に育っている。

そういう新井家でなくてはならないと篤史は考えていて、無理を承知で妙子もまたそれに従っていた。

同様に、大学教授の夫と研究所に勤めている妻のあいだにできたこどもは、「優秀で将来有望」でなくてはならない。もしそうでなければ。

——できそこない。

その言葉が頭をかすめ、バスの揺れとは別に、妙子は吐き気を覚えた。

自分の部屋にある小さな仏壇には、生まれることのなかったこどもがいる。順子の前に、生まれるはずだったこどもだ。障碍があるかもしれないと言われて堕《おろ》してしまったこどもも、篤史から見れば「できそこない」だったのだ。

そして、もしかしたら正木夫妻の息子も、似たような見方をされていたのではないかと思った。

――自分と同じように、なにか生きにくさを抱えていたのであれば、隣同士なのだからもう少し話を交わすことがあっても良かったのではないか。

そう思うと同時に、篤史の言葉がよみがえる。

くだらない連中とくだらない話などするな。

近所に住んでいるのは碌《ろく》なやつらではないからだというのが、篤史の言い分だった。結婚してからずっと、そう聞かされ続けていた。

だが、正木家が来る前に隣に住んでいたのは大手銀行の支店長だった。正木家は大学の教授。どこが「くだらない連中」なのかよくわからないが、妙子自身がその言葉に縛られて尻込みしていた気もする。

いや、考えすぎなのかもしれない。単に親子のそりが合わないだけだったのかもしれないし、成人しているのだから、やはり独立して別居していただけかもしれなかった。

後ろめたさと吐き気を堪《こら》えるつもりで、妙子はそう思い直そうとした。

だいいち、自分と同じだと見なしているのが、正木夫妻に対して失礼でもあると感じた。

そう言い聞かせているうち、ターミナルにバスが到着し、余計な考えを振り払った。

すでに十時を回っていたので、本厚木駅前にはかなりの人が行き来していた。ショッピングモールの周辺には陽の光が集まってひときわ明るい気がする。

家を出て近所を散歩するときだけが妙子にとっては気が楽になる時間で、街に出てしまうと周囲の視線がひどく気になる。

あわてて家を出てきても、特に行くあてがあるわけではなかったし、どうしようかと戸惑いつつ歩いていくと、ふとウィンドウに映る自分の姿に目が行った。カーディガンにパンツといういで立ちが、ずいぶんと窶《やつ》れて見えた。じっさいに窶れているのだろう。

ここ数年、身なりにあまり気をつかわなくなってしまっていた。出がけにさっと化粧はしてきたが、いつもはまったくしなくなっている。

家でたまに鏡に映りこんでしまった自分の姿を目にすることはあっても、まじまじと観察することもなくなった。シミが出ようと、シワが目立とうと、そんなことはかまわない。

家のことはきっちりやらないと篤史が文句を言うからやるのだが、自分のこととなると投げやりになっている。

あらためて映っている姿を見ると、まるで自分ではないように思えてしまう。

気づくと、ブティックのウィンドウに顔を近づけて自分の容姿をじっと見ていた。

平静を装って周囲に目をやり、誰も気にしていないのをたしかめると、そ知らぬふりで歩き出した。

なんだか汚いな、おまえ。

順子を生んだあと、篤史にそう言われたことがあった。

はるか昔のことだったし、いままで忘れていたのに、急に蘇《よみがえ》ってきた。

子育てをしていて、身だしなみがおろそかになっていたのはたしかだ。いちいち化粧している余裕などない。順子がこぼした食べ物の染み跡がついたトレーナーを気にかける暇もなかった。

母さんを見習えよ。

さらに言葉が蘇る。

姑は順子の面倒を見るでもなく、自分の部屋でテレビばかり見ていた。部屋には妙子を入れようとせず、自分の部屋だけは掃除をするが、あとは妙子に任せきりだった。妙子の作った食事はどれも気に入らず、嫌味を吐きつつ食べ終えると、たまに余所《よそ》行きの服を着て、遊びに出ていく。そう、化粧は家にいるときでもしていた。

姑の顔が浮かんできて、妙子は顔をしかめた。

どこに行っていたのか知らないが、どうせ妙子の悪口を言いふらしていたに違いない。

愚痴のひとつでも言える相手がいれば、妙子だとて耐えられたはずなのだ。

結婚するまでは仲の良い友人はかなりいた。だが、篤史は友人との付き合いを喜ばなかった。

ありていに言えば、嫌った。

妻は家にいて家事をやるのが仕事だろう。遊び歩いてどうする。

似たようなことを姑も繰り返し言っていた。幼稚園や学校の母親同士の付き合いは渋々認めはしたが、用件を前もって姑に告げさせられ、帰ってくれば根掘り葉掘り聞き出そうとする。

それが嫌で、だんだん妙子は家から出なくなった。結婚以前は友人たちと旅行に行ったりもしていたのに、誘われても断ることを繰り返しているうちに疎遠になってしまった。年賀状のやりとりもはるか昔に途絶えている。

自分に投げやりになってしまったのは、いまに始まったことではないのだ。

結婚してから、だんだんと気持ちが擦り切れていき、いまでは妙子のすべてをおおってしまっていた。

誰も自分のことなど気にかけていない。

――こんなとき、話ができる相手がいれば。

隣家で殺人があったことを言いふらしたいというのではない。事件を知ったときの自分の気持ちを誰かに知ってほしかった。口にすることで、気持ちの整理をつけたかった。

ショッピングモールを行きかう者の腕をつかんで、どうか話を聞いてくださいと頼みたいくらいだった。

だいいち、こうして用もないのに家を出てきたのも、殺人があったせいなのだ。

そこで、はっとして妙子は足を止めた。

行きかう者から顔をそむける。

加賀美とかいう刑事にまた聞き込みに来られるのが嫌で家から逃げ出してきたのだが、もうひとつの問題が頭からまったく消えていた。

犯人らしき男を妙子は目撃しているのだ。

そのことを加賀美に打ち明けるのが嫌で出てきたのはいい。しかし、妙子はその男と目を合わせていた。互いに会釈までしている。

もしあの男が犯人だとしたら、妙子が犯人を見たと警察に通報すると考えるかもしれない。通報しないまでも、なにかのきっかけで口をすべらせることもあるだろう。

――となれば、犯人は黙っていない。

機会をうかがって口封じに殺される可能性もある。

いまも、もしかすると自分は監視されているのではないか。

考えが走り出すとよくない方向に勝手に行ってしまいがちになる。近頃では少なくなっていたが、またぶりかえしてきたのだ。それも当然だろう。これればかりは命にかかわる。

貧血の直前に似ためまいが起き、息が荒くなった。

突然背後から妙子をかすめて男が歩いていき、思わず身体がこわばった。両手を身体の前で握りしめた。かすかに手が震えていた。

まさかこんな昼間に堂々と犯人が目の前に現れはしないだろう。

なんとか踏みとどまり、妙子はそう思いなおして、息を整えた。

周囲に目をやりつつ、ゆっくりと歩き出す。

予約を入れていないが、大和まで行って受診しようか。

いったんそう思いはしたが、急に立っているのが億劫になってきた。身体が重い。

一度揺らいでしまうと、立ち直るのに時間がかかる。ここ二年ほどはそういう状態が続いている。

スニーカーを引きずるように進み、目についた喫茶店に入った。

アイスティーを頼むと、トートバッグをあさり、粉末薬を取り出して水で流し込む。昼食後に飲むぶんだったが、もう十一時に近いし、この二年ほど飲み続けているから、特に問題がないのはわかっている。それよりもいまの状態をなんとかする方が先だった。

しばし目をつぶって身体をボックス席のソファに凭《もた》せかけた。

錯覚に違いないが、いましがた飲んだ薬が身体に浸《し》み込んでいく感覚がある。

「ご気分悪いんですか」

アイスティーを運んできた若い女の店員が声をかけてきた。注文を受けたのと同じ女かどうかわからなかったが、大丈夫とこたえ、無理に笑みを作った。

目をつぶっていたのは、ほんの二、三分だったろう。

しかし、ぐっすり眠ったあとの目覚めのような感覚があった。もちろん、それが長く続かないのを、妙子は知っていた。

テーブルに置かれたアイスティーをストローでひと口飲みつつ、通りに目をやった。

夕方までここでじっとしているわけにも行かないから、どこか行き先を考えなくてはならない。

思い返してみれば、二年前から大和駅近くのクリニックへ通いだすまでは、定期的にどこかへ出かけることはなかった。

もちろん、順子や将一の幼稚園への送り迎えといったことはあったが、妙子自身で行き場を作ってこなかったのが悔やまれた。ネイルアートや英会話の教室に通いたいと思ったこともある。

しかし、篤史も姑も小馬鹿にしたように冷笑した。

そんなことをやっても身につきはしない、だいいち金の無駄だ。

ならばボランティアでなにかをやってもいいと思った。むろんそれもあっさり拒否された。家事がおろそかになるというのが理由だった。おまけに篤史は、そんなサヨクのようなことをするなと見当違いな文句を口にした。

自由になる金が多少でもあれば身動きできたかもしれないが、生活用品はクレジットカードですべて払うことになっていた。支払いの明細が送られてくれば、必ず篤史か姑が目を通し、ストッキング一枚までチェックされた。姑が亡くなってからはそれほどでもなくなったが、いまだに篤史は思い出せば支払い明細書をチェックする。

家に必要なものには文句を言わないが、妙子個人の物品には厳しかった。

自分のものは自分で買えというわけだ。

働いていない妙子にそんなことを言われても無理だが、篤史や姑はそれが当然と言わんばかりだった。スマートフォンを買ってもらったのも、姑が病気になって急な連絡が必要になるかもしれないという理由からだった。

結婚当初は多少貯めていた妙子自身の貯金を使っていたが、そんなものは二、三年で消えてしまっていた。そこでわずかながら「小遣い」を毎月もらうことになったが、自由に使える二万という金額は、順子や将一の小遣いに追いつかれ、最後には同じになった。

だから、読みたい雑誌や本があっても、気楽に買えない。

学生時代には月に五冊くらいは小説を読んでいたものだ。

結局図書館に行って借りて読むようになっていたが、それも二年前から途絶えている。くわえていたストローを口から離した。

――図書館か。

遅まきながら、妙子は思いついた。図書館なら閉館時間までいても飽きたりしない。いい機会だから、本を借りるのを再開してもいいかもしれない。ただ、読む気力があれば、の話だが。図書館なら駅のすぐ近くにある。そこへ行くことにしよう。

そう決めた。

決めると、なんとはなしに安心した。ぐらついていた気持ちも立ち直ってきた感じがする。余裕のある気持ちで、通りを行き来する者の姿に目をやる。

ふと、妙子の視線が、肩を並べて歩いていく男女の姿に留まった。

同じくらいの背格好で、女の方は見たこともないが、もうひとりは見覚えのある服装をしていた。ニット帽に黒のジャンパー。

目を凝らしてみると、やはりそれは将一だった。相手と話しながら歩いている横顔がちらりと見えた。

予備校は本厚木駅付近にあるから、ここにいてもおかしくはない。昼時だから食事に出てきたのか。

だが、どこか不自然だった。

友人や恋人といった印象をまるで受けなかった。なにか事務的な関係のような。

目で追っていくと、ふたりは妙子のいる喫茶店のななめ向かいにある雑居ビルの中に消えた。

何階に向かったのかまではわからなかったが、レストランなどが入っているビルではなかった。

混乱したまま五分ほどビルの入り口に目を向けていると、今度は別の男とともに将一が下りてきたのが見えた。

さきほどやってきた方向に並んで歩き出す。

妙子がここにいて見ていることなど気づきもしないまま、その姿は人の行き来にまぎれて見えなくなった。

予備校に行かず、いったいなにをしているのか。

一気に不安が襲ってきた。普段おかしい様子はなかったか。なにか悩みなどを打ち明けようとする気配は感じなかったか。

頭をめぐらせていき、最後に行きついた迷いはいつものものだった。

――これを夫に告げるべきか、どうか。

妙子はもう一包薬を手にしてアイスティーで飲み下そうとした。

そこで思いとどまり、バッグからスマートフォンを取り出すと、将一の番号にかけてみた。

電波の届かない場所にあるか、電源が入っていないとアナウンスが繰り返した。

三回かけ直して、あきらめた。篤史に告げるかどうかは、将一が予備校に行かずになにをやっているかたしかめてからだ。

いったん手にした薬をスマートフォンと一緒にバッグへ戻し、飲みかけのアイスティーをそのままに、喫茶店を出た。

はす向かいにある雑居ビルへ、おそるおそる近づく。

海老茶《えびちゃ》色のタイル張りで五階建てのビルだった。その外壁には、縦長の続き看板が作られていて、各階の店舗案内があった。一階はコンビニ、二階と三階は歯科医院と会計事務所。四階にヨガ教室がある。

そして五階には「ＯＺＥカウンター厚木事務局」とあった。

妙子は看板を見上げたまま、首をかしげた。

将一が上がっていったのは、たぶん五階だろう。ほかの階は変哲のない店だが、五階だけが違っている。妙子に隠れてアルバイトをするようなところとも思えなかった。よくわからない。

コンビニから流れ出る揚げ物の脂っこい臭いがまとわりつくのを感じつつ、決心して通路の奥に見えるエレベータに向かおうとしたとき、箱が一階に降りてきたのがわかった。

とっさにコンビニのわきによけて、背を向けた。

中に乗っていたのは、さきほど将一と一緒に入っていった女だった。

女は妙子を気にかけないまま、将一が出ていったのと反対方向に歩いていく。

ジーンズに灰色のフィッシャーマンズセーター。髪の毛は短めに整えている。

しっかりと目に焼きつけたあと、妙子は意を決してそのあとについていった。

七

昼食は社内食堂で取ることもあるが、近くの料理店に行くこともあった。

ひとりで行くことはめったにない。たいてい忠実な部下である清水を伴っている。特に理由はないが、そうしていた。

きょうも清水に声をかけ、宮益坂の途中にある中華料理店に出た。

五分ほど並び、それから天津飯を掻《か》き込むと、隣にある喫茶店に向かった。

「どうしますか」

やはり今朝部長に命じられた件が話題になった。というより、その話をするためにここへ来たのだ。社内で聞かれてはまずい密談をするときに使う喫茶店だった。

篤史は頼んだコーヒーで口の中に残っていた脂っこさを洗い流してから、清水に目を向けた。

「いままでとやり方は同じだからどうってことはない。ま、金木さんのためにもやるしかないだろう。タダ働きさせてるわけじゃない。きちんと日当払ってやらせてるんだ。れっきとした業務依頼さ。パー券押しつけるのとは違う」

清水は困惑げにつぶやいた。

「しかし追加で百人、いけますかね」

アメフト部のつながりがあるから、ふたりだけになると口調がくだけた。かえってそのほうが、篤史も気楽だった。

「いまのところ三百人集めているんだったよな」

「はい。さらに百人となると、やっぱり西村《にしむら》に頼むのが無難だと思いますが」

「西村か」

「大半の取引業者には動員かけてしまってますしね」

新浪建設グループの関係会社は二十以上にのぼる。

さらにその下請け会社は三百社ほどもあるだろう。

そういった表向きの契約関係を結んでいないのが、川崎《かわさき》にある西村工務店だった。工務店と名乗ってはいるが、じっさいに業務をしているわけではないし、新浪建設ともかかわりを持っていないことになっている。

早い話が「裏方仕事」をやらせるために飼っている業者だった。篤史も仕事柄、以前はちょくちょく西村と顔を合わせていたが、いまは清水に交渉を任せている。西村なら反社や半グレ、右翼関係者にも顔がきくから、すぐに集められそうだ。

「西村にはすでに何人頼んでるんだ」

「三十です」

「さらに百か。しかしなあ」

篤史は渋った。ほかの一般業者に動員をかけるときは一人五万と計算して経理から金を引き出し、一人二万で依頼をする。

百人依頼すれば、二百万。浮いた三百万のうち、二百を篤史、百を清水で分ける。税金のかからない金だったし、金木も黙認していた。

しかし、西村の場合は会社にとって表に出てはまずい仕事を依頼している関係もあり、正規の五万で依頼した上、西村に百万の上乗せをするのが慣例だった。六百万を引き出して、篤史と清水のピンハネ分はゼロだ。

「ここは、やむを得ないでしょう」

清水が顔をしかめた。

「たしかにな。それじゃ頼む。なにごとも会社のためだ。会社の方針はおれたちの方針でもある。そうだろ」

試すように清水の顔に視線をやった。

「もちろんですよ。会社あってのおれたちですから」

なにごとも会社のため。会社あっての自分たち。

密談を交わすときには、いつものように出て来る言い回しだ。互いを信じていないわけではなかったが、互いを信頼するための合言葉のようなものだった。先輩後輩のつながりがあるとはいえ、調子を合わせているだけかもしれないのだ。新浪建設に入社するとき、そのあたりは選考できっちり確認されているはずだが、人の内面など正確にわかるはずもない。

もちろん、篤史にしても金木や社の上層部から同じように見られている可能性はあった。わずかでも社の方針にそぐわないような考えを持っていると知られれば、排除の対象になる。だから、常に互いの思惑を確認する。

部下を管理するというのは、そういうことでもあった。「問題社員」を素早く見つけ出すのが会社にとって重要なことは言うまでもない。そう、たとえば宮崎のような。

篤史は鼻を鳴らした。

「宮崎か。あの手のやつは、あれだな。静かにしてるぶんにはどうでもいいが、変な動きをされたら迷惑ってことだ」

「たしかに、ああいう暗いやつはちょっと」

清水が顔をしかめた。

「まったくだ。女々《めめ》しいところがあるよな」

「課長、そういうのは」

人差し指を口元に持って行って、振って見せた。

ハラスメントになると言いたいのだろう。「課長」と呼んだのは、立場を思い出させようとしたのだ。社内では問題ないが、外では気をつけないとならない。

篤史はかったるそうに首を回した。

「いまのは個人的な会話だ。個人的には、おまえだってそう思ってるんだろ」

「そりゃ、まあ、そうですね」

清水は含み笑いを浮かべた。

社内でも一応は「ハラスメント防止」などと言われ、各課の壁にはその手の貼り紙をしてある。ひとまず対外的にはあれこれと社内改革をしている形を取ってはいたが、そうすぐにはなにごとも変わらない。

というより、会社じたいが変えるつもりはなかったし、篤史にしても同様だった。

自分の意向に沿えない者は、さっさと会社を辞めていけばいい。

それは社の方針に沿えないということでもあるからだ。

もちろん、入社以来、大学時代のように怒鳴ったり殴ったりしたことはない。そういう一目でまずいと指摘されるようなことはしなかった。それは家でも同じだ。「暴力夫」などと周囲から見られるようなことはしない。

「ところで、新井さんのところはお子さんふたりでしたよね」

「なんだよ、急に」

「いえ、個人的な会話ってことで、お訊きしてるんですけど」

「ま、きちんと義務は果たしたってとこか。少子化だしな。最低ふたりってところはクリアしてる」

　ことさらに自慢するような口調になっていた。たしかにふたりのこどもは作った。しかし、出来はさんざんだった。家のことは社内でなるべく口にしないようにしていたし、円満な家庭を装っていた。そんなところで弱みを見せるわけにはいかなかった。

　妻は更年期で調子を崩している。娘はシンガポールに逃げ出して、連絡は途絶えている。息子はすでに二浪だ。

　そんなことが知られたら、まともな家庭も築けない男と思われてしまうのははっきりしていた。誰もがうらやむ家庭を築いていることもまた、優れた男の条件といえた。

　部下にみっともない姿など知られてはならなかった。

　なぜ家庭のことなど尋ねるのだと不審に思っていると、清水が照れながら口を開いた。

「じつはそろそろ結婚しようかと」

「ほう」

　そういうことかと納得した。

「どういう感じでやってけばいいのか、いまいちわからなくて」

「そうだな」

　篤史は腕組みをして、一息置いてから答えた。

「最初が肝心てとこか。おれたち男は仕事をして金を稼いでくる。女はその金で生きていけるんだから、家やこどものことは女がやる。ま、当たり前の話だが、これを叩き込むってことか」

「それでうまく行ったってことですね」

「当たり前だ。犬のしつけと同じでな。言うことをきかなければ餌がもらえないってことをわからせる」

「なるほど。で、こどもはふたり以上と」

「そっちも餌と同じで言うことをきかなけりゃお預けだな」

清水が下卑た笑いを漏らした。

「そっち方面のことも考えて、家も一戸建てを早いところ買おうかと思ってるんですよ」

「やるじゃないか」

篤史は口ではほめそやしたが、そのとたん隣家で殺人があったことを思い出していた。

あの家は父親の代に分譲を購入し、以前住んでいた小田原《おだわら》のアパートから篤史が幼いときに引っ越してきた。篤史が結婚する少し前に一度改築したが、同じ場所に四十年以上も住んでいて、町内で殺人などいままで起きたことはなかった。よりによって隣家で殺人とは、迷惑もいいところだった。

同時に、妙子の昨夜の顔が浮かんだ。

化粧もせず、髪の毛も整えていない。薄汚いいつもの顔だったが、どこか興奮していたような気がする。刑事がやってきて話をしたからか。

今度は刑事の顔が浮かぶ。加賀美とかいったはずだ。年齢は同じくらいだが、ずんぐりした背格好をひと目見ただけで、男としては中の下だとすぐわかった。

たいした男でもないのに、目新しいから話していい気になっていたのか。

まともにこどもも育てられないくせに、色気だけは残っているらしい。将一が生まれたあとはまったく相手にしなくなっていたが、自分がその程度の女だということがわかっていないのだ。そのことは亡くなった母親も言っていた。言われないとなにもしようとしない、気の利かない女。

たしかに母親の言うとおりだった。

下請け会社の受付にいたのだから、言われなければなにもしようとしないのは当たり前だ。化粧をして静かに座っているのを見ただけで選んだのが間違いだった。

もっと気の利く、色気のある女にするべきだった。

そう、松永美智のような。

なんのためらいもなく、その姿が立ち現れた。金木部長の秘書としてそつなく仕事をこなし、気も利く。だいいちみてくれがいい。すらりとしたたたずまいに、微笑んだときに細められる切れ長の目。鼻先にムスクの香りがかすめる。

——もう一度、食事に誘ってみてもいい。そろそろなびいてくるかもしれない。

ああ、そういえば。

「で、相手は誰なんだ」

思い出して清水に尋ねた。まだ相手が誰なのか聞いていていなかった。

清水は照れるように顔をうつむけた。

「どうした。教えろよ」

「いや、まあ」

「なんだよ。おれの知ってる女か」

「知ってます」

「誰だよ。どうせいつか言わなきゃならないんだからな。いま言っても変わらないぞ」

部活動の先輩に迫られ、仕方なく従うように、清水は口を開いた。

「部長の秘書の」

そこまで聞いて、篤史は浮かべていた笑みを一瞬こわばらせた。それを気づかれまいとして、冷ややかな笑いを浮かべた。

「なるほどな。まあ、あのくらいなら、悪くない」

たったいま自分が思い浮かべていた女が、こんな男と結婚するとは。

いままでまったくその気配に気づかなかったことに歯嚙《はが》みした。

清水は隠れてなにをしているかわからない男だ。

その確信が篤史にはっきりと焼きついた。

いや、それよりも。

――松永は清水に、おれが食事に誘ったことを話しているのではないか。

篤史は、一気に弱みを握られた気分になった。

八

暗くなれば刑事は家の付近をうろついていないだろう。

勝手にそう思い込み、こっそり家に戻れると考えて帰宅したのが五時過ぎだった。

正木家の前には相変わらず黄色い規制線のテープが張ってあったが、警官は立っていなかった。マスコミも引き上げてしまったらしく、児童公園に人影はなかった。

近所の者の姿も見かけなかった。こどもを児童公園で遊ばせないようにしているのはむろんのこと、正木家に面している道を通らないようにしているのかもしれない。

結局、将一と一緒に雑居ビルに入っていった女の尾行は、失敗だった。

女はまっすぐ駅に向かって行き、小田急線の改札を入った。

妙子はためらわずＩＣカードで改札を抜けたのだが、女はやってきた新宿行きの急行に乗ってしまい、妙子は乗りそびれてしまったのだ。

あきらめて駅を出ると、いったんは図書館に行こうかと思った。

しかし、本を読みたいという気分は失せていた。

昼食もとらないままバスに乗り、いつも降りる停留所のひとつ手前で降りた。そこから相模川の岸辺まで歩き、ときたま訪れる「隠れ家」でずっとぼんやりと座り込んでいたのだ。

川風は少し冷たかったが、文字通り小春日和で、さほどきつくはなかった。

川の中央あたりに向かって、砂地の道が伸びている一帯があった。ふだんはこちらの川岸から地続きになっているが、雨などで水かさが増すとそこだけぽつんと小型ボートのような形に砂地が残る。いまは川べりと地続きになっていて、行こうと思えば行けるが、行ったことはなかった。

あんなところに行けば、ぽつんと取り残されたような心持ちが大きくなるだけだと思っていた。

ぼんやりとそのあたりに視線を向けたまま、しばらく座り込んでいると、頭の中にたまっていた気がかりがいっとき忘れられた。

いつものことだった。

家にこもっていないで散歩をするといいと言われ、最初はどこにも行くあてがなくて途方に暮れたが、たまたま岸辺に出たとき、この「隠れ家」を見つけた。そのときすっと落ち着きを感じたのだ。

それからはこの岸辺に来ることで気持ちを落ち着かせるようになっていた。

ここは背の高いススキが生えていて、土手から隠れるようになっているから、他人の目を気にする必要もない。

その日も、日が暮れ始めるまでそこにいて、風が冷たくなったのを機に立ち上がり、途中コンビニで卵と牛乳パックを買い込んだ。

いつもは正木家の前を通って帰るが、遠回りをして児童公園の反対側に出て、公園を抜ける形で家の前に出た。公園に入るあたりから周辺の様子をうかがいつつ、素早く家の中に入った。

玄関に入って鍵をかけ、スニーカーを脱いで上がろうとすると、将一の靴があるのが目に入った。

帰っているらしい。

そのままポストから持ってきた夕刊と郵便物をリビングのテーブルに置き、キッチンに向かう。買ってきた卵と牛乳を冷蔵庫にしまうと、着替えもせず椅子にへたり込んでしまった。

声をかけるにしても、どうかけたものか。

将一が素直に事情を話してくれるとは思えなかった。

妙子が中立の立場を取っているつもりでも、将一から見れば、いざとなったら篤史や亡くなった姑の「味方」をすると思われている気がしていた。

――それは違う。

違うのだが、きっぱり言い切れるだけの自信が、妙子にはなかった。

結婚したあと、姑や篤史になにか言われてしまえば、それがおかしいと思っても、妙子は従ってしまうようになってしまった。姑が亡くなったいまでも、なにかのきっかけで姑の言葉がよみがえり、知らぬ間に従ってしまっているかもしれない。

ついため息が漏れる。

壁の時計に目をやると、すでに六時になろうとしていた。

夕食の準備をしなくてはと立ち上がったとき、ふとキッチンテーブルの下に落ちていた紙切れに気づいた。

ゆるゆると腰をかがめ、それを手にした。

「新浪建設」という文字が、まず目に入ってきた。

篤史の会社だった。

新浪建設を許すな

大きな活字で、そう横書きされている。

意味が分からなかった。

妙子の目は、下に書かれている文章を追った。


現在、神奈川県澄山《すみやま》町近辺を対象とした「プロジェクト２０３０」という再開発計画が進行中です。これは政府事業のひとつとして、二十一世紀の新しい都市開発をうたっています。広大な土地を利用し、リニア新幹線の開通を見越したもので、多目的競技場とタワーマンション、さらには複合商業施設とホテルを作り、橋本駅から鉄道路線を引き、リゾート地にしようというのです。

ただし、計画そのものが公表されていませんし、住民説明会もまったくおこなわれないいま、ひそかに土地買収が進んでいます。

なぜかというと「再開発」には、別の隠された目的があるからです。

じつは予定地の大半が現在外国人の集住地域になっているのです。ペルーやブラジル、タイ、カンボジアなどからやってきて、周辺の工場で働いている人たちの居住地区になっており、その人たちを立ち退かせることこそが、計画の真の目的と考えられます。

その根拠のひとつとして、計画を一手に引き受けようとしているのが東京渋谷に本社のある新浪建設とその下請け五社である事実が挙げられます。

この新浪建設グループは差別体質をあからさまにしている会社で、多くの訴訟の被告になっています。

そういった会社が政府の事業に参画することは問題ですし、そもそも会社の体質に問題があるのは言うまでもありません。

さまざまなヘイトが広がっているいま、このような会社にノーをつきつける必要があるはずです。

こういったヘイトを放置していれば、どうなってしまうのかということを示したのが「ヘイトのピラミッド」「虐殺のピラミッド」などと呼ばれるものです。

この図の上に行けば行くほど、ヘイトはひどくなっていき、最後には大量虐殺に行きついてしまうのです。

今回の計画が集住している外国人の排斥を目的としていることは明らかです。このようなことを看過すれば、最後には大量虐殺まで黙認することになっていくのです。

そこで、わたしたちはヘイトを助長することを阻止し、撲滅することの一環として、この再開発計画、ひいては新浪建設に対して抗議をしています。


文章の横に三角形の図が示されていて五つの区分がなされていた。三角形だから「ピラミッド」と呼んでいるようだ。

いちばん上にある「大量虐殺」はわかったが、あとの四つの意味が妙子にはよくわからなかった。

まだ長々と文章が続いていたが、そこで読むのをやめた。

差別があるのはわかる。だが、文字で書かれても、それがどういうものなのか実感として湧かなかった。

少なくとも自分の周りには他人の「悪口」を言う者はいないと思っていたし、それよりも文章が篤史の会社を「誹謗《ひぼう》中傷」していることのほうが頭を占めていた。

何年か前、新浪建設がヘイト企業だと告発する文章がネットにあふれたことがあった。それを目にしたとき、喉のあたりを締めつけられるような思いが起きた。身内のことを悪く言われてい い気持ちになる者はいない。新浪建設がテレビやネットでやっている宣伝を見ても、差別も悪口もひとことも言っていないのに、なにを根拠に「誹謗中傷」するのか。

妙子は自分が侮辱されたような気分になったのを思い出した。

だが、いま手にしているビラを目にして感じたのは、少し別の思いだった。

――なぜこんなものがここにあるのか。

その疑問が、少しずつ不安に変わりつつあった。

さっき夕刊と一緒に持ってきたチラシの中にあったものだろうか。

一瞬思ったが、そんなはずはなかった。夕刊と銀行の介護保険を案内するダイレクトメール、それに宅配ピザのチラシだけだったはずだ。それに、落ちていたのはキッチンテーブルの下だ。とすれば、誰がここに落としたのか、おのずと答えは出る。

あらためて紙に目をやると、いちばん下に「ＯＺＥカウンター厚木事務局」という文字があった。そこが出した文章ということだ。

その名前は、昼間将一が入っていったビルの中にあった事務所の名前だった。

あの子は、なにか変なことに巻き込まれている。

そう妙子は思った。

将一はあの事務所に出入りしているのを妙子に知られていると気づいていないはずだ。秘密にしているなら、うっかり落としたとも考えにくい。とすれば、将一はそのチラシをわざと落としておいたのではないか。しかもリビングでなく、キッチンに。リビングにはたまに篤史も出入りするが、キッチンに出入りするのは妙子だけといっていい。つまり篤史には知られたくないということだろう。

そこで妙子は息をのんだ。

昨夜、帰宅した将一にかけた言葉がよぎった。

やりたいことがあるなら、無理に大学へ行かなくてもいいのよ。

では、これが将一のやりたいことなのだろうか。

そんなつもりで言ったわけではなかった。たとえ高卒であっても、定期的に給料をもらえるような定職についてくれればいいという意味だった。定職どころか、こんなものはボランティアだ。いや、もしかすると過激派かサヨクか。まさかカルトだろうか。

手にしていた紙をテーブルに投げやった。

そのとたん、リビングにある電話が鳴りだした。

最近では固定電話が鳴ることは滅多にないから、それが電話の呼び出し音だと気づくのに、わずかの間があった。

立ち上がり、リビングに行くと、受話器に手を伸ばし、さらに二度鳴り続けるままにしてから、取り上げた。

新井ですとおそるおそる声をかけた。

静かな息遣いが聞こえるだけで、返答がない。

「もしもし」

さらに声をかけると、小さく、くぐもった声が届いた。

「新井、妙子さんですね」

「どちらさまですか」

その問いには返事がないまま、切れた。

胃のあたりが締め付けられるような感覚が起きた。

思わず受話器を叩き置いた。

——あの男かもしれない。

おととい、隣の正木家に入っていった、あの男の顔がよぎる。

あの男以外に、電話をかけてくるはずがないと思った。なにも言わずとも、電話をかけてくることで脅しの効果は十分だった。

誰にも言うな。言えば、どうなるかわかっているはずだ。

ひとりでに手が震えていた。

キッチンに駆け戻り、バッグから薬を一包取り出し、置いてあったペットボトルの水で流し込んだ。

将一のこと、犯人を目撃したこと。

そのどちらもが、妙子の頭を混乱させようとしていた。

しかし、すぐに薬を飲んだおかげで、取り乱しはしない。ゆっくりとペットボトルを戻し、目に留まったさきほどのビラを取り上げると、四つに折りたたんでバッグに突っ込んだ。

そして、着替えないまま夕食の準備に取り掛かった。

だが、豚肉の生姜焼《しょうがや》きとポテトサラダができても将一には声をかけなかった。顔を合わせるのが怖かったからだ。

篤史も帰宅せず、妙子は自分だけ食事をしたあと、シャワーを浴びて九時には寝てしまった。

篤史が帰宅したのは夜中を過ぎてからだったようだが、妙子は気づかなかった。

第二章　波紋

一

土曜日の午後七時を回った。

鮎川町の公民館には、住民が四十人ほど集まっていた。

長テーブルが左右に五列ずつ設置され、住民たちはそこに思い思いに座っている。

少し遅れてやってきた加賀美は部屋の前方に町内会長と並んで座り、会合が始まるのを待っていた。

住民の顔をひとつひとつ確認していくと、聞き込みのときに応対した顔もいくつかあったが、それは女性ばかりで、やってきている男性の顔は初めて見るものばかりだった。昼間聞き込みに行ったのだから、そういうものだろうとは思ったが、要は専業主婦の家が多いということでもある。

それは夫が安定した職業についていて、一定の収入のある家庭ということだろう。いまどきのご時世では、どちらかと言えば裕福な家庭が集まっている地域だった。

加賀美のあとからも二、三人やってきて席についたが、居並んだ顔の中に、新井篤史と妙子の顔はなかった。

やがて加賀美の隣に座っていた町内会長の工藤が咳払いをひとつしてから声を上げた。

「お忙しいところお集まりいただいてありがとうございます。きょうは本厚木署の加賀美さんにも来ていただいています」

住民の視線がいっせいに向けられ、何人かが会釈をしてきた。

加賀美は戸惑いつつ、会釈を返した。

「事件についてはみなさんご存じとは思いますが、ネットやテレビの情報だけだと嘘が混じっていたりしますので、まず加賀美さんに状況をお聞きしてから、話し合いを持ちたいと思います。いかがですか」

住民から拍手が起きた。賛成という意味だろう。

どうするか。

捜査状況を話すわけには行かない。特に息子に関しては。

そう思いつつ立ち上がり、加賀美はまず身分と名前を明らかにした。

「申し訳ありませんが、まだお話しできるようなことはほとんどありません。容疑者の特定もできていません。今夜ここにうかがったのも、みなさんからの情報をいただけるのではないかと考えたからです。ですから、現状でお伝えできることだけ、お話しします。事件についてはあとでご説明します。まずは被害者の奥さんである正木真知子さんですが、いまは市内のホテルにお泊りいただいています。かなりショックを受けておいでのようですが、数日のうちに自宅に戻ることになるでしょう。そのとき、変な噂や陰口など、そういうことはないとは思いますが、事件の起きた家には加害者被害者の別なく、よくあることでして、その点お願いしておきたいと思います」

　じっと聞いていた住民たちは、重々しくうなずいた。

　そのあと、事件の経緯について話し、怨恨と物盗りの両面から捜査をしていると言って話を切り上げた。

「物盗りの可能性は、まだあるんですね」

　工藤の正面にいた三十半ばの男が右手を挙げつつ尋ねた。

「はい。事件発生前後の数日に、不審な人物を見かけたということを思い出されたら、お知らせください」

「ありがとうございました。話し合いに移る前に、わたしからも、ひとつ」

　昔の話ですが、と前置きして、工藤は話し始めた。

　鮎川町が分譲地になる前、このあたりは農耕地が広がっていたという。

　そのとき、一度だけ殺人事件があったらしい。

　工藤の父親から聞いた話で、このあたりの農家の息子が、別の農家の娘と懇《ねんご》ろになったが、面倒になって刺し殺してしまったという。男は、殺した娘の妹とも関係を持っていて、三角関係の揉《も》め事だった。

　六十年以上前のことで、すでに農作地は売り払われ、住宅地になった。

「それが今回、残念なことに、また事件が起きてしまった。もう二度と起きてほしくない。それはどなたも思っていることでしょう」

工藤の言葉に、住民はまたうなずいた。

「ただ、だからといって互いに監視しあったり、よそからやってきた人に冷たくなったりするようなことはしたくありません。疑心暗鬼になることは状況を悪化させるだけです」

「しかし」

後ろの方に座っていた老人が、話をさえぎった。

「しかしですね。ただ戸締りをしっかりしておけっていうだけじゃ、危なっかしいでしょう。昔じゃ考えられないような事件が、小さな町でも起きていますよ」

眼鏡をかけた中年の女が加賀美の向かいのテーブルで大きくうなずいた。

「うちではだいぶ前に防犯カメラをつけましたけれど、もっと効果的なことをしないと」

その二人の言葉が口火になって、何人もの住民が声を上げだした。

思ったより次々と住民は意見を口にした。そのひとつひとつを聞いていて、加賀美は居心地の悪さを感じた。一見まっとうな意見を言っているようでいて、じつは自分の家のことしか考えていない気配がうっすらとうかがえるのだ。むろん、自分の家族や町のことを大事にするのは悪くはない。だが、だからといってほかの者をどうあしらってもいいということにはなるまい。

そのあたりのことはさすがに町内会長である工藤にはわかっているらしく、言いたいだけ言わせておいて、やんわりと釘をさした。

「みなさんのご意見はいろいろとお聞きしました。その上でのことですが、いままで鮎川町では大きな事件は起きてきませんでした。ひとつの事件が起きたからといって防犯を徹底しようとすれば、行き過ぎが起きます。そう思われませんか」

住民たちの反応は鈍かった。

「今夜集まっていただいたのは、みなさんそれぞれに不安を抱えていらっしゃると思い、それらをお聞きするつもりもありました。住人ではない人が無暗に地域に入り込むことで、違和感や警戒心が起きるのはたしかでしょう。しかし、町としてはいままで通りの防犯、つまり見かけない人を怪しむのではなく、あいさつをしたり困っていることがあるのかどうか尋ねるといった声かけをする程度にとどめたいと考えています。なによりもわたしたちひとりひとりの恐怖心が、ありもしない犯罪や犯人を作り出す」

とっさに加賀美は口をはさんだ。

「警察の立場からも、いまの町内会長さんのご意見には賛成です。長年の経験から申し上げますと、なにか起きてしまってからでは遅い、前もって警戒を強化しないと、という考え方は、過剰防衛を生んでしまいます。たとえば、ただ道に迷ってしまった人がうろうろしている。この町の者でないのはたしかだから、なにかしでかすのではないか。顔つきがよくないからきっと犯罪者だ。だったらなにかやる前にやってしまおう」

そこで言葉を切って、住民を見渡した。なにかしら思い当たるような表情がいくつかあった。

「みなさんがその人に対してなにかをしてしまったあと、その人が本当に道に迷っただけだとわかったら、責任を取らなくてはなりません」

「責任」という言葉が効いたのか、大半の住民がすっと目を伏せた。

「しばらくは警察でも周辺の見回りをします。みなさんはくれぐれも普段通りに生活をしていただきたい。そのためにこそ警察があるわけですから」

　加賀美はそう言って、工藤に目配せした。

「ありがとうございます。そう言っていただけると、わたしたちも安心です」

「工藤さんのお話だと、六十年以上殺人事件が起きていなかったそうです。ですから、つぎにもし起きるとしても六十年以上先、ということです」

　付け加えた加賀美の言葉に苦笑があちこちから漏れた。

「では、そういうことでよろしくお願いします。それから、正木芳光さんの通夜と告別式はまだ未定だと奥さんから連絡をいただきました。決まったらご連絡を回します。わたしは町内会長として通夜に出席しますので、ご承知おきください」

　工藤が話し合いをそうまとめ、散会になった。

　住民が引き上げていくのを待って、工藤が加賀美に頭を下げた。

「来ていただいて助かりました」

「いえ。出過ぎたようで」

「そんなことはありませんよ。こう言ってはなんですが、警察のかたの中にもいろいろいらっしゃるが、加賀美さんはよくおわかりのようだ」

「恐縮です」

「なにかわかりましたらお知らせください」

　わかったと答え、ふと思い出した素振りで尋ねた。

「正木さんのお隣の新井さんはいらっしゃっていなかったようですが」

工藤は特に気にする様子もなく、あっさりと答えた。

「委任状は出ていませんが、お隣ですし、かえってこういう話題には出にくかったのかもしれませんね」

「なるほど」

「今夜の件はメールで各家庭に送信しますから、周知できるはずです」

安心してくれと言いたげな工藤に、加賀美は一礼して公民館を出た。


すでに九時に近かった。

風が強まってきて、あたりに人影はない。本厚木の駅からバスで五つほどの地域だが、駅周辺などと違って住宅街だから、夜になれば人の行き来は絶える。

歩きつつ、加賀美は正木家の息子の消息がいまだにつかめていないことを思い浮かべた。アパートに出向いた捜査員は、ここ数日帰ってきていないようだという周辺住人の話を聞いてきていた。

余計な詮索をされないように町内会の集まりでは口にしなかったのだ。

母親の真知子にスマートフォンの連絡先を訊いたが、それも通じない。容疑者とは言えないが、参考人として捜査本部は息子の正木文彦《ふみひこ》の行方を追っている。

母親の真知子によれば、父親との関係は悪くなかった。

ただし、それが本当かどうか本部では疑っていた。なにか隠しているようだという。

会議で共有された情報では、文彦は都内の高校を中退したあと、定職につかず、家でぶらぶらしていたらしい。それが十年近く続いていたが、鮎川町に引っ越してくるにあたって、父親の芳光が文彦に家を出てひとりで暮らすよう言い渡したという。

家庭内暴力が疑われたが、母親はそんなことはなかったとあっさり否定した。いわゆる引きこもりに近い状態だったのだろう。それを無理やり家から追い出したため、精神的に参っていたようだとも、母親は口にした。

両親ともに高学歴で、父親は大学の教授である。

親が気にせずとも、こどもの方で引け目を感じていたという可能性はある。

ともかくも、本部は現在文彦の行方を追っていた。なにかしら事情を知っているのはたしかと思われた。

加賀美は歩きつつ、つい苦笑を漏らしていた。

――家庭があるだけいいではないか。

いったん結婚して娘もひとりもうけたが、結局刑事の仕事に悲鳴を上げたのは加賀美本人ではなく、妻と娘だった。

離婚してからすでに五年になる。いまでは一人暮らしにも慣れたし、結婚していたころの記憶は苦々しいものとなっている。

そもそも「家庭」とはなんだろう。

ときたま加賀美は考えることがあった。

「典型的な家庭」などまやかしだが、どのような形であれ、家族がいれば家庭が成り立つ。いるときにはどうとも思わないし、場合によってはいがみあうが、いなくなれば普通なら喪失感が起きる。少なくとも、加賀美の場合はそうだった。

しかし、そうではない「家庭」もある。

そう簡単に家庭とはこういうものだと決めつけられないところが、厄介でもあった。事件でかかわりのあった家庭、当事者だけでなく、周辺の家庭までも含めれば、それは多種多様なものだということが、加賀美にはわかる。たぶんそういうことがわかるという点では、刑事は学校の教師やカウンセラーに次ぐだろう。

表向き見せている顔と家の中の顔。

それがまったく一致している者などいないし、外から見た「家庭」でも、中に入ればまったく違った様相を現してくる。

正木真知子の発言を全面的に信じるのは危い。なにかしら家庭内の問題を隠していると考えた方がいい。

加賀美だけでなく、捜査本部はそう考えていた。むろん、単に警察が疑り深いからではなかった。

いったん事件が起きると、家庭の裏の裏まで抉《えぐ》り出されることがある。それは事件当事者の家ばかりではない。

ひとつの事件が、周囲に少しずつ浸透し、べつの事件を引き起こすことだとてあるのだ。

歩きつつ、そんなことをぼんやり頭に浮かべているうち、児童公園の前まで来ていた。

事件のあった正木家は、公園を突っ切った向こう側だ。

加賀美は迷わず、公園に入っていった。向こう側の正木家と新井家の様子をたしかめたかった。

　むき出しの地面のざらつきを感じつつ、公園を抜けた。

　正木家はいまだに門のところに規制線が張られている。

　新井家はと見ると、門灯は消され寝静まったように静かだが、二階には明かりがついていた。

　そこが誰の部屋なのかはわからない。だが、会合に来ようと思えば来られたはずだ。あえて来なかったのは、町内会長の言ったように隣だから顔を出しにくかったのかどうか。

　新井妙子の顔が浮かぶ。

　──事件に関して、なにかしら知っている。

　あらためて加賀美にその確信が生じた。

二

　隔週で水曜日は大和駅前のクリニックに行くことになっている。

　いつも九時に家を出て本厚木駅から海老名《えびな》駅まで小田急線に乗り、そこから相鉄《そうてつ》線で大和駅に向かう。

　大和駅周辺は再開発され、昔からある商店街のエリアと、新しく整備された地域が広がっていた。

　妙子の通っているクリニックは再開発されて商業ビルが並んでいる地域にあった。

「高田《たかだ》クリニック」と青地に白い文字の描かれた看板が、ビルの三階にかかっている。

なぜここを選んだかといえば、「遠くだったから」にほかならない。本厚木駅周辺にもクリニックならいくらでもある。だが、出入りしているのを誰かに見られるのは嫌だった。それにネットで検索したとき、この付近でいちばん評価が高かったという理由もあった。患者の中には横浜あたりから通っている者もいるようだった。

高田清子《きよこ》というのが医院長で、女性だったのも選んだ理由のひとつだ。

最初は体調の不調で診察を受けた。

ただ、もしかすると精神的に参っているのが原因かもしれないと妙子自身が感じていた。だからこそ、ここを探して受診したのだった。

抑鬱状態。

それが診断の結果だった。薬を出され、カウンセリングを受け出し、二年になる。

エレベータを降り、いつものようにクリニックの入り口を入っていくと、かがまないと相手の顔が認められないような小さい窓口に診察券と保険証を出す。

待機室の番号を言われ、パーテーションで区切られた場所へ向かう。きょうは五番と言われ、それに従った。

患者同士がなるべく顔を合わせないようにする工夫だ。中には一人掛けのソファがあって、そこで番号を呼ばれるまで待つ。

だから、どんな人が患者として来ているのかは、いまだに知らなかった。

かすかに音楽が流れ、空気清浄機が低いうなりをたてているのに耳を澄ましているうち、番号が呼ばれた。

一から四のスペースに人がいるのかどうかわからないが、妙子は自分の気配を消すようにしてその前を通り、診察室のドアをノックした。

カルテに目を落としていた高田清子がこちらに目を向け、どうぞとうながした。

診察室には奥にベッドがあり、デスクにこまごまとした書類や器具があるだけで、ほかになにもない。

妙子はバッグを抱え、高田の前にある丸椅子に腰を落とした。

「具合はいかがですか」

「事件があったんです」

そんなことは訊かれていなかったが、妙子の口はひとりでに開いていた。不審な顔にもならず、医師は尋ね返してきた。

「事件ですか」

「はい。お隣の家で、ご主人が殺されたんです」

「なるほど。ショックだったですか」

「はい。それから」

「ほかにもあるんですか」

「息子がなにか変なグループに入っているようで」

「ご心配ですね」

「先週の木曜日からずっと調子が悪くて」

医師はうなずきつつ、カルテにペンを走らせている。それを目に入れつつ、妙子はつづけた。

「犯人がまだ捕まっていないんですが、息子さんが」

「誰のですか」

「お隣の家の」

「お隣の息子さんですね」

「はい。その人が警察に訊かれて、殺されてほっとしたって」

「お隣のご主人が殺されて、息子さんがほっとしたと言ったと」

「そう聞いたんです」

「誰からですか」

「テレビ局のかたから」


——行方不明になっていた息子が月曜日に静岡県の沼津《ぬまづ》港で保護され事情を聞かれていると、毎日家の周辺をうろついていたレポーターから耳にしたのは、きのうのことだった。

先週の金曜日には本厚木に外出して警察やテレビ局の質問をかわしはしたが、毎日のように外出はできなかった。土曜日の夜には町内会の会合があったが、篤史に告げると、そんなものに出る必要はないと言われ、日曜も月曜も家から出なかった。

月曜にはインターホンを二度ほど鳴らされたが、モニターで加賀美という刑事だとわかったから居留守を使った。

しかし、火曜には燃えるゴミを集積所に持っていかなくてはならなかった。朝早い時刻だったし、大丈夫だと思った。篤史も将一も出たあとで、素早くゴミ袋を手に児童公園の端にある集積所に向かった。

そのとき横合いから飛び出してきた男のレポーターに捕まってしまったのだった。

「お隣の事件で参考人として話を聞かれている息子さんのことをご存じですか」

知らなかった。だが、それだけなら無視して済んだはずだ。妙子はゴミをその場に置き、家に向かって戻りだした。

「父親が殺されてほっとしたと言ったことについて、どう思われますか」

思わず足が止まってしまっていた。

追いかけてきた男がマイクを突き出す。

「いかがです」

「なんて言ったんですって」

つい訊き返していた。

「父親が殺されてほっとしたそうです」

「そんな」

「どう思われますか」

後ろからカメラがあわてて近づいてくるのが目に入った。

「撮るのはやめてください」

両手で顔を隠すと、レポーターがカメラマンに視線をやって制した。

「撮りませんから、お話だけ聞かせてください。どう思われますか」

「どうって、ひどいでしょう。ほっとしただなんて」

「親子関係がうまく行っていなかったようですが、そういったことは気づきませんでしたか」

息子がいたことも加賀美がやってきて初めて知ったのだ。気づくも気づかないもない。だが、そんなことをレポーターに説明しても話にならない。

言葉に詰まっていると、さらに尋ねてきた。

「おたくもお子さんがおふたりいらっしゃるんでしょう。なにか感じたことをひとことお願いします」

なぜそんなことまで知られているのかと思ったと同時に、表札に全員の名前が書かれているのだから、知られて当たり前だと気づいた。加賀美が訪ねてきたときも同じだった。

「新井さん、お願いしますよ」

取り縋《すが》ってくるレポーターに、くるりと振り向いてきっぱりとこたえた。

「ウチは関係ありませんから」

きつい口調になったためか、レポーターは口を開いたまま変なものを見るような目つきになった。

「失礼します」

そのまま小走りに家に戻り、玄関のドアに鍵をかけると、大きく息をついた。

「それは本当ですか」

「なにがです」

「息子さんが、父親が殺されてほっとしたと言ったということが」

「テレビ局の人はそう言っていました。ネットでも息子さんが叩かれているみたいです」

「なるほど」

「奥さんのほうは息子さんとは仲がよかったみたいですけれど、隣同士だったからもっと話をしていれば力になれたのにと」

「そうですね。かなりショックでしたか」

「というより不安で」

「なにが不安なのですか」

そこで妙子は、思わず口をつぐんだ。うっかり口をすべらせるところだった。自分の「不安」を説明するわけにいかないことにやっと気づいた。

「犯人がうろうろしているかもしれないと思うと」

「なるほど」

医師が書き込む手を止めて、妙子に目を向けてきた。

「ずっと気分が落ち込んでいるんでしょうか」

「というより、混乱していて」

「日常生活はきちんと送れていますか」

「それは大丈夫です」

「手紙は来ていますか」

「先週一通来ました」

「瑞子さん、お元気ですか」

「おかげさまで」

「それはよかったですね。事件について負担を感じるようなら、手紙は少しお休みしてもいいと思いますよ」

「いいえ。手紙を書くのはかえって自分の考えをまとめる助けになってくれていますから」

「そうですか。困ったことがあれば、いつでも言ってきてください」

「ありがとうございます」

ひと息の間をおいて、高田医師はさりげなく尋ねてきた。

「ところで、ご主人は相変わらずお忙しいですか」

この問いだけが、毎回苦痛だった。カウンセリングを受け始めてからすぐ、高田医師は篤史にも一度来てもらいたいと言っていた。

妙子の症状は妙子だけの問題ではなく、夫の問題でもあるというのだ。

つまり篤史にもカウンセリングを受けるように勧めていた。

勧められた当初、一度だけ篤史に持ちかけてみたことはあった。だが、予想通りだった。

おまえが病気なのに、なぜおれが医者に行かなくてはならないんだ。

頭ごなしに怒鳴られ、それきりになった。

だから妙子はこの二年「夫に切り出してみたが、仕事が忙しくて時間が取れない」と繰り返していた。

「申し訳ありません。相変わらずのようです」

それが嘘と承知の上で、高田医師は受け流した。

「そうですか。では最後に、この半月でいちばん印象に残ったことを教えてください」

もろもろのやりとりのあと、いつも最後にその問いが投げかけられる。

だが、事件のせいであまり覚えていなかったし、いつもなら前もって考えてくるのだが、それもできていなかった。

妙子は少し考えてから、口を開いた。

「最近昼間は暖かいので、散歩によく行きます。いつだったか忘れてしまったんですが、いつものように相模川の岸辺に行って座っていたんです。そしたら、なにかが流れてきたんです」

「なんだったんですか」

「よくゴミがビニールに入ったまま浮き沈みしながら流れて来ることがあるんですが、よく見たらそれが人だったんです」

にこやかだった顔が急に引き締まった。妙子は片手を振った。

「と思ったら、マネキンの胴体なんです」

「そうでしたか。それは驚いたでしょう」

「最初は心臓が止まるかと思いましたけれど。それが下流に流れていくのをずっと見送っていました。なんだか」

ためらって言葉を切ると、医師は顔を向けてきた。

「なんですか」

「いえ。なんだか、自分が流されていくみたいで」

「なるほど」

妙子の話の要点をクリップボードの紙に書き込んだらしく、それを終えると顔を向けてきた。

「考えようによっては、いまの心配や不安を流してしまおうとしているとも言えますね」

たしかに、そういう見方もできることに妙子は気づいた。

「では、また二週間後に」

高田清子の言葉で、妙子は丸椅子から立ち上がり、軽く頭を下げて部屋を出た。

ここに来て話をすると、それだけで少しさっぱりするのが常だった。

ただ、きょうはいくつかしこりめいたものが残っている。それは妙子がすべてを吐き出さなかったからなのはわかっていた。

犯人らしき男を目撃したことを言ってしまえば、医師が警察へ連絡を入れるかもしれなかった。信頼はしていたが、内容が内容だから、うかつには言えない。犯人からかもしれない電話についてもだ。

そしてもうひとつ。

――父親が殺されて、ほっとした。

そう息子が言ったと知ったときに抱いた「不安」を口にしていなかった。

ほっとしたという言い草は、もし誰かが父親を殺さなかったら、自分の手で殺す決心をしていたかもしれないという意味に、妙子には聞こえたのだ。

――同じようなことを、将一が考えていたとしたら。

妙子の思いは、そこに向かった。

万が一にも、そんなことを考えたりするはずはない。

だが、そう言い切れない自分がいた。同時に、篤史と結婚してからのさまざまな記憶が押し寄せてきた。どこかでなにかがおかしくなって、将一がそんなことを考えている可能性はあるのか、ないのか。

さっき医師に口をすべらせそうになったのは、その「不安」だった。うっかり家庭の事情を他人に話したりすれば、篤史が黙っていない。

家の恥を世間にさらすつもりか。

きっとそう言うに違いない。

とはいえ、クリニックに通うようになって、多少は家の事情を説明しなくてはならなかったから、院長は最低限、妙子の身の上については知っている。

だとしても、犯人を見たかもしれないということと、将一に対する「不安」は絶対に口にするべきではなかった。

やがて番号が呼ばれ、パーテーションから出て受付窓口に向かった。診察料を払って処方箋をもらう。

いつもの二週間ぶんの薬に加えて、二種類五日ぶんのものが記されていた。それを手にビルを出て、近くの薬局へ向かう。

歩きながら、なにかが記憶の襞《ひだ》にひっかかってくるのを感じたが、ときたまあることで、気にしないようにした。気にするとさらに気にかかってきて、始末に負えなくなる。

そういう自制がきくようになっているのは回復の兆しでもあった。

石畳の広場を抜けたところに薬局はあった。

よくある安っぽいにわか作りの薬局で、椅子が五列並び、奥に受付と会計があり、さらにその向こうにガラス張りの調剤室が見えている。

昼に近いから、午前中の診療を終えた者が付近の医院から集まってきていた。十人ほどが待っている。

処方箋を渡し、椅子に座って壁に据え付けられているテレビに目をやって待った。ちょうどワイドショーをやっていたが、事件のことでなく芸能人の話題だった。

もともと妙子は芸能人に興味はなかった。カラオケに誘われても二回に一回は断るような高校生だった。人が集まってわいわい騒ぐのは苦手で、ひとりで海外のポップスを聞いていた。いまでは音楽などまったく聞かなくなってしまい、読書量も減った。なにか趣味があるかと問われても、しばらく考えて「家事」と答え、受けを狙っているのかと誤解される。

買い物とクリニックと散歩。それ以外は家から出ない。

なにが面白くて生きているのか、自分ながらよくわからない。結婚してから毎日繰り返してきたことを、これからも繰り返していくだけだろう。それが「生活」というものだと思っていた。毎日刺激のある新しいことなどあるはずもないのだ。

もちろん、生活に困窮していないだけでも贅沢《ぜいたく》だ。

しかし、そんな生活の挙句に精神的に参ってしまったのだとすると、自分ばかりでなく、大半の者が精神的に参ってしまってもおかしくない。

——精神的に参ってしまう生活とはなんだろう。そんなものを生活と呼べるのだろうか。

ときたま、そんなことを思ってみたりもする。

テレビを見上げつつ、いまもまた同じようなことを頭に浮かべていると、名前を呼ばれた。

立ち上がって会計に行き、処方された薬を受け取ってバッグに入れ、料金を払った。

そのまま出口に向かおうとして、右頰のあたりに視線を感じた。気のせいかと思ったが、視線をそちらに走らせた。

ちょうどガラス張りの調剤室が視界に入ってきた。

――誰かに見られていたのだろうか。

調剤室の中では、四、五人の男女が白衣姿でせわしく棚から薬を出し入れしている。だが、格子がこまかく入ったガラス張りのせいでよくわからない。もちろん会話も聞こえない。

ふいに、そのとき妙子はなにかを目にしたような気がした。

よくわからないが、記憶の底から見覚えのあるものが浮かび上がりかかった。だが、それはあえなくまた沈み込んでいった。

――気のせいだったか。

頭をひと振りしてため息をつき、薬局を出た。

事件があってから、なにかがおかしくなってきている。

妙子がおかしくなってきているのか、周囲がおかしくなってきているのか、判然としない。

いや、どちらでもあるのだろう。

少なくとも、事件が引き金になったことだけはたしかだった。

駅へ向かいつつ、妙子は身体が重くなり始めるのを感じた。

三

これから訪ねようとしていたクリニックから出て来る妙子の姿を目にしたとき、加賀美はとっさに声をかけようとしたが、とどまった。

「どうかしましたか」

エレベータへ続く通路の手前で急に身体を翻した加賀美に、組んでいる県警の山岸が怪訝《けげん》そうに訊いてきたとき、山岸は妙子と面識がなかったのだと思い至った。

「あれは新井家の妻ですよ」

こちらに気づかないまま通路から外へ出ていく姿を示して告げた。

「ああ、正木家の隣の」

「そうです」

「同じクリニックに通っていたってことですかね」

「でしょうね」

「顔、知ってたんですか」

一瞬返答に困った。機捜が到着する前に聞き込みをしていたのは黙っていた。

「現着したとき、見かけたもので」

「関係あるんでしょうか」

山岸に目をやって、加賀美は首をかしげてみせた。

「ちょっと気になりますね」

返答を待たずに、加賀美は歩き出した。妙子のあとをつけてみる気になっていた。

だが、単に薬局に寄ってそのまま相鉄線の改札を入っていってしまった。

駅の改札を入っていく新井妙子の後ろ姿を見送ったあと、加賀美は山岸とともに、あらためて高田クリニックに足を向けた。

正木文彦と新井妙子が同じクリニックに通っていたのは偶然に違いないが、意外だった。

「いつも留守ですよね、あの家」

山岸がつぶやいた。

きのうも二度ほどインターホンを押したのだが、返事がなかったのだ。居留守なのはわかっていたが、無理強いはできない。

「まあ、いまここで話を聞くわけにもいきませんしね」

加賀美はそう答えてクリニックのあるビルのエレベータに乗り込んだ。

三階まであがり、クリニックの扉を開く。

アポを取っているわけではなかったが、山岸が小さな窓口に身分証を提示すると、受付の女はすぐさま医師に話を通した。カウンセリングルームに通され、待つ間もなく白衣の女性が姿を現した。

「医院長の高田です」

ほっそりしているが、背は加賀美ほどあった。

「じつは厚木で殺人事件がありまして。被害者の息子さんがこちらに通院していたというのでお話をうかがいたいと」

山岸がそつなく口を開いたが、高田医師はちょっと渋い顔になった。

「その息子さんというのが犯人なんですか」

「いえ、そうではないのですが」

困ったように山岸が救いを求めてきた。

加賀美は捜査本部の状況を正直に説明するべきだと思った。


——息子の正木文彦が沼津港で見つかったのは、土曜の深夜だった。

アパートに不在だと判明した木曜から、本部は行方を追っていた。あるいは事件にかかわりがあるのではないかという疑いも出始め、犯人の捜索と同じ程度の人員をさいた。

発見の過程は会議で報告され、そののち記者会見が持たれた。ただし、アパートに「書き置き」が残されていたことは会見では伏せられた。

息子は犯行時に沼津近辺にいたという裏が取れており、容疑者からは外れたのだが、単に実行犯ではないというだけで、関係がまったくないとは断定できていない。

問題は「書き置き」だった。

誰にあてた文章でもなく、単なるメモ書きのたぐいだったが、発見されるように期待して部屋のテーブルの上に置かれていたという。

なにもかも嫌になった、親にも知られずに行方をくらますことにした。

それだけのもので、記した日時は事件発生の二日前になっていた。つまり十一月六日である。

その日に小田急線で小田原まで行き、そこから東海道線で沼津に向かったという。沼津に知り合いがいるわけでもなく、縁もゆかりもない土地だった。そのためビジネスホテルに泊まっていたのだが、そこからスマートフォンで何本か電話をかけていた。

そのうちの一本の相手が高校時代の友人で、いま家出して沼津にいると告げた。その友人は事件のことをニュースで知っていて、すぐさま本部に連絡を入れてきた。そこで捜査員が沼津に飛び、まる二日かけて探し出した。

容疑者ではないが、事情を聞きたいという理由で保護し、本厚木署に同行させた。話を聞くうちに文彦の口から父親が殺されて「ほっとした」という言葉が出たという。それがどういうわけか本部内からリークされてしまった。情報が出たことで、犯人と確定してもいないのに、ネットでは息子を中傷するコメントが大量に溢れている。

さらに話を聞いていく中で、正彦が高田クリニックの医師にも電話をしたと判明した。電話をかけたのが土曜の午後だったため通じなかったという。なんのために電話をしたのかといえば、服用している薬がなくなったので手に入れたかったからだと答えた。

だからいま加賀美はここにいるのだが、薬がなくなった件だけは言わずに、高田医師にざっと説明を終えた。

「先生に電話をかけた理由はなにか、おわかりになるでしょうか」

医師は首をかしげてしばし考え込んだ。

それから仕方なさそうに口を開きだした。

「患者さんの情報は守秘義務がありますからはっきりとは申し上げられませんが、たぶん薬をほしいということだったのではないでしょうか」

「なるほど。病名は、無理でしょうね」

「申し訳ありませんが」

「薬が切れるとまずいということなんでしょうか」

「そんなことはありません。ただどうしても患者さんの場合、薬に頼ってしまう傾向はありますから、なくなってしまうと不安だということでしょう」

「薬以外に、先生に連絡をする心当たりはありませんか」

「本人はどう言っているんですか」

うまくかわされてしまった。ほかになにかあるとしても、「守秘義務」のうちだろう。

「先生のご推測通り、薬がほしかったということでした。ただほかにも先生に連絡したかった理由があるかどうか、確認を取りたいと思ってうかがいました」

「思い当たりませんね」

本当かどうか、判断がつかなかった。

「こちらは予約制ですね」

「ええ」

「正木文彦さんも予約をするわけですね」

「はい」

「定期的に通っているのでしょうか」

どうしようかと迷っている気配を見せたが、高田医師はうなずいた。

「たいてい金曜の午前中に来院されますね」

これが精いっぱいだと言いたげに、頭を振った。

「ありがとうございます」

「では、よろしいでしょうか」

立ち上がりかかるのを、加賀美はとどめた。

「これは一般論としてお訊きしたいのですが」

「なんでしょう」

「失踪したいと考えているとき、書き置きを残すということはあるのでしょうか。どうも見つけてほしいと思っていたのではないかと感じるのですが」

同時に、この場合は犯行についてアリバイを成立させるためではないかと加賀美は疑っていた。

高田医師は苦笑をもらした。

「そういうことは刑事さんの方がくわしいのではありませんか」

「もちろんそうなのですが、この場合クリニックに通院していた人物ということですので」

「どうでしょうか。精神的に病んでいるかどうかは別にしても、そういうことはあるのではありませんか。先ほどのお話では、友人にも電話をかけていたということですから」

「見つけてもらうために失踪したということでしょうか」

「そういう目的を無意識に持っている人もいると思いますね。承認欲求の変形とでも言えばいいでしょうか」

「なるほど。では、ほっとしたというのは、どういう意味でしょう」

不意をついて尋ねた。

「なんですか」

「父親が殺されて、ほっとしたと彼は言ったんです」

高田医師は、大きく息をついた。

「あくまで一般論ですが、親から解放されてほっとした。そういう意味ではありませんか」

「解放された、ですか」

「ええ。親子の確執というのは、よくあることです」

「何者かに殺されても、ほっとしますか」

「場合によっては」

「誰かが殺さなければ、自分が殺していたということにもなりますね」

また笑いがもれた。

「極論でしょう、それは。殺したいと思っていても、じっさいに手を下す者はそうそういませんよ。そうじゃありませんか」

加賀美はうなずいてみせた。言っていることはもっともだった。殺したいと思っていることと実際に殺すことは違う。

「よろしいですか」

医師はわざとらしく腕時計に目を落とした。

「もうひとつだけ。こちらのクリニックは県央の近辺では有名なんでしょうか」

「というと」

「息子さんは厚木に住んでいます。わざわざ大和まで来るという理由がわからないのですが」

「精神科の場合、近所のクリニックを敬遠されるかたもいらっしゃいますからね。一般論ですが」

とすると、新井妙子がここに通っているのも、周囲の目をはばかってのことかもしれない。

「ほかにもなにかありますか」

高田の声にため息がまじった。

「いえ。ありがとうございました」

またなにか訊くこともあるかもしれないと断りを入れてから、加賀美と山岸は席を立った。


「息子が事件とかかわりがあると思ってるんですか」

ビルを出ながら、山岸が後ろから尋ねてきた。

「可能性の話ですよ。そうは思いませんか」

山岸は不服そうな様子だった。捜査に予断は禁物とは言うが、どこか納得の行かないものが加賀美には感じられていた。

「しかし、まずいですよね」

通りに出ると、山岸がぼやいた。

「なにがです」

「ほっとした、ですよ。あれ公表しないって話だったじゃありませんか。いつの間にかテレビにリークされて」

「たしかに、そうですね。ネットではあれこれ言ってる連中がいますしね」

「でも、本音かもしれませんね」

「え」

「両親が亡くなって、肩の荷が下りたっていうのは、ありましたよ、わたしも」

山岸の口からそんな言葉が出て来るとは思ってもいなかった。

「そんなもんですかね」

加賀美は肯定も否定もせず、聞き流した。

それよりも新井妙子が同じクリニックに通っていたことの方が加賀美には気にかかっていた。息子と顔見知りだったとは思わない。いましがた訪ねたクリニックでは、患者同士がなるべく顔を合わせないような工夫がなされていた。

そういうことではなく、たった一度だが話を交わした妙子の様子が蘇ってきていた。どこか落ち着きがなさそうな態度は、なにかを隠しているというより、精神的な問題だったからだと言われれば、なるほどと感じられてくる。

「どうしますか、どっかで飯すましてから本部に戻りますか」

駅の周辺には飲食店があふれている。視線をあちこちに向けつつ尋ねてきた。

「そうしましょう」

午後からはまた別の聞き込みをしなくてはならない。食えるときに食ってしまったほうがいい。

このあたりなら、いい店を知っていますよ。

そう答える前に、山岸は牛丼屋めがけて歩き出していた。

四

昼前に篤史を訪ねてきたのは、青木不動産の営業二課長である佐高《さたか》で、ひとりの男を連れていた。

新浪建設は、佐高のいる青木不動産と、今回の「仕事」で組んでいた。直接の下請けではないし、関連会社でもなかったが、元国会議員の鈴川太郎《すずかわたろう》に引き合わされて「仕事」をしている。

篤史が清水とともに応接室に入っていくと、佐高は立ち上がって一礼した。だが、連れてきた男は篤史を見上げてうなずいただけで席を立たなかった。

——なんだ、こいつは。

思いはしたが、男が何者なのか、前もって佐高から知らされていたので笑顔を作った。

「神奈川県警の久松《ひさまつ》です。仕事の関係でそれ以上ははっきり名乗れませんが」

男はそう告げた。「名乗れない」という言い方が、警備公安だと言っているようなものだった。

「承知しております。それで、どういったご用件でしょう」

久松と名乗った男は、少し身体を前に出した。

「今週土曜に御社の開発予定地で街宣があるようですが、カウンターも乗り込むという情報がありましてね」

「ほう」

篤史はとぼけた。

「本日うかがったのは、その件です。警備としては、事態を穏便に収めたい、と考えています」

「何人くらい集まるんでしょうか」

「近頃は百人集まれば大きな規模と見ていますが、御社はあちらの筋にはネームバリューがあるので全国から五百人は集まるとみています」

――五百人。

その数字に、篤史は息をつめた。

だが、大したことはないという風を装った。

「そればかりでなく、さらに地元住民も加わる可能性があります。住民の中にも反発している者がいるようですしね」

皮肉のように聞こえた。

だが、このプロジェクトを否定するような者が警備公安にいるとは思えなかった。だからこそ青木不動産を通じてこの場に来ているのだ。

「まだ計画を発表もしていない段階で、ウチが関わっていると騒ぎ立てられるというのは迷惑ですね」

新浪建設は、あくまで街宣の者たちとは無関係ということにしなくてはならなかった。つながりが指摘されれば、それはプロジェクトの命取りにもなる。

久松と名乗った男は、薄く笑った。

「一応申し上げておきますが、国連がヘイトスピーチを禁止するように何度も勧告をしています。罰則がないとはいえ、法令もできましたしね。ここ最近は都市部で混乱はあまり起きていませんが、どうも郊外に広がってきているようでして。言葉には注意をしないと、法令に引っかからないとしてもネットで騒ぎ立てる者も出てきます」

「いや、わたしどもは以前そういったことを社内ではしていたかもしれませんが、改善しておりますから」

「御社には御社の民主主義があるでしょうが、こちらにもこちらの民主主義がありますので」

今度は皮肉というより、その口ぶりに共感がにじんでいた。

「その意味では、ご迷惑をおかけしません」

「それなら結構ですが、御社の指示がなくとも、忠実な下請け会社あたりから自発的に出向く者もいるかもしれませんので」

「それは、まあ、そうですね」

篤史はうなずいた。

当初は何回か街宣を動員すれば、あっさりと土地買収が完了すると見込んでいた。繰り返し街宣に押しかけられては地元住民の迷惑にもなる。そういった面倒ごとを避けるためにも、さっさと土地を売り払ってしまえ。

そう思わせるのが目的だった。

ところが街宣を始める前から、雲行きが怪しくなってきた。この計画に新浪建設がかかわっていることを、いわゆる「カウンター」と呼ばれる連中に嗅ぎつけられてしまったのだ。外国人差別だけでなく、さまざまな差別に反対するいくつかの集団が、新浪建設への抗議を以前から続けている。

社長が三代目の新浪信三《しんぞう》に代わってから、ここ十年ほど新浪建設が「カウンター」の標的になっており、各地の建設現場でトラブルになっていたのだ。

べつに新浪建設がおかしなことをしていると篤史は思っていなかったが、小生意気な女学者が人権がどうのこうのと会社を名指しで糾弾していらい、「良識派」と呼ばれる連中がネットで攻撃してくるようになった。

外国人はなにを考えているかわからないから雇用するのは危険だ。

障碍者《しょうがいしゃ》が会社の役に立つとは思えないのに、なぜ一定数雇用しなくてはならないのか。

女は結婚して妊娠すれば辞めていくし、こどもを生み育てるのが仕事なのだから、会社内で重要なポストにつけることなど問題外だ。

新浪信三が総合雑誌のインタビューでそういった発言をしたことがすべてのきっかけだった。

篤史には、なぜその発言が、ひいては会社が否定的に見られるのかわからなかった。どれも当たり前のことではないか。

社長もそういう声を相手にせずにいたが、そのうち取引先から説明を要求されるようになった。

考えを改めないなら御社との取引は中止する。

そういう脅迫めいたことを言ってくるところもあった。

だが、新浪建設は株主に与党議員や新興宗教の幹部といった者をかかえていたから、さほど問題にもならなかった。

もっとも、表ざたになってしまった以上、「改めた」というポーズはアピールしなくてはならなかった。

もろもろの「改革」を実行すると約束し、それまでなかった労働組合も結成され、社員全員が加入するよう命じられた。

当然だが、組合は形の上で結成されただけで、幹部には会社の意を汲んだ者が居並んでいた。必然的に決議内容は会社に有利なものに限られた。サービス残業の承認、福利厚生のカット、賞与の据え置き、給与のベースアップを組合からは要求しない、などなど。

ほかにも障碍者と外国人、それに女性に対処するための「改革」もなされ、全社員に社外秘の「雇用規程」徹底が義務づけられた。

つまり、こういうことだ。

「社内の健康診断で再検査判定が出た者は障碍者採用枠とみなす」

「外国語を話す者は外国人採用枠とみなす」

「妊娠した者は男女問わず解雇する」

これを全社員に義務づけるのだから「公平で平等な雇用規程」が実現したわけだ。

むろん、表向きには障碍者、外国人、女性は「平等に処遇する」とだけうたった。

立派な「社内改革」であり、いわば新浪建設の「民主主義」ともいえる。

篤史はそう思っていた。

「新浪建設は生まれ変わりました」と胸を張って言えるはずで、これ以上部外者から文句をつけられる筋合いはない。

しかし、それでもまだ一部で騒いでいる連中がいた。

営業二課の「仕事」は、そういった連中を黙らせることだった。

表面上は傘下企業の統括と調整が業務内容だったが、裏では篤史を中心として会社に対して攻撃を向けてくる個人や組織を潰す役割を担っていたのだ。というより、そちらの方がメインであり、そのために作られたのが営業二課ということだった。

これは社内秘である。もしそんなことが発覚したら、ふたたび新浪建設は非難の矢面《やおもて》に立たされる。社内でも上層部だけが知っており、付き合いのある会社にも知らされていない。

先週金木部長が篤史と清水を呼びつけたのも、そのメインの「仕事」に関してであった。つまり街宣デモに参加する人員の動員を増やせという命令だ。

表向き「社内改革」を口にしただけで、内実は変わっていない。いや、かえって悪くなっていると考える連中が、各地にある新浪建設の工事現場にしつこく押し寄せており、今回新たに取りかかるプロジェクトにも同様のカウンターがやってくることはじゅうぶん予想されていた。

しかも今回のプロジェクトは、その開発予定地の中に外国人の集住地域が含まれている。そこを狙い撃ちにする目的で計画が立ち上がったといってもいい。

非難を受けて「改革」を断行した新浪信三社長は、そもそも自分の信念を変えるつもりなどなかった。取引先との関係でやむなく折れた形を取って見せただけだった。

「ガイジンが住みつくと風紀は乱れるし、こどもをぽんぽん生み、人口が増え、居住地域が広がっていき、ついには侵略されてしまう」

神奈川県の澄山町に外国人が定住し、我が物顔で闊歩《かっぽ》しているらしいと耳にした新浪社長は、そこを「再開発」することで、会社への非難に対する意趣返しができると踏んだのだろう。

いままで何度か、篤史は現地の様子を偵察に行っている。

たしかに外国人ばかりが一定の地域に集まって生活していた。しかも、国籍や人種は多様だった。ペルー人やブラジル人などの中南米や、タイ、カンボジアなどの東南アジアから来た者がおり、もともとの住民より多いようにも感じられた。

一見すると普通の家屋だが、出入りするのは明らかに外国人だった。道を歩いている者はスペイン語らしき言葉でやりとりをし、行き過ぎる車の運転手も外国人だった。地域のスーパーには見慣れない外国の商品が並び、こどもまで外国人だった。さらには東南アジアあたりで見かけるような極彩色の寺院のような建物まであった。

自分の住んでいる本厚木の近くにこんな場所があるとは知らなかったし、社長同様怒りがわいた。

さすがに「侵略される」とまでは思わないが、風紀が乱れている気がして、吐き気がした。しかも、澄山町という自治体は外国人の集住を歓迎しており、地元住民もうまくやっていこうとしているらしかった。

篤史の報告を聞いた新浪社長は、それがいたく気に障ったらしい。

ただちに政府に働きかけて開発計画にお墨付きと金を出してもらう手筈《てはず》を整えた。近くの橋本《はしもと》駅にリニア新幹線の駅が作られることもあり、今後の成長が期待できるという理屈もつく地域だった。

澄山町の町議会選挙はまだ先のことで、外国人歓迎の姿勢を切り崩すのはむずかしそうだったから、ともかく土地買収を完了させてしまおうと考えた。

だが、あっさり情報が流れてしまった。

そこで土地買収を任せられていた青木不動産が泣きついてきたのだった。

標的は新浪建設なのだから、こちらで余計な手間は引き受けざるをえなかった。

つぎの土曜日が最初の街宣になるわけだが、どの程度の抵抗があるか予想しきれていない。むろん、住民を「納得」させるのが目的だが、出方によっては、衝突も予想された。

地主たちからの買い上げは、まったく進んでいないし、外国人集住地域は手つかずだった。


「なるほど。カウンターが五百人ですか」

しばし考え込んでいた篤史はつぶやいた。

思っていたより多かった。追加の百人を入れても、こちらは四百人だ。あと百人は動員しなくてはならない。いや、圧倒するためにはあと二百か。

いずれにしても、いままで各地の現場に押しかけた数をはるかに超えている。しかも地元住民も加担するかもしれないというのだから、対決姿勢を強めてきていると思った。

「いざこざが起きれば、ニュースになりますしね。御社にとって、それは都合がいいとは思えませんが」

久松が当たり前のことを言った。

「同感です。下請けにも忠告しておきましょう」

「では、よろしくお願いします」

佐高に目配せをした久松は、そのまま立って佐高とともに帰っていった。

「どうします」

それまで黙っていた清水が横から困惑した顔を向けた。

「どうするとは、どういうことだ」

「いえ。ですから、トラブルになったら」

篤史はかったるそうに首を回してから、清水を睨んだ。

「警察がなにしに来たと思ってんだ」

「え」

「あちらにはあちらの民主主義があるってことだ」

それでも清水は理解できていない顔つきをしている。

「街宣の連中とおれたちとは無関係だって念押しに来たんだ」

「それがあちらの民主主義、ですか」

「そういうことだ。警察は承知の上なんだよ。街宣デモを仕掛けているのは、おれたちじゃない。善意の第三者が事情を知って新浪建設を応援に来てくれる。なにかあったときに、警察はそういうことにする。だから安心してくれって言ってんのさ」

そして、久松と名乗った男は新浪建設からいくばくかの謝礼をせびり取るわけだ。

「なるほど」

やっと納得したようだった。

「それより、カウンターの連中に勝つにはあと二百人は必要だ。なんとかしてくれ」

「しかし、そう簡単には」

「西村に頼め。やつなら、いや、やつにしか集められない」

「わかりました。連絡してみます。西村か。なんというか」

「なんだよ」

「いえ。西村って一見するとしょぼいおっさんですが、かなり力があるんだなと」

いつもなら、なにも知らずに生意気なことをほざくと苦笑するところだったが、きょうは見下すような視線を清水にあててやった。

部長の秘書である松永美智と「できていた」ことを知ったからだ。別に自分がモノにしたいというわけではなかったが、横からかすめ取っていかれた気分だった。

むろん、顔や態度には出さずにいたが、不愉快な気分は晴れなかった。話を知った金曜日には「前祝い」だと言って仕事帰りに清水を引きずって飲みにいき、新宿の繁華街で「立ちんぼ」を「おごって」やった。

清水は尻込みしたが、先輩の命令は絶対だった。もっとも、前後不覚に近かったから、ミニスカートに黒ストッキング姿の若い女に「面倒」見てやってくれと頼み、清水はホテルへ連れていかれた。

それを見届け、篤史も松永美智に似ている女を等間隔に並んでいる女たちの中から見つけ、一万で溜飲を下げた。

翌週、黙っていてやるからと清水にささやくと、拝むように両手を合わせてきたものだ。松永美智にばれれば、ひと悶着《もんちゃく》は免れない。

相手をひれ伏させるには、弱みを握るのが一番である。ましてやこちらが松永美智に「色目」を使ったなどと告げ口されるかもしれないのだから、当然の処置というものだった。

おかげでその日帰ったのは深夜で、土曜日は一日頭痛が抜けなかった。

不愉快な気分に追い打ちをかけたのが、隣の家の殺人だった。

土曜日の夜、公民館で正木家の事件について話し合いがあると妙子が言い、どうすればいいかと部屋の前まで来て尋ねたが、そんなものは無視しておけと追い払った。

日曜日にはいつものように部屋にあるテレビをつけっぱなしにしてぼんやり見ていた。「一週間のニュースまとめ」といったコーナーのある番組が、正木家の事件について触れていた。さほど美人ではないレポーターが説明しているのを聞いて、正木夫婦に息子がいたのを初めて知った。しかも、息子は数日行方不明だったのを警察が昨夜見つけ出したと速報を流していた。父親が殺されたと聞いた息子は、「ほっとした」と答えたという。

——親が殺されたというのに、なんだこいつは。

顔が映し出されたわけではなかったが、篤史は勝手に思い浮かべた顔に悪態をついていた。その顔はぼさぼさの髪の毛に腫れぼったい目をしていたが、やがてその顔が清水のものになり、将一の顔に変わった。

舌打ちをして、テレビを消した。

嫌な感じだった。正木の家の息子など見たこともないから、知っている顔がひとりでに浮かんできたのだろう。

ほっとした、だと。

——あいつも、おれが殺されたら、そう思うのか。

おぞけと同時に怒りがわいてきた。

いままで育ててやった恩を仇《あだ》で返すつもりか。

——どいつもこいつも、おれを裏切る。

いまもまた、そのおぞけと怒りが清水の顔を目にして湧き上がってきた。

「ところで、宮崎の件ですが」

清水が篤史の視線を振り払うように口を開いた。同じ営業二課の宮崎が経理から二課に払われる経費を調べているらしいという話は聞いていたが、なにを調べていたのかわかったという。

「どうもわれわれが使途不明の金を経理から引き出して、勝手に使い込んでいると思っているようです」

「勝手に使い込んでいるってのは、なんだよ」

「われわれの任務を知らないから、やつはそう思っているんです」

会社を標的に攻撃してくる連中に対抗するために金を注《つ》ぎ込んでいるのは上層部の指示だが、営業二課の中では篤史と清水しか知らない。

ひょろりとした、男らしさがまったく感じられない宮崎の顔が浮かぶ。

私的に使い込んでいると疑われているのは心外だったが、あいつになにができるというのか。

「そっちはほっとけ。どうせ大阪出張でしばらくいなくなる」

——それよりもこいつだ。

篤史は目の前の清水にあらためて視線を向けた。どうにも怒りが収まらない。なんとかして潰してやりたいものだが。

そのとき、ふっといい考えが頭をよぎった。

「よし、今度の土曜は現地に行くぞ」

「は」

「澄山町に行くんだよ。最初の街宣だしな。しっかり働いているかどうか、視察に行かないとな」

「でも、大丈夫でしょうか」

「びびるな。カウンター連中の顔も見ないまま動員だけしてるわけにはいかないだろう。タックルのひとつもかましてやりたいじゃないか。だろ」

本気か冗談か判断できないまま、清水はあいまいな返事をした。

カウンターのやつらを挑発して、清水を二、三発殴らせるのも、悪くない。

篤史は少しばかり気分がよくなった。

五

——アルバムというものが、新井家にはない。

クリニックから帰ってきたあとは、いつもひどく疲れてしまい、少し昼寝をすることにしていた。

きょうも部屋で昼寝をしているうち、ふと「アルバムがない」という言葉がうとうとする意識をよぎり、そこから半ば夢を見るように記憶が散らばっていった。

——アルバム。

結婚する前のアルバムは持っているが、妙子はそれ以降写真を撮ったことはほとんどなかった。

もちろん結婚式の写真はある。しかし、そこで妙子の過去は終わっていた。

普通ならこどもが生まれると写真を何枚も撮って残そうとするだろう。特に一緒に住んでいる家族なら。

それがなかった。もっとも、スマートフォンが普及して動画も簡単に撮影できるようになったせいで、一家のアルバムを作っている家がどれほどあるのか疑問だった。昔より減っているに違いない。

順子が生まれたとき、篤史も姑もさほど喜ばなかった。

女を生んでも意味がない。

順子を抱きかかえていた妙子を前にして、姑ははっきりとそう告げた。つぎはぜったい男の子を生んでもらわないと。

先祖が小田原北条《ほうじょう》の家臣だったというのが姑の自慢だったが、いまとなってはそれが本当かどうかはわからない。よしんば本当だったとして、それがどうしたというのか。北条氏の家臣だったからといって、子孫が偉ぶる権利などない。

当然、そんなことは口にできはしなかった。

悔しい思いを押し殺し、順子をあやしつづけた。

いや、もしかすると順子や将一を写した写真や動画があったかもしれない。だが、それをアルバムのような形に残してはいないから、時間とともにどこかへ紛れ込んで消えていった。北条氏と同じようにだ。

あるいは、そのときにはすでに妙子自身がアルバムを作ろうという気がなくなっていたのかもしれなかった。最初のこどもを堕してしまったことで、アルバムの無意味さを感じていたのではないか。順子や将一は写真や動画を残そうと思えばいくらでもできる。だが、最初のこどもはその姿を残すことができないのだ。

ないのは、アルバムばかりではない。

体調を崩してから、以前の記憶がぼろぼろと消えていった。

いつからか、過去というものが自分には希薄になり、いまではほとんど記憶にすら残っていない。毎日同じことを繰り返しているうちに、繰り返すことだけが自分を形作っているもので、特別な出来事がたとえ起こったとしても、無かったことにしてしまう癖がついたようでもある。もちろん、いろいろな出来事は起きた。しかし、それらにまつわる感情がないから「思い出」とはならず、妙子の中に残りもしない。

クリニックに通い出すはるか以前から、そういった「症状」はあったのだ。

たぶん会社の受付に座っていたとき篤史に声をかけられたときから、少しずつ侵されていたのだろう。「自分」の存在が徐々にすり減っていくのと、それは同じことの裏表だった。いまだに強く残っているのは、堕したこどもへの思いくらいなものかもしれなかった。

それが、この数日突拍子もなく、まるで関連のないまま、かつてあった記憶がちらちらと蘇ってくるようになった。

それも苦い思いとともに。

わたしは母さんみたいになるつもりはない。

順子が面と向かって妙子に言い放った言葉は、蘇ってきた記憶の中でも、特に妙子の心を痛めた。

そして、それに付随する記憶がつぎつぎと夢うつつの中で呼び覚まされた。

――姑が亡くなる前は、将一は姑のものだった。

順子のことはかわいがるどころか、冷ややかな態度しか取らなかった姑は、将一には甘かった。小遣いなどもこっそりやっていたようだったし、妙子の悪口を吹き込んでいた節もあった。

もちろん将一は悪口を聞かされたなどと言いはしなかったが、姑が面と向かって妙子に嫌味を言うとき、そこに将一がいると、困ったような顔で妙子と姑を交互に見やっていたことは何度もあった。

一度篤史にこどもをえこひいきするのをやめさせてくれないかと遠回しに言ったことがある。

だが、篤史までもが姑の肩を持った。

男は跡継ぎだ。大事にするのは当たり前だろう。

そう言われた。

ただ、跡継ぎだと言う割には将一の相手はほとんどしなかった。いい学校に入れと「励まして」いただけだ。

順子が家をさっさと出ていったのも、納得がいく。

もともと順子は期待されていなかった。塾や習い事も将一にはやらせるが、順子には渋々ながらピアノを習わせただけだ。それも、どうせモノになりはしないのだからといって中学に上がるときに辞めさせた。

妙子だとて、世界的なピアノ奏者にさせたいなどとは思っていなかったし、本人もなるつもりはなかった。ただ、勉強以外の情操的な面を育てるのに必要だとは思っていた。

そういうことを篤史も姑も頭から否定した。

炊事、洗濯、掃除ができるようにすれば、嫁に行きはぐれることはない、と姑は古臭いことを順子本人にも説教していた。

いまどき、小学生すらそんなことを素直にききはしないだろう。順子が反発するのは時間の問題だった。

そして、その反発は妙子に向けられた。

わたしは母さんみたいになるつもりはない。

中学生のとき、面と向かって順子に言われたことは、忘れたくとも忘れられない。

口惜しさと怒り、それにさげすみとあわれみの混じった目が涙を浮かべ、妙子を睨んでいた。

篤史に面と向かってなにかを要求して怒鳴られたあとだったと思う。妙子のもとに走ってきて、きっぱりとそう言ったのだ。

ごめんね。

妙子がひとこと謝ると、順子は背中を向けて自分の部屋に走って行ってしまった。

それからというもの、妙子ともあまり口をきかなくなっていったのだった。

あのとき、順子は妙子を見放したのだと思う。あのときせめて篤史に抗議くらいすれば、少しは見直してくれたかもしれないが、妙子にはそれができなかったし、いまもできない。

どうやって夫の機嫌をそこねないように、一日をやり過ごすか。

いつの間にか、そういう風になっていた。

順子と将一の名前をつけたときも、そうだった。

妙子の意見など端《はな》から聞く耳を持たず、姑と篤史で決めてしまっていた。従順な女性になるようにと「順子」、大将のような立派な男性になるように「将一」。姑は生まれる前からそう決めていたと言い張り、有無を言わせなかった。

もしあのとき妙子が自分の考えた名前を口にすれば、姑と篤史は不機嫌になったはずだ。だから、意見を口にしなかった。それどころか、「いい名前ですね」と愛想を口にした。

自分のこどもの名前をつけることすらできない。

そんな妙子を、順子は軽蔑していただろう。

思い返せば、外資系の会社に入社が内定した順子が、大学卒業と同時にさっさとこの家を出ていったのは、急に起きた出来事ではなかったのだ。順子はひそかに計画を立てていたのだろうし、妙子もそうなってみて、やはりそうだったかと納得した。

篤史だけが突然順子が家を出ていったのだと思っていた。

数日のあいだ、篤史は怒鳴りまくった。

妙子と将一を並べて、どういうことなのかと説明を迫った。

どう説明すればいいというのか。

言葉が見つからなかった。順子が中学生のとき、妙子に向かって投げつけた言葉を持ち出して説明しても篤史が納得するはずがない。なにかしら別の説明をしなくてはと頭をめぐらせたが、結局黙っていることになった。

将一は、いまにして思えば、家を出た順子と連絡を取り合っていたから、それがばれないように必死に黙りこくっていたのだろう。

これがずっと続くのかと思ったら、数日のうちに篤史はひとことも順子のことを口にしなくなった。

順子が妙子たちを見放したように、篤史も順子を見放したのだ。

もちろん、姑が倒れて寝込んでいたこともあるし、将一の高校入学も近かったから、いったんは矛《ほこ》をおさめたのだろうが、いまだに順子を許してはいないはずだ。

というより、順子のことはもともと、どうでもよかったのだ。

篤史にとっては息子だけが重要だった。そもそも姑が「跡継ぎ」が必要だと思い込んでいて、その姑の考えを篤史が疑いもせずに受け継いでしまったから、それ以外の考え方はできなくなっている。

しかし、もはや将一も見捨てられかけていた。

篤史から見れば、妙子も将一も順子も「できそこない」ということになるのだろう。

――眠りが浅くなって、ふいに断ち切られたのは、リビングにある電話の呼び出し音が聞こえた気がしたからだ。

目を開くと、動悸《どうき》がして寝汗を少しかいていた。

耳がはっきりと音をとらえると、妙子はゆるゆると起き上がって部屋を出た。すでに家の中は薄暗くなっていた。

闇を透かして廊下を急ぎ、電話のところへたどり着いたが、その直前に呼び出し音は切れてしまった。

ため息をついてリビングの明かりをつけた。壁の時計に目をやると、午後五時を回ったところだった。

家の中の寒さが、寝汗をかいた身体に心地よかった。

夕食の用意をしようとキッチンへ向かいかかると、ふたたび呼び出し音が鳴りだした。

とっさに受話器を取り上げて耳にあてる。

無言だった。

「新井ですが、どちらさまですか」

低く息遣いが聞こえ、やがて声が届いた。

「知らせましたか」

「え」

「警察に、知らせましたか」

「なにをですか」

そこで通話が切れた。

この前かかってきた電話の声と同じ人物だと思えた。警察に知らせたのかと尋ねたのだから、間違いなくあのときの男だ。

妙子が目撃した男が、かけてきたのだ。殺人事件の起きた日、ちょうど犯行時刻と思われる時間帯に、正木家に入っていった男。

受話器を置いた。

いったいなにが目的なのか。口封じをしようとつけ狙っているのなら、わざわざ電話をかけてくるより、さっさと殺しに来るほうが自然だ。殺すまではしないが、警察に知らせたりすればどうなるかわかっているなと脅迫をしているということか。

それなら心配する必要はない。妙子はあの男を見たことを警察に話すつもりなどなかった。

いや、相手に妙子の思惑がわかっているわけがない。だからこそ様子をうかがうために電話をかけてきているのだろう。

そこまで考えをめぐらせて、妙子はうなずいた。

今度かかってきたら、はっきり言ってやればいい。自分は警察に通報などしないと。

それで相手が安心するかどうかはわからない。妙子を信じるという確信もない。ただ、こちらの考えだけははっきり伝えておかなくてはならないと思った。

電話のところからキッチンへ向かいかかり、さらに思い至った。

——もしかすると、あの日男を目撃したことを覚えているかどうかをたしかめるための電話なのかもしれない。

たしかに会釈をした。しかし、それきり忘れ去っているかどうかをたしかめようとしているのだとしたら、警察に言うつもりはないと口にするのは、かえって逆効果だ。

いったんはどうするか心に決めたのに、それを自分から否定してしまう考えが浮かび、またも判断が宙づりになる。

まだ浅い眠りにひたったままぼんやりと夢を見ているような気分だった。どういうわけかさほど怖いとは感じなかった。なるようにしかならないという諦めがある。

男を目撃し、会釈までしたことはもはや変えられない。

それは篤史と結婚し、いままで生活してきた自分を変えられないのと同じだ。どうにかしようとしても、もがくだけ無駄なのだ。

キッチンへ行き、冷蔵庫から牛乳パックを取り出し、そのままひと口飲んだ。

冷たいものが喉を過ぎ、胃のあたりへとおりていく。

そういう感覚はあるが、いま目にしている家の中と自分のあいだには、見えない膜のようなものがあって、そこにしっかりと椅子やポットや電子レンジがあるという感覚がない。あることはわかるし、触れればあることは実感できる。しかし、妙子にとってそれらは実感がともなっていない。「他人事」という気がする。

電話もまた、それに近い感じでしか受け取れなかった。

しばしぼんやりと牛乳パックを手に立っていたようだったが、開けっ放しだった冷蔵庫の扉の警告音で、我に返った。

パックを戻し、椅子に腰を落とした。

両手の指先で目をこすり、あくびをすると、夢うつつに頭に浮かんでいた言葉がまた浮かんだ。

――アルバムがない。

そう、たしかにアルバムはない。だが、そこいらを探し回れば、写真の一枚くらいは見つかるだろう。古い携帯の中には、順子や将一の写真もあるはずだ。

アルバムに一枚ずつ時間を追って写真が貼られていくことで、それが自分の過去になる。だから、アルバムがないということは、自分の過去がどこかへ行ってしまい、周囲から切り離されてしまうことだし、自分自身が「ぼんやり」としてしまうことなのだろう。

では、だからどうすればいいのかということは頭に浮かんでこないのだ。ただ、そういうものだという諦めが妙子を支配する。

「どうしたの、調子悪いの」

つい耳元で尋ねられた声に、押さえていた両目から手を離した。

キッチンの入り口にある暖簾《のれん》から将一の顔がのぞいていた。気づかないうちに帰ってきていたようだ。

ビラの一件があってから、なんとはなしに妙子は将一を避けていた。いつビラの話を切り出されるかわからないと思ったからだ。篤史の会社である新浪建設を批判するビラを、妙子に見せようとしてわざと落としておいたのは間違いない。

となれば、聞きたくないような話になるのも間違いないと思ったからだ。

しかし、自分の体調を心配してくれているのに、そっけなくするのもためらわれた。

「ありがとう。ちょっと疲れただけ。医者に行ってきたから」

隔週の水曜にクリニックに通っていることは知っているから、将一は納得したようにうなずき、まだなにか言いたそうな様子だったが、そのまま二階に上がっていこうとした。

そのとき、ふいに思いついて、妙子は将一を呼び止めていた。

「ねえ、アルバムって、うちにあったかしら」

振り返った顔が、いぶかしげだった。

「アルバムはなかったけど、婆《ばあ》ちゃんが写真たくさん持ってたじゃないか」

「そうだったっけ」

「死んだあと、母さん自分で全部燃やしてただろ。忘れたの」

言われてみれば、そんなことをしたような気もする。

「どっかに何枚か残ってるかもしれないけどさ。なんでよ」

「なんとなくね。アルバム作っておけばよかったかなって」

「姉ちゃんが何枚か持って行ってるかもね」

「ああ、そうか。だったら今度訊いてみてよ」

すると将一はためらいつつ暖簾をくぐってキッチンに入ってきた。どうしようかとしばし迷うようにうつむいたあと、思い切って口を開いた。

「言ってなかったけどさ、戻ってきてるんだ」

「なんのこと」

「姉ちゃんだよ。一年前にシンガポールから帰ってきてる」

呆気に取られた。

「だったらどうしてうちに帰ってこないのよ」

思わず声が高くなっていた。

「戻れるわけないだろ。内緒にしといてよ」

言ってしまってから、まずいと思ったのだろう。あわてて人差し指を口に持って行った。

「言えるわけないじゃない。あんたがメールやりとりしてるのだって黙ってるんだし。それで、どこにいるの、いま」

「それは言えない。言うなっていわれてる」

「なぜよ」

「なぜでもだよ。今度写真のこと訊いてみるから」

「写真なんてどうでもいいわよ。どうして居場所を言えないの」

「言っていいかどうか、訊かないと」

そこで気づいた。

「待ってよ。順子に会ってるの」

ばつの悪そうな色を浮かべた。

「五、六回」

妙子は身体から力が抜けた。自分にも黙って順子と会っていたなんて。

だが、怒りはなかった。それだけ将一とも疎遠になってしまっているということだと、妙子には感じられた。

ビラの件も然《しか》りだ。

と同時に、疑問が起きた。話の流れからとはいえ、いまなぜそんなことを打ち明けたのか。なにかしら事情があるのかもしれない。

「順子、なにか困ってるの」

尋ねると、将一の視線がはっとしたように向けられた。

「とにかく、許可もらってからにする」

かえって口を閉ざすように仕向けてしまったらしく、そのままキッチンを出ていった。

またひとつ問題を抱え込んだ気分になった。解決できる問題ならいい。だが、もはや手に余る。

――しばらく様子を見るしかない。

妙子はため息をついてから、夕飯の支度をしようと立ち上がった。

六

拝啓
ご機嫌いかがですか。

なにやら身の回りがあわただしくなって、困っているとのこと。お察しします。あれこれ考えないとならないことが増えるのは、具合が悪くなる原因にもなります。どうかくれぐれもお大事にしてください。

なによりも心の平安がなければ、よくなるものもなかなかよくなりませんし。

いつも言うようですが、わたしがいつもそばにいるのを忘れないでください。あなたは一人じゃありません。

考えたのですが、人の生き死にというのは、本当にきまぐれです。

お隣のご主人が何者かに殺されたのも、きまぐれなひとつの出来事だと片づけてしまえればいいのですが、犯人らしき男を見てしまったとなれば、まったくの無関係というわけにもいかないでしょうね。

ましてや変な電話までかかってきているというのですから。

でも、どうして警察に知らせないのかと考えると、きっとその犯人に関心があるからなのだと思います。

なぜお隣のご主人を殺したのか、その理由を知りたいと思っているのではないでしょうか。もっと言えば、そういうことをする人と話をしてみたいと思っているのかもしれませんね。

なにかしらの力を与えてくれるかもしれないという期待も持っているのではありませんか。

いままでずっと続いてきた体調の不良を一気に吹き飛ばしてくれる力。自分がとらわれていたなにかから解放される力。

だって、このまま一生を終えていくなんて、考えたくはないでしょう。

身体を壊してまでとらわれているなにかを、壊してしまいたい。

そう思っているのではないでしょうか。

またつまらない話をしてしまいました。

お身体お大事に。

瑞子

七

息子の正木文彦を容疑者から外したのは、十一月十七日金曜日のことだった。

捜査本部としては明確な嫌疑がない以上、当然のことだった。

だが、加賀美は納得できていなかった。むろん、父親が殺されて「ほっとした」と口にした息子をウサ晴らしのように叩いているネットの連中に同調しているわけではない。

状況は文彦に「殺人」の動機がじゅうぶんにあることを示している。もっとも、自分の親を殺すには、それなりの覚悟が必要になる。それが文彦にあったかと言われれば、なかっただろうとしか思えない。

高校を中退し、定職にもつかずにぶらぶらしていた文彦は、いわゆる「引きこもり」だった。

参考人聴取をしているところを少しばかり覗いたが、無気力な様子で髪の毛や髭は伸ばしたまま、着替えをしていないのか、服装も薄汚れて感じられた。

与えられたアパートの一室でずっとネットをやっているだけの生活だったという。

それが「なにもかも嫌になった」といって急に沼津にまでふらっと出かけていたときに、父親が心筋梗塞で死亡し、「刺されて」いる。

あまりにタイミングが良すぎると、加賀美には感じられるのだ。

ただ、それを言うなら妻の真知子の出張もタイミングが良すぎる。医学部の研究員をやっている真知子が地方に出張することは多いらしいが、よりによって事件発生時というのは疑念を抱かせた。

加賀美としては、この母と息子の行動に納得できていなかったのだ。

しかし、捜査本部は正木芳光本人の普段の言動にこだわっていた。

大学で教授職をする一方で、経済について新聞やテレビで何度も持論を展開しており、それが政府の支持をしているということで一部の者から反発にあっていた。

大学に脅迫状が届いていたこともわかった。これ以上政府の経済政策を推進するような発言をすればどうなるか考えろ。

脅迫状が届いたのは八月の半ばで、大学側はすでに警察に被害届を出していた。県警が差出人を特定し、すでに逮捕している。

犯人は名前や組織名を記していなかったが、同様の文章をみずからのサイトにあげていた男を見つけ出し、問いただすと自分がやったとあっさり自白した。千葉の鉄工所の社長だった。背後関係はなし。

とはいえ、同じような考えに凝り固まっている者がいないとは言い切れない。

いや、脅迫状を出した犯人が捕まったことがニュースになって、いっそう殺意を掻き立てられた者がいたことは想像に難くない。

加賀美は経済のことなど、まるでわからない。しかし、正木の主張が「正社員を削減して派遣社員ばかりにすることで経済は活性化する」と言っていることくらいはわかる。言い換えれば、それは一般人を使い捨てにして、企業だけを富ませる方策だった。

会社がなくなれば、働いている者は路頭に迷う。

誰もがそう考えがちだが、働いている者がいるからこそ、企業が成り立っているのは間違いない。それに、世界的に競争力が落ちている企業を延命させたところで、先細りになるのは目に見えている。

むろんナショナル・フラッグと言われるような大企業が没落することは、一時的には混乱を生むだろう。しかし、混乱の収拾を考え、新しい産業を興していくのを助けるのが政治というものではないか。政治家は正木のような学者の後ろ盾を得て、「混乱の収拾」ではなく、「混乱の回避」しか考えていない。

企業献金がその橋渡しをしているのは、誰の目にもはっきりしている。

企業が世界的な競争力を失っているのにもかかわらず、献金をしてもらっているから、かばい立てをしている。かばうから企業は世界的な競争力などつけなくてもぬるま湯につかっていられる。その悪循環だ。

これを経済政策と呼ぶなら、いまの経済政策が間違った方向に進んでいるような気はしていた。正木芳光の主張はともかく、ひとりひとりの生活が苦しくなるような政策はいただけない。

生活が苦しくなれば、それがきっかけで事件が起きることにもなるのだ。主義主張や一部の政治家の思惑などに個人の生活が振り回されてはたまったものではなかった。

そういった不満が広がる風潮を牽制《けんせい》するために、県警上層部は正木芳光の事件が「政治的」なものだと考えている節もあった。

政府の方針に賛同する学者を「殺した」犯人が何者なのか見つけ出して逮捕することは、政府に対して「いい顔」ができる材料であるのはたしかだ。裏では県警公安部も興味を示し、動き出しているという噂もあった。

反対に、これがもし政府の方針に反対している学者が殺されたのなら、犯人が政府にかかわりがあるかもしれず、もみ消される可能性もあるわけだ。

政府の言いなりにならない気骨のある県警上層部もいるだろうが、目下のところ、政府の顔色をうかがっている上層部が犯人逮捕を目指している。

ようするに、この一件には「政治的な背後関係」があると思いたいらしい。

だが、証拠もないのにそちらへ力を注ぐことによって、かえって目を曇らせているのではないか。

加賀美には、そう感じられた。

政治的な意味合いがあるはずだという先入観を持って事件を見れば、たしかに政府支持の学者が殺されたことになる。そして殺した者は政府に反対する人物という推測が成り立つ。

とはいえ、捜査をその線に絞ってしまうのは、間違いのもとのような気がする。むろん、そういったポーズをしてみせることで政府に批判的な者たちを震え上がらせ、一方で県警上層部が政府となにかしらの「取引」をしようという思惑があるのかもしれないが。

考えればきりがないことはわかっていた。

ならばみずからの直感を信じるしかなかった。


金曜日から与えられた仕事は正木芳光の勤務していた静真女子大学での人間関係を調べることだったが、加賀美はそれよりも息子の文彦と妻の真知子の動向を監視するべきだと考えていた。

「しかし、それはまずくないですか」

本部を出て大学へ向かうものとばかり思っていた山岸は、加賀美が考えを打ち明けると、そう異を唱えた。

「だったら、さっさと大学での聞き込みを終わらせて、それから監視するということでどうです」

それなら文句はあるまいと加賀美は主張した。

「息子は事件当日の十一月八日は午後ずっと沼津のビジネスホテルにいたのをホテルのフロントが証言してるんですよ。どう考えても犯行は無理ですよ」

「それはそうですがね」

あらためて加賀美は山岸に自分の推測を説明した。都合よく妻も息子も現場から離れた場所にいたことが、まず怪しい。それがアリバイ工作である可能性が疑われる。じっさいに殺した者はべつにいるが、ふたりが、あるいはどちらかが、殺人を依頼した可能性はないか。

「可能性はたしかにあるとは思いますけれど」

「けれど、なんですか」

「本部の方針は政治的な怨恨ってことですし」

「山岸さんも、そう考えているということですか」

「いや、わたしはただ本部の方針に従って捜査をするべきだと考えているだけです」

不服そうな顔を向けてきた。

「しかし、それだけに絞ってしまうには、まだ早い」

「上が決めたことですから、間違った判断ではないと思いますが」

——馬鹿か、こいつは。

最初からおかしな奴《やつ》だと感じていたが、ここまでとは思わなかった。たしかに警察は縦社会だ。とはいえ、上が命じたことに唯々諾々と従っているだけでは、間違った方向に進んでいるときの歯止めがきかなくなる。

加賀美の言い分に、山岸はもったいぶった口調になった。

「おかしいと思ったとしても、そういうことは上の立場になってから言うべきじゃないでしょうか」

「は」

「ある程度の権限を持つことができなければ話になりませんよ」

「じゃ、権限を持つまでは文句を言うなというんですか」

「言っても、変えられないでしょう。違いますか」

よくある屁理屈だった。

自分がそこに属しているにもかかわらず、組織が間違った方向に向かっていることをまったく主張せず、上の方針に従って行動する。自分が上に立ったときに変えていけばいいと知った風なことを言う。

しかし、そのあいだは自分も間違った方向に向かう手助けをしてしまっているのだ。

上に立ったとき、それまでの自分の行動をどう申し開きしようというのか。結局は組織の論理にどっぷりつかって身動きなどできなくなってしまうのが落ちだとわからないのだ。

「なんのために警察官になったんですか」

加賀美の問いに、いぶかしげな顔が向けられた。

「あなたは県警捜一の若手でしょう。事件を正しく解決するのが第一なんじゃありませんか」

「そんなことは言われなくともわかってますよ。だからこうして」

「違う。まるでわかってない。わたしは自分の直感を信じます。あなたは大学へ聞き込みに行ってください。本部にチクるなら、どうぞ」

言い捨てて、加賀美はその場に山岸を置いてさっさと歩き出していた。

懲罰だというなら、好きにすればいい。

責任を取る覚悟はある。山岸のような奴は自分で責任を引き受ける覚悟がないから、上の言いなりに動いているだけだ。自分がなにをやっているのか理解もしないまま、結果的にとんでもないことになる。その予測すらつきはしない。

いらついた加賀美は、胸の内で吐き捨てた。

本厚木駅へは向かわず、その足は正木文彦のアパートへ進んでいく。

正木文彦は警察から帰されたあとアパートに戻っており、そこに母親の真知子もいるはずだった。事件の起きた自宅に戻るのは精神的につらいと言い、息子の部屋に身を寄せている。夫の正木芳光の通夜と告別式は、一昨日ときのう市営葬祭場でおこなわれたと聞いた。正木芳光の遺骨も、アパートにあるのだろう。むろん、いつでも連絡を取れるようにしておくように本部はふたりに言ってあった。

コーポ厚木は国道一二九号と県道六〇三号が交差する付近から坂を少し上がっていった場所にあった。

大通りからわきにそれた道に面していて、プレハブのまだ新しいものだ。二階の三号室が、文彦の部屋だった。

少し離れた曲がり角に立ち、加賀美はその窓を見上げた。洗濯物などは干されておらず、カーテンが閉められている。

きょうは金曜日だった。「失踪」したあと、先週は高田クリニックに文彦は行っていない。だからきょうは予約のキャンセルなどせず、かならずクリニックに行くと踏んでいた。

参考人聴取のときに母親も息子も顔の確認はしているから、出てくれば見間違うことはない。

加賀美は部屋を見定めて、ふたたび歩を進めだした。またぞろどこかへ消えてしまわれても困る。

外階段をあがり、ドアの前に立つ。

すでに出勤や登校の時間は過ぎているから、行き来する者はほとんどいないし、両側の部屋からも物音はしない。

気配をうかがうと、部屋に人の気配はある。テレビの音が伝わってくる。

それだけ確かめて、加賀美はふたたび曲がり角まで戻った。

そのまま三十分ほどは動きがなかった。午後から雨と天気予報では言っていたが、昼前には降り出しそうな雲行きだ。気温も上がっていない。

加賀美はコートのポケットに両手を突っ込んだ。

ふと別れた妻と娘のことが頭をかすめる。じっさいには見たこともないが、いま目にしているようなアパートにふたりだけで暮らしているのではないか。養育費は滞りなく支払っていたが、羽振りの良い生活をできるほどのものではない。

いや、そう思いたいだけだった。

じっさいには町田《まちだ》の会計事務所で税理士をやっていた妻の方が、加賀美よりいい給料を取っていた。いまでも仕事は続けているはずだし、養育費などいらないと別れるときに突っぱねられている。それでも毎月送っているのは、加賀美の意地というものだった。

不規則な仕事をしている加賀美に比べれば、たいてい定時に帰れる仕事だったから、家事も娘の面倒も妻がやっていた。

加賀美本人はうまくやっているつもりだったが、妻はずっと我慢していたと言い出した。たまの休日でも、なにか事件が発生すれば呼び出され、計画していた遊園地行きは取り消しになる。授業参観も運動会も、同様だった。結局、妻と娘だけで生活していたようなものだった。

離婚してみじめな暮らしをしていると思っているのは、加賀美だけだろう。

そもそも父親というものは家族の一員ではあっても、家庭にさほど必要とはされていない気もする。単に金を稼いでくるだけで、家の中でなにをやるわけでもない。威張り散らすだけなら、かえって害になるだけではないか。

そう考えると、立場は違っても、父親がいなくなって「ほっとした」という正木文彦の言葉にも、なにがなし説得力があった。ましてや親が優秀であるぶん、無言のうちに圧力が文彦にかかっていたかもしれない。

その点では加賀美は娘にプレッシャーをかけてはいないだろう。むしろ軽蔑されていたかもしれない。それはそれで、家族の一員と認めてもらえないわけで、寂しいとも思う。

どのみち妻子を取り戻すことはできないのだから、いまさらあれこれ考えても仕方のないことではあった。

――未練か。

思わず苦笑が浮かんだ。

かつてはそういう弱みを見せたくはなかったものだが、歳《とし》を取ったということかもしれない。弱みなど誰にでもある。それを認めようとしないから、足をすくわれる。

加賀美はちかごろそんな風に考えるようになってきていた。

首をひと回しして雑念を払ったと同時に、視界の先で正木文彦の部屋のドアが開いた。

とっさに身体を引いて隠れた。

見覚えのある正木文彦の姿が出てきて、階段を降りてこちらに歩いてくる。

直接対面したことはないから、顔は覚えられてはいない。思い切って加賀美は文彦の方に歩み出した。うつむきがちに近づき、気取られないようにすれ違いざま様子を確認する。

髪の毛は長めで、丸眼鏡をかけている。そのせいか鼻の穴が目立つ。

加賀美に注意を払っている気配はまったくなかった。というより、以前目にしたとき同様、視線が遠くに向けられていて、周囲に関心がないように映った。ただ、憑《つ》き物が落ちたというか、たったいま眠りから覚めてさっぱりしたといった雰囲気が、以前とは違っていた。病的な印象はあるが、鬱状態とは感じられない。自分がネットで中傷のターゲットになっていることなど気にもしていないといった様子だった。

すれ違ってからしばらく先まで歩いたあと、加賀美は踵《きびす》を返した。すでに県道に出てしまっていて、文彦の姿はない。どうせ行き先のあたりはついている。あわてることはなかった。

県道に出ると、バスに乗ることもなく先を歩いている姿をとらえた。ジーンズにグレーのジャケット姿はそのまま本厚木駅まで行き、小田急線に乗った。海老名駅で相鉄線に乗り換え、大和駅まで。

加賀美はつかず離れず、文彦の姿を追った。

文彦は、大和駅の改札を出るとまっすぐ高田クリニックのあるビルに入っていった。

三十分ほど隣のビル一階にあった古本屋の前で本を見る振りをして時間をつぶしていると、やがて文彦が出てきた。手には処方箋があった。

加賀美がそのあとをついていくと、予想通り、薬局に入っていく。

今度は十分もせずに出てきた。

変わった動きを見せるかと思ったが、クリニックに薬を処方してもらいに来ただけだったようだ。

山岸に啖呵《たんか》を切ったのを後悔しはじめた。

怪しいという直感は間違っていないと思うが、そう簡単に手がかりを見つけ出せるはずもない。何日も張りつく必要がありそうだった。

薬局から出てきた文彦は、そのまま駅方面に歩いていく。

改札に向かうのかと思ったが、その横にあった喫茶店に入った。

昔からある大型のチェーン店で、昼近くなっているせいか、ガラス越しに営業マンや主婦らしき姿がかなり見えた。

迷わず加賀美も店内に入り、さりげなく店内を見渡すと、奥の方に文彦が座っているのを確認した。

ウェイトレスの運んできたコップの水で、さっき受け取った薬を飲んでいる。

そのために喫茶店に来たのかと思いつつ、文彦の背後にある席についた。

文彦はスマートフォンを取り出し、すいすいと指を滑らせている。画面を覗こうとしたが、無理だった。

ふと思い出し、加賀美もスマートフォンを取り出した。

画面を目にして、小さく舌打ちが出た。

何度も電話がかかってきていた。捜査本部と署長の番号が、いくつも表示されている。

山岸が早くもご注進におよんだのだろう。このまま手ぶらで帰れば、捜査から外されても文句は言えない。とはいえ、予想された事態だった。

そこへウェイトレスが来て、コーヒーを頼んだ。

あらためて画面を睨みつける。

連絡を入れるつもりは毛頭なかった。電源を切り、さっさとスーツのポケットに戻した。

いままで捜査本部に加わったとき、指示に従わずに動いたことはない。本部の見立てが正しいという確信があったからだ。

だが、今回にかぎっては、本部の見立ては間違っているという確信がある。

息子の文彦の動きが、どうしても気になるのだ。だからこうして尾行までしている。山岸に告げた通り、事件のアリバイ工作をしたという疑念が根拠だ。しかし、それだけではない。

——新井妙子。

そう、新井妙子はなにかを隠している。それが文彦の件とつながるかどうかはわからない。だが、高田クリニックにふたりとも通っているという共通点がひっかかっていた。

おどおどしている顔が、ひとりでに浮かぶ。その面影が、どことなく別れた妻に似ていることに、やっと気づいた。年齢も近い。

コーヒーが運ばれてきて一瞬思考が途切れ、あわてて周囲に目をやった。

捜査に私情を挟むのは慎むべきことなのは、わかっている。しかし、本部の指示に従わなかったのは、新井妙子が原因ではないか。

そう思い至って、うろたえた。自分の内心を周囲に見透かされているのではないかと思った。

そんなことがあるはずもないが、もう一度あたりに視線を走らせた。

すると今度は聞き込みしているときに帰宅した新井篤史の顔が浮かぶ。

スポーツをやっていたらしく、大柄でがっしりした体格だった。

なにやら態度に傲慢なところがあったが、その目には怯《おび》えに似たものを感じた。それは妻の妙子のものとは違う。

妙子のほうはおどおどした態度だが、怯えてはいなかった。肚が据わっているという感じだ。篤史のほうは弱みを見せたくないと躍起になっているような気がした。

そのとき、加賀美の肩にかすかにぶつかるような感触があった。

「おっと、失礼」

男が、加賀美の横をすり抜けていこうとして触れたらしい。

「いえ」

軽く応じたが、その男がするりと背中を向けている正木文彦の向かい側に腰を落としたのを目にして、視線を伏せた。

サラリーマン風のスーツ姿だったが、ネクタイはしていない。顔はこちらに向いているから、気づかれないように視線を走らせて確認した。

こけた頰と鷲鼻が目立つ。細長い目は温和だ。二十代後半か、いっても三十前半。

ふたりはぼそぼそと話し始めたが、内容までは聞き取れない。

加賀美はふたたびスマートフォンを取り出し、眺めている振りを装った。

会話は文彦が話し、それを男が聞く形に見えた。しかし、相変わらず内容はわからなかった。

さほど長いあいだ話していたわけでなく、五分ほどすると先に男が立った。それじゃという声とともに文彦の肩へ軽く手を置き、それから店の出口に向かった。

加賀美もスマートフォンをしまい、立ち上がった。

男は尾行されているとは思いもしないらしく、そのまままっすぐ一軒の店に入っていった。

それを目にして、加賀美は目を丸くした。

――薬局。

ついさっき正木文彦が処方薬を受け取った薬局だった。

しばし外から様子をうかがっていると、男は上着を脱いで白衣を着け、奥にある調剤室へ入っていった。あきらかに従業員だ。

正木文彦が客であるのはたしかだが、それ以上のかかわりがあるのだろうか。

何者なのか、はっきりさせる必要がありそうだ。

そう思いつつ、加賀美はいったんその場を離れた。

八

土曜日は昨夜から降り続いた雨が朝のうち残っていたが、昼近くになると晴れ間が出始めた。

篤史は久々にレクサスで家を出た。

キャッシュで購入できたのはいささか自慢でもあったが、あまり乗り回す時間がない。まだハンドルがなじまないなと思いつつ、国道に出るまでは見せびらかすようにゆっくりと走った。

待ち合わせは十一時半だから、急ぐ必要はなかった。それでも、国道に入ると、篤史はスピードを上げた。

調布に住んでいる清水は橋本駅から相模《さがみ》線で原当麻《はらたいま》駅まで来ることになっている。そこで拾って澄山町へ向かう予定だ。

以前に偵察で行ったときはドライブ気分だったが、今回は違う。

篤史が依頼した「街宣」がおこなわれる場に乗り込むのだ。それに清水に対する気持ちも、以前とは違う。

――松永美智か。

あちらから言い寄ってくればなにかしらあったかもしれないが、篤史からなにかをしようという気はなかった。しかし、清水がひそかに付き合っていて、婚約までしようとしているのを知って、にわかに不愉快な気分になっていた。

あんな女。見てくれはいいかもしれないが、どうせ家事のひとつもできやしないだろう。そのうち偉ぶって清水を見下すに違いない。

もはや松永美智は篤史にとって、ただの「女」に過ぎなくなっていた。

清水に対しても、それに近い。もっとも、清水が後悔して松永との結婚を取りやめるくらいのことをすれば、見直してやってもいいとは思っていた。

――だとしても、少し痛い目を見せてやりたい。

それがきょう「街宣」見物をする目的だった。なにかきっかけをつかんでカウンターの連中に清水を叩かせてやろうと考えていた。

国道は土曜の朝なので少しばかり混雑していたが、原当麻駅の西口に着いたのは十一時二十分を回ったくらいで、まだ清水は来ていなかった。

駅舎から少し離れた場所にレクサスを停車し、待った。

相模線もずいぶんと変わったものだ。

ぼんやりと、そんなことを思った。いまでもローカル線に違いはないが、古ぼけた車両はもう走っていない。近くにある高校に篤史が通っていたころには、まだディーゼル車だったし、原当麻駅などは島式のホームだけがぽつんとあるだけだった。

国鉄が民営化されてＪＲになってから、やっと橋上型の駅舎が作られたのだろう。いつごろから変わりだしたのか、高校を卒業したあとはめったにこのあたりに足を伸ばさなくなって久しいから、よくわからない。昔は周辺には民家があるだけでロータリーなどなかったし、ちょっと相模川の方に向かえば、ススキが一面に生い茂っていたものだ。

ゆっくりと橋本方面から電車が走りこんできた。

おそらく清水が乗っているに違いない。停車した車両がふたたび発車すると、やがて階段を降りて来る清水の姿が認められた。普段のスーツ姿と違い、ポロシャツにブルゾン、おまけにサングラスまでかけていた。

もっとも、篤史がそう指示していたのだから当然だ。篤史も同じような格好をしている。「街宣」に参加するわけではなく、あくまでも視察に行くのだとしても、新浪建設の社員であると知られるのはまずい。

左右を見まわしていた清水が、レクサスに気づいて駆け寄ってきた。心なしかレクサスに目を見張ったように感じた。

「おはようございます」

助手席のドアを開けながら、挨拶をしてきた。

篤史は笑顔を作って応じ、すぐにレクサスをスタートさせた。

「フル装備ですね」

車内を見回してため息をつく。

「まあな」

「おれも金貯めて買いますよ」

「まずは結婚が先だろ。悪いな。せっかくのデート日和なのに」

「いえ、きょうはもともと会う予定なかったですから」

自慢のように聞こえたが、篤史は軽くうなずいてみせた。

「どれほどの規模か、確認してつぎの街宣に役立てないとならないからな。人数やどんな奴らがいるか、できるだけ把握してくれ」

「わかりました。サヨクのやつらに思い知らせてやらないと」

「待てよ。ちょっかいはまずい。この前言ったタックルかけるってのは、あっちが手出ししてきたら、だ」

「でも、警察には話通ってるわけですしね」

「まあそうだが」

たしかに、混乱と衝突が起きる可能性はじゅうぶんにある。そのときは警察がなんとかしてくれるはずだ。この前やってきた久松と名乗った警備関係の男が、いざとなれば力になってくれるだろう。だが、まずは現地に行ってみなければ状況がわからなかった。

原当麻から西へ三十分ほど進むと、そこが澄山町だった。

畑がつづく道端に「再開発反対」という看板が見え、さらに進んでいくと民家が集まっている地域に入った。

町の中心部に行くにつれ、人の姿が増える。地元住民ではなく、集まってきたカウンターの連中なのは、手に手にプラカードや拡声器を持っているのでわかった。若いのもいれば、年配の者もいた。

プラカードには「差別反対」「ヘイト企業は帰れ」「外国人の人権を守れ」といった手書きのものや、気取って「NO　RACISM」などと英語で書いているものもあった。

——偉そうにしてやがる。

篤史は顔をしかめつつ、そう思った。

「街宣はどこでやるんですか」

左右に流れていくカウンターの姿を目にしつつ、清水が訊いてきた。

「街宣は町議会の庁舎の前でやるそうだ。そのあと散歩に行くと聞いている」

「散歩って、なんですか」

「デモじゃなく散歩しているだけという形を取って、全員で外国人集住地域に行くらしい。わかるだろ」

「なるほど。ただ散歩しているだけだから、そこでなにを言ってもかまわない、と」

「そういうことだ」

篤史はレクサスを道路から少し離れた畑の横で停止させた。車が傷つけられてはたまったものではないし、庁舎の周辺まではすでに交通規制で入っていけなかった。

「よし、行こうか」

マスクとお気に入りの赤いキャップをつけつつ、篤史は清水をうながした。キャップはアメリカのフットボールチームのものだ。

社員証や免許証など、身分がわかるものは万が一のこともあるから車に残した。

ひんやりした空気が、厚木あたりより澄んでいる気がする。朝まで降っていた雨のせいで、まだ畔道《あぜみち》はぬかるんでいたが、気温が上がってきたらしく、土のにおいが湧き上がっている。

しばらくその畔を進むと、人だかりがしている一画に出た。

すでに街宣は始まっていた。マスコミが来ているかと思ったが、テレビカメラは見当らない。新聞やフリーのジャーナリストがいるかどうかはわからなかった。カウンターの中にまぎれ込んでいる可能性はある。

町議会の庁舎前には、正門を取り囲むように人が群れていた。五百人どころか、六百人近くはいる。

その連中に取り囲まれているのが、篤史の動員した者たちだった。

その場にいるのは五十人ほどで、何人かがマイクを持って立ち、土地開発の素晴らしさについて熱弁をふるっている。法律が制定されてからは、さすがに届け出た街宣の場で、外国人は出ていけといった主張は口にできない。

「こっちも動員かけたのに、なんだか少なくありませんか」

不審げに清水がささやく。

「これは本番じゃないからな。このあと散歩のときに大量に集まってくるんだ」

つまり公式のものではないという理屈で、「散歩」の方こそが大っぴらに外国人排斥を訴えるメインの場なのだ。

街宣者たちを取り囲んでいるカウンターの連中は、その演説を妨害するつもりで、口々に再開発反対、外国人を追い出すなといったことを怒鳴っている。

派遣された交通課の警官たちは、カウンターたちが攻め寄せようとするのを跳ね返そうと立ちはだかり、街宣をしている者を守る格好だ。さらにその向こう側には、コーンを使って規制ラインまで張り巡らせていた。

街宣のメンバーは、その規制ラインに囲まれた形で旗をひらめかせ、カウンターたちを睨みつけている。

何度か依頼のために顔を合わせたことのある組織の代表者が、マイクを手に再開発の正当性を訴え出した。いまは五十人ほどしかいないから、あきらかにカウンターに圧倒されている。

清水が小声で尋ねてきた。

「どうします」

篤史と清水はいままさにカウンター連中の波に揉まれていた。黙っていれば、再開発推進派だとは誰にも思われないだろう。清水は、このままカウンターに混じっていていいのかと問うているのだ。

しばらく様子を見ようと、声に出さず清水へ目を向けた。

「澄山町のみなさん。町が発展することがなぜいけないのでしょうか。橋本駅から第三セクターで町まで鉄道路線も引く計画になっているのです。駅のない町という汚名を返上できます。さらに町が発展していくことは間違いありません」

街宣の代表者がマイクで叫ぶと、それをかき消そうとするカウンター側の怒声が湧き上がる。

「やめろ」

「本当の目的は外国人排除だ」

「町は外国人を歓迎しているぞ」

「政府の差別政策を認めるな」

「新浪建設の差別体質を知らないのか」

「レイシスト野郎」

口々にカウンターが怒鳴り、前に出ようとする。警官隊がそれを押し返す。

しばし篤史と清水は、その応酬に呑まれていた。

「わたしたちはべつに外国人を排斥するつもりなどありません。再開発計画の地域の一部に、外国人の集まっている場所がたまたまあっただけです」

「嘘つけ。新浪の考えだ」

「この町に鉄道はいらない」

「レイシストは帰れ」

「帰れ」

カウンターの中には地元住民も混じっているらしく、腰の曲がった老人も声を張り上げていた。明らかに南米や東南アジア系の男女もいる。

篤史は吐き気を覚えた。

クズが。新浪建設の後ろには政府がついているんだ。つまり、この再開発は政府の方針だ。政府の方針に盾突くやつは叩き潰せ。こんなやつらに好き勝手をされてたまるか。年寄りは早く割腹自殺しろ。ガイジンは強制送還だ。女どもは黙ってろ。

つい横にいた背の低い女が金切り声を上げ続けている。汗臭い女だった。腋臭《わきが》でもあるのか、クソが。こういう本ばかり読んでるやつはどうしようもない。サヨクに染まって色気なんか捨ててやがる。

篤史は肘でその女の胸のあたりを思い切り押し返した。集団で揉まれているから気づきもしない。

「わたしたちは差別などしていません。そもそもこの国に差別などないんです。みなさんは騙《だま》されている」

組織の代表は、慎重に言葉を選んでいた。「ヘイトスピーチ」が単なる差別的な言葉を発することではなく、人種や国籍、性別、出自、信仰などというものを標的にした差別扇動や脅迫になるような言動であることは、法律が成立したあと、新浪建設でも検討された。

そこで考えられたのが、税金を外国人に投入することの不当、公共的な事業に口出しすることの不当、「民意」が支持しているのは自分たちの方であるなどという理屈を主張することで、表向き差別を見えなくする方策だった。

そういった形で街宣をするぶんには、差別意識を持っているとは証明できないということだ。

そのあたりのことは篤史にはよくわかっていないのだが、マイクを持って主張をしている男は、外国人差別をしているわけではないという言い方を使い、うまくやっているように聞こえた。

そもそも篤史には仕事で知り合った外国人もいるし、差別などこの国にはないと思っていた。みんな仲良くやっているじゃないか。わざわざ対立を生み出して企業を攻撃する材料にしているだけだ。

だいいち、新浪信三社長の方針に従うのが、社員の務めだ。逆らうなら社を出ていけばいい。なんでも反対を口にすれば思うようになると考えているのが幼稚な証拠だ。

そんなことを思っていると、すっと肘をつかまれた。

「いらしてたんですか」

つい耳元で声が聞こえ、目をやると、ほっそりとした蒼白い顔があった。今回追加の動員を頼んだ西村工務店の西村だった。

篤史が営業二課に入ったときには、西村はすでに「仕事」を任されており、金木も重用していた。新浪建設とかかわりが疑われないようにやらねばならない「汚れ仕事」をずっと引き受けている。七十はとうに越えているはずだが、髪の毛は真っ黒でオールバックにまとめている。いつ見ても思うのだが、まるでナメクジのような男という印象がある。

そして、その印象が、おのずと十年前の一件につながってくる。やっと新浪建設に自分が信頼されたと実感した一件だ。上層部の信頼を得るためなら、あれくらいのことはしなくてはならない。篤史は自分が思っているよりも平然とやり遂げられたと思っているし、口にはしないが、自慢でもあった。もっとも、「汚れ仕事」でじっさいに手を汚したのは西村の手下たちではあったが。

「どんな具合かと思って見学に来たんだ。急に追加で三百人も頼んで、悪かった」

篤史は小声でこたえた。まさか清水をカウンターに叩きのめさせたいから来たのだとは言えない。

「それくらい朝飯前ですよ。それより、いったんここから離れましょう」

西村の言葉に、篤史と清水はカウンター集団から揉まれつつ抜け出た。

レクサスのある場所まで戻ってきてあらためて向き合うと、西村が諭すように口を開く。

「表向き交通課に規制をさせておいて、警備課は身分を隠してカウンターに紛れ込んでいますからね。変なところで動画にでも撮られたら面倒でしょう。いまのところ問題ないが、カウンターの連中がなにをするかわからない。混乱すれば、警察はどちらも取り締まりますよ」

それは承知の上だった。検挙されても、身分をあかせばすぐに釈放してもらえる。以前、別の現場でおこなわれた街宣へ応援だといって出かけた社員が三人ほど検挙されたが、新浪建設の者だとわかってその日のうちに帰されていた。

三人は自慢げにそのことを社内で吹聴していたものだ。

「べつに平気だろう。県警と話はつけてあるしな」

「そうですよ。なんならこっちから仕掛けたっていい」

清水が気色ばんでこたえた。この様子だと、勝手にカウンターと揉め事を起こしそうだった。

「ま、ともかく、新浪関係者だと知られないように」

そう釘を刺して、西村は街宣の方に戻っていった。

「どうするんですか」

「ここまで来て眺めてるだけじゃストレスが溜るだろ。散歩のときに隊列に合流だ。怒鳴って憂さ晴らししようじゃないか」

篤史の提案に清水は乗り気になった。

つくづく清水はまだ若いと思った。すぐに怒りが湧いてくるようだ。もちろん仕事の上で篤史に盾突くようなことはないし、命令には絶対従うが、だからこそ命令に従わず、好き勝手なことをわめいているカウンターの様子を目にしてかっとしたのだろう。篤史だとていい気分はしない。ただ、直接自分の手で懲らしめてやるより、誰かの手を使って懲らしめてやれるなら、そのほうが手を汚さなくて済むと思っている。

ひとまず、途中で買ってきておいたサンドイッチとペットボトルをレクサスの後部座席から取り出し、腹ごしらえをした。

やがて庁舎前の街宣が終わった気配が伝わってきた。

外国人集住地域は、町の南側にある。

ここからは届け出をしていない行動だとはいえ、まったく解散せずに集団が歩いていくのを、警察は放置できない。

ましてや、五十人ほどだった街宣側の数が一気に増え出していた。

演説をした側の五十人が進んでいくに従い、動員をかけた面々がそのあとに続々とつき従って歩き出している。

カウンター側も怯《ひる》んだ様子は見せず、それぞれが怒鳴り合いながら進んでいく。警察はそのあいだに割って入って一緒に進むことになる。

大量に増加した街宣集団にふたたび近づいていき、長々と続く列の後尾側に回ると、タイミングを見て列に加わった。

その中に見覚えのある者が数人いた。

西村工務店から動員された若い連中だった。「一株株主」になって総会に来たり、別の建設現場で住民トラブルがあったときなどに、顔を合わせたことがあった。西村本人は集団の中にはいない。手下にやらせて、いつも自分は背後に回っている。

「よう。頼むぞ」

篤史はマスクとサングラスをちらりと外し、何人かに声をかけた。向こうも篤史を覚えていたらしく、軽く頭を下げてみせた。中にひとりにたにた笑っているだけで挨拶しない男がいたが、どうせろくでもない連中をかき集めているのだからと、見なかったことにした。

そうするうちにも、街宣集団は怒声をあげつつ、練り歩いていく。篤史も連中に混じり、一緒に声を張り上げる。

「再開発賛成」

「美しい自然を守ろう」

「わたしたちの生活を取り戻そう」

口々に言っている言葉の中には、一見真逆の主張が混ざっているようにも聞こえる。だが、その背後には「外国人集住地区を排除しろ」という意味が込められている。むろん、わざとぼかして言っているのだ。

「やめろ」

「レイシストは帰れ」

「新浪建設はヘイト企業だ」

篤史たちに向かってプラカードを掲げて怒鳴っている連中は、こちらの声を周囲に聞き取れないように遮《さえぎ》ろうとする。だが、それだけだ。手出しをしてくる気配はない。

どうせ大半は日当をもらって来ている連中なのだ。こちらは新浪建設が日当五万を払って集めたが、カウンターにもどこからか金が出ているのは間違いない。だから怒鳴るだけしかしないのだ。それがもらった日当相応の働きというわけだ。

しばらく進んでいくと、道路に青緑色の機動隊車両が五台ほど並んでいるのが見えてきた。混乱するのは外国人集住地域だと見越した県警が、前もって機動隊員を配置していたらしい。交通課の警官に代わり、完全装備の機動隊員が篤史たちとカウンターの間に立ちはだかりだした。

「危ないですよ」

隊員たちは繰り返しカウンター側にそう怒鳴り、押し返している。

「なんもしてないだろうが」

「レイシストを守るのか」

機動隊に押されても歯向かおうとするカウンターの若い男が、首に肘を入れられている。女の甲高い声が耳障りだ。

やがてタイかカンボジアか知らないが、場違いな金色と赤に染められた建物の前にさしかかった。たしか住人のために設置された寺院だと聞いた気がする。金色の尖塔、身体をくねらせた人形などが門の前に作られている。

「自然を破壊するな」

「この町の風景に合っていないぞ」

「さっさと国に帰れ」

奥にある建物から、不安げな顔の東南アジア系の女がこちらを見ている。

「おまえらはここに必要ではない」

「町の人たちに迷惑をかけるな」

篤史の隣にいた男が、そのアジア系の女に向かって怒鳴ると、あわてて顔を引っ込めてしまった。

たしかに必要ない。再開発をすることこそがこの町の発展に寄与するのだ。

篤史はそう思いつつ、うなずいていた。

「虫けらどもをひねりつぶせ」

清水が興奮気味にそう叫んでいる。なにかあればカウンターにとびかかって行きそうな勢いだ。篤史も知らぬ間に気分が高ぶってきていた。久しく忘れていたが、学生時代にアメフトの試合に臨んでいた場面が蘇る。逆転勝利のタッチダウンを決めなくてはならないとき、観衆が声を高ぶらせて自分を応援する。あのときの興奮だった。

だが、その一方で篤史は冷静に状況を把握もしていた。興奮している清水にトラブルを起こさせるには絶好の機会でもあった。

あとはきっかけを作ればいい。

歩きながら、ぞろぞろとついてきているカウンターの顔に目をやった。挑発すれば、乗ってきそうな者はいないか。

中指を立てている者、歯をむき出している者、メガホンで電子音を流し続けている者。どいつもこいつもクズばかりだ。

そのとき、篤史の歩みが止まった。

ひとつの顔に視線が釘付けになった。いったん通り過ぎた視線が、もう一度反射的に、その顔に戻っていた。じっと睨みつけてくる顔がひとつ。

「レイシストを許すな」

その言葉が、篤史に向けられて発せられたと同時に、そこに殺意を感じた。篤史はとっさに機動隊員の腕のあいだからカウンター側へ飛び出していた。

「なにやってんだ、こんなところで」

怒鳴りながら、篤史はその胸倉をつかみ上げた。

「うるさい、おれの勝手だ」

将一が篤史の腕を払いのけた。いままで見せたことのない反抗的な態度だった。振り回す腕が、篤史のサングラスを飛ばし、マスクを引き剝がした。

「なんだ。どうした」

「やめろ、ファシスト」

「暴力だ。逮捕逮捕」

周囲にいたカウンターが篤史に押し寄せ、機動隊がそれを遮ろうとする。一瞬のうちに揉み合いになった。

それでも、篤史は自分を睨みつける将一の顔から視線を離せなかった。将一もまた立ち向かって来ようとしていたが、機動隊員に後ろから羽交い絞めにされている。

「どうしたんですか。まずいですよ」

背後から清水が腰のベルトを摑《つか》んできた。

将一と周囲にいた何人かのカウンターが機動隊員に腕を取られて引きずられていく。

「戻って」

機動隊員に押され、篤史は清水とともに列に戻った。

「あいつになにか言われたんですか」

将一の連れていかれた方に視線をやりつつ、清水が訊いてくる。

「いや、ちょっとな」

息子の顔を知られていなかったのは幸いだった。

じっとりと汗がにじみ、息が荒くなっているのが自分でもわかった。しかし、それ以上に頭は混乱している。

——なぜあいつがここにいるんだ。おれへの当てつけか。親に向かって歯向かうつもりか。

隣の家の息子が、自分の父親を殺されて「ほっとした」と言った話が、よぎった。

「この国から出ていけ」

まとまらない頭のまま、篤史は何度も怒鳴りつづけた。

九

篤史が車で出ていったあと、将一も朝のうちに出ていった。

昨日は一日雨模様で洗濯ができなかったから、たまっていた汚れ物を洗って干したあと、妙子はぐったりして、しばらくリビングでテレビをぼんやりと見ていた。

そのうち昼を回ったが、食欲はない。牛乳を一杯飲んだだけで、終わりにした。

またリビングに戻って、テレビに目をやる。どこかの中華料理店にタレントが行って、タワー焼きそばとかいうものを注文し、出てきた大きさに驚いてみせている。

つまらない。つまらないが、べつに楽しむためにテレビを見ているわけではなかった。ただ、見ていると、ここではないどこかへ自分を飛ばすことができる気がしていた。いつもそうだ。テレビの画面に入り込めば、いまをいっときとはいえ忘れられる。

そういう習慣が、知らぬ間についてしまった。

同様に、結婚してからの「過去」がないのは、「ここではないどこかへ自分を飛ばす」のを望んだ結果であるのかもしれなかった。

――すべてを「なかったこと」にしたい。

そういう思いが「アルバム」を作ろうという気を失せさせてしまったともいえる。

この三十年近くは、妙子にとっては「なにもない」時間だった。

たしかに順子が生まれ、将一が生まれた。生き甲斐《いがい》ができたと思ったし、しばらくはふたりを育てることで居心地の悪さを忘れられた。

わたしは母さんみたいになるつもりはない。

順子にそう言われたとき、自分のことを見透かされていたと思ったし、軽蔑の言葉を投げられても当然だと思った。

では将一は、どうか。

いまのところ妙子をかろうじてこの家につなぎとめてくれているのは、将一だった。だが、その将一も、離れかかっている。

ビラの件もそうだが、それ以上に順子が戻ってきていて、内緒で何度か会っていたと知ったとき、妙子は自分だけが取り残されてしまったような気がした。

いや、元に戻ったというべきか。姑が亡くなるまでは、将一は姑のものだった。ほとんど妙子に面倒を見させてくれなかった。妙子は家族の誰からも相手にされていないと感じていた。しかも、姑は順子には見向きもせず、将一だけを異様にかわいがった。男だというだけで。北条家の家臣という例の話も将一に吹き込んでいた。

そんな姑が亡くなり、やっと将一と過ごすことができるようになった。そう感じたものだ。

そのときには、正直ほっとした。

——ほっとした。

その言葉に行き当たり、妙子は隣の正木家の息子が漏らした言葉と同じだと気づいた。じっさいに父親を手にかけなかったにしろ、いなくなってくれて「ほっとした」と正木家の息子は口にしたのだ。

それを他人事とは思えなかった。

座敷にある仏壇は、姑の位牌《いはい》を安置してから一度も開いていていない。篤史も気に留めてはいないらしく、三回忌の法要も開かなかった。茅《ち》ケ崎《さき》にある墓にも、納骨以来行っていない。

妙子としてはよかったが、篤史は実の息子だ。内心、篤史もまた口うるさい姑が亡くなって「ほっとした」のかもしれなかった。いや、女である母親など、どうでもよかったのかもしれない。だが、それは父親に対しても同様らしかった。

一緒に葬られている父親にも、篤史は関心がなさそうだった。篤史の父親は小田原で羽振りの良い塗装屋だったという。篤史と同じ大学のアメフト部だった。その父親が八〇年代半ばに、この鮎川町の分譲を手に入れた。小田原の店は従業員に任せ、悠々自適な生活をするつもりだったらしい。だが、バブル崩壊で小田原の店は廃業し、その後すぐに脳溢血《のういっけつ》で死んでしまった。当時のことは知らないが、父親との関係がよかったのなら、なにかのときに話が出るはずだ。それが一切なかった。姑も篤史もひとことも口にしなかった。

その父親が亡くなってから一年して、妙子が嫁いできた。

最初はわからなかったが、要はひとりになってしまった姑の身の回りの面倒を見るために妙子が必要だったと、小馬鹿にした調子で言われたことがあった。

あからさまではないが、母親を軽んじている様子もほの見えた。

もとから姑の面倒を見させるために妙子と結婚したのかどうか、はっきりとはわからない。

だが、結果として姑が脳梗塞で倒れてからの介護は、妙子にのしかかった。篤史はなにもしなかった。

食事とトイレ、身体を拭き、薬を飲ませる。言葉が出なくなったので、じっと睨んでくる目だけでなにを要求しているのか判断しなくてはならなかった。間違えば、動く左手で妙子の腕をつねった。

将一が見かねて、ひらがなが書かれた表を買ってきて渡すと、要求など指で示さず、いつも妙子に向かって「しねはいいとおもつているたろう」とひらがなを示して見せた。

考えてみれば、あの姑と篤史のふたりに、妙子の三十年は奪われたということなのかもしれなかった。

そして、生まれなかったこどももだ。

その結果精神的に不調になった。もちろん、言いなりになっていた妙子に責任がないとは思っていない。新井家に入ったのだから、従わなくてはならないという思いが、自分を縛っていた。

新井家を発展させるために、この身を犠牲にする。

言葉にはしなかったが、姑は妙子にそれを要求した。

島根の両親は妙子が短大を卒業した年に事故で亡くなり、きょうだいもいない。四年制大学でもないのに無理を言って関東へ出してもらったことが申し訳なく、しばらく心に引っかかっていた。まったくのひとりになってしまった妙子は、なんとか企業の受付に職を見つけて生きていくしかなかったのだ。

そんな自分を新井家に拾ってもらったのだという後ろめたさのようなものがあったのはたしかだ――。

女のタレントは屈託のない笑顔でレポートを終えた。

テレビの映し出すことはすべて嘘だ。

悩みのない者などひとりもいないかのように、苦しんでいる者などどこにもいないかのように、すべてを「幸せで平和な生活」にすり替えようとする。

妙子はチャンネルを切り替えた。

今度は資産運用のレクチャーをしている中年の男が映し出された。いまある資産を倍にすることで「幸せ」を手にしましょう。

そんなことで手に入るものか。

そう毒づいたとき、薬を飲むのを忘れていたことを、思い出した。気分が落ち込みかかるのがシグナルだというのは、この二年でわかっていた。

あわててキッチンへ向かい、粉薬を一包取り出して飲んだ。

少し落ち着いたが、もうテレビを見る気は失せていた。

こういうときは手紙を書くのがいい。そう思いつき、納戸へ足を向けかかった。

インターホンが鳴らされたのはそのときで、あわてて引き返す。

画面を目にして、息をつめた。そこに映っていたのは加賀美とかいう刑事の顔だった。

テレビをつけっぱなしにしていた。音が外まで聞こえているかもしれなかった。居留守は使えない。

「はい」

仕方なく応じると、加賀美の顔が画面に近づいた。

「本厚木署の加賀美です。いまよろしいですか」

「少しでしたら」

そう答えて玄関に行き、ドアを開いた。

ずんぐりした身体が、門からのっそりと近づいてくる。

「休日なのに申し訳ありません」

妙子に目を向けながら、そう頭を下げた。

「いえ」

「ご主人はいらっしゃいますか」

この前話を聞けなかったから休みの日を狙って来たらしい。

「朝から出ています」

ガレージに車がないことを目で示した。

「そうですか。息子さんとお嬢さんは」

「ふたりとも、出ています」

すると、加賀美は安堵《あんど》したようにうなずいた。

「お隣の件で、じつは奥さんにお訊きしたいことがありましてね」

「この前お話ししたと思いますけれど」

妙子が少し困った素振りをすると、加賀美はためらいがちに口を開いた。

「申し上げにくいんですが、大和にある高田クリニックに通院されていますね」

とっさに返事ができなかった。なぜそんなことを知っているのか。

「お宅の事情を調べていたわけではありません。誤解のないよう申し上げておきます。じつは正木さんの息子さんが高田クリニックに通院されていました。ご存じでしたか」

妙子は声よりも先に首を振っていた。

「そんなこと知りませんでしたけど」

「その関連で、たまたま奥さんも通院されていると知りましてね。いや、そういう言い方はまずいな。高田医師はべつにあなたのことを話したわけじゃありません。聞き込みに行ったとき、奥さんがクリニックから出て来るところを見かけたんです」

水曜日か。声にはしないまま、確かめるように加賀美に目をやった。

「そう、今週の水曜に」

「そうでしたか」

「それで、あなたならなにか知っているかもしれないと思ってうかがったんです」

「どういうことですか」

「処方箋を取り扱っている薬局に勤めている薬剤師のことです。ノマコウイチというんですが」

どういう字を書くのか加賀美は説明した。

——野間浩一《のまこういち》。

聞いたことがなかった。

だいいち薬剤師など、薬の受け渡しのときに顔を合わせるだけで、名前まで憶えていることはまずない。

「背は高めで、頬がこけています。鷲鼻で細い目。三十代前半ですが、見た感じ二十代後半でも通るかもしれません」

「そう言われても」

わからないと口にしかけ、あらためて容姿を思い描くと、それがあの日ベランダから会釈を交わした男に重なった。

「心当たりがおありですか」

覗き込むように加賀美が顔を寄せてきた。

「そんな人がいたような気はしますけれど、名前までは」

以前と違い、妙子はうまくとりつくろった。

「そうですか。もしその人物についてなにか思い出したら、ご連絡ください」

加賀美は手帳を取り出し、そこから名刺を手渡してきた。それから苦笑気味につけ加えた。

「わたしは捜査から外されましてね。これは単にわたしが気になっているというだけのことですので」

どうして外されたのかは口にしなかったが、誰にも言わないでほしいという意味だと受け取った。

「わかりました」

名刺に目を落としつつ、妙子はうなずいた。

——何年振りだろう、名刺を受け取るのは。

受付をしているときには、やたらと名刺を目にしていたものだ。

自分の名前を大きく筆文字にしたものや、色をつけてみたり、自分が開発した商品の宣伝を刷り込んでいるものもあった。紙質やコーティング、フォントやデザインなどに凝って気取っている者もいた。

しかし、加賀美の名刺は支給されたものらしく、淡々と職掌と身分、名前、連絡先が記されているだけだった。

それでも、妙子本人が名刺をもらったのは久々で、それが嬉しかった。

そこにちゃんと自分がいることを認めてくれる者がいるという気がした。妙子の存在を認めてくれているのは、ほかに「瑞子」の手紙くらいのものだ。

「では」

妙子が名刺に見入っていると、加賀美は一礼し、そそくさと帰っていった。

十

門を出ると、加賀美はおそるおそる振り返ってみた。

まだ新井妙子がこちらを見ていた。あわてて一礼し、その場を離れる。

しかし、やはり当たってみてよかった。

新井妙子は野間浩一についてなにかしら知っている。とりつくろってはいたが、とぼけているのはお見通しだった。

名刺を渡してきたから、その気になれば連絡をしてくる可能性もある。

こうなれば、真犯人を挙げて溜飲を下げるしか、加賀美にできることはなかった。

今朝、捜査本部に行くと、すぐさま署長に呼ばれた。事情を訊かれる前に、本部から外すと宣告された。いくら加賀美が自分の推測を述べても、聞く耳を持たなかった。

指揮権は県警からやってきた捜査陣にあり、所轄は命じられたことをするだけなのは、じゅうぶん承知している。だが、まるで見当違いな方向に向かおうとしている捜査に唯々諾々と従っているわけにはいかない。

山岸がどう告げ口したのか知らないが、規律を乱すというなら乱しているだろう。しかし、捜査は規律を守るためにあるのではなく、犯人を探し出して逮捕するためにある。

「きみらしくないじゃないか」

署長は不満げにそう付け加えた。

たしかに、いままで二十五年あまり、捜査方針に反対するなどということはなかった。議員の息子が覚せい剤を使用した件がもみ消されたときも、汚職摘発を潰されたときも、悔しいとは思ったが、それだけに過ぎなかった。淡々と仕事をこなしていくだけだと思っていた。いまの山岸と大差はなかったかもしれない。

だが、妻子と別れたことがきっかけで、みずからを省みた。加賀美にとって大事だったのは、妻と娘だった。そのためには仕事上で不合理なことがあっても見ないようにしていた。にもかかわらず、妻子が出ていったことに納得が行かなかった。

そこで自分の誤解にやっと気づいた。

妻子は言い訳にすぎなかったのだと。

仕事の上で納得の行かないことが起こったとしても、妻子を理由に見過ごしてきていたのだと。

愕然《がくぜん》とした。

いつからそうだったのか、あるいは最初から自分の中にそういう考えがあったのか、そのあたりはっきりしないが、なにか別の理由を作って仕事の不合理から目をそむけていた。

それから五年、捜査に口をはさむことが多くなった。

しかし、今回ほどのことはなかった。

——新井妙子か。

加賀美は、その顔を思い浮かべ、納得した。

なにか隠しているという点でも気になっていたし、別れた妻に似ているという点でも気になっていた。力になれるならという思いがあった。

それが原因かもしれなかった。

署長にそんなことを話すわけにはいかず、黙って頭を下げただけだったが、非番のときなら好きに動いてもいいだろうと勝手に決めて、新井家を訪ねたのだった。

ガレージに車がないのは、インターホンを押す前に気づいていた。口うるさい夫の顔は見たくなかったから、都合がよかった。

隣の正木家には、まだ規制線が張られているが、ほかの家と違うのはそれだけだ。

正面にある児童公園では、こどもたちが無邪気にボール遊びや縄跳びをしていて、日常が戻っている。

新井家から正木家の前へと歩を進めると、あらためて加賀美はもう一度現場を見たいと思った。

通報で駆けつけ、機捜が来るまでのわずかのあいだだけしか現場を見ていない。なにか見落としているものがあるかもしれなかった。

むろん、現場検証で鑑識が徹底的に調べつくしているだろう。新しい発見などありはしない。ただ、なにかしら野間浩一という男につながる証拠がないかと思っていた。正木文彦との接点を昨日知り、その日のうちに名前と居住先は突き止めていた。もちろん本部に伝えてはいない。

薬局業務が終わる午後八時まで大和駅付近でねばり、野間が店を離れたあと、それを尾行して名前がわかった。

野間は小田急江ノ島線に乗り込み、長後《ちょうご》まで行った。

西口に出た野間は、そこから戻る形で歩き出した。長後公園の横を通り、住宅街に入っていった。道なりに左へ曲がっていき、やがて横道に折れた。道路から二軒目の左側にあるアパートの一室が、野間の自宅だった。いったん先へ進んでから道の先は行き止まりになっているのをたしかめ、戻ってきて表札を確認した。二〇一号室。「野間」とだけあって、家族構成などはわからない。

駅前まで戻って交番を見つけ、巡査に訊くと、一人暮らしで名前は野間浩一と判明した。年齢は三十三。仕事は薬剤師。巡回連絡カードには、そうあった。

そこまで確認して、昨日は本部に戻らず、そのまま本厚木の自宅マンションに戻った。

朝、本部に顔を出して怪しい人物がいると報告を上げようとしたが、その前に署長に呼ばれたというわけだった。

しばし加賀美は正木家の門の前で迷っていたが、左右に視線をやったあと、黄色い規制線をつまみ上げてくぐった。

踏み石を伝い玄関まで進み、もう一度視線をめぐらせた。新井家のベランダに洗濯物がひらめいている。

取っ手を回したが、開かない。当然だった。規制しているとはいえ、不審者が入り込むこともある。犯人が戻ってきて証拠になるようなものを回収していく可能性もある。だから本部では預かった鍵で戸締りをするのが原則だ。

ほかにどこか入れる場所はないか。

庭を回って裏手へ向かおうとすると、垣根の向こうから声がかかった。

「どうかしたんですか」

振り返ると、伸びをして覗き込んでいる顔があった。町内会長の工藤だった。

加賀美は笑みを作って、頭を下げた。

「いえ、もう一度現場を確認したいと思ったんですが、外回りをしているときに思いついたもので、鍵を持ってこなかったんです」

「一本預かっていますよ。持ってきましょうか」

工藤は、当たり前のようにこたえた。

「助かります。本部に戻る手間が省けます」

ちょっと待っていてくれと言い置いて、工藤は自宅へと向かっていった。

嘘をついたのは後ろめたかったが、成り行きだった。

五分ほどして工藤は戻ってきて、規制線をくぐると加賀美の前に立った。手には鍵があった。

「奥さんからなにかのときにはよろしくと頼まれていましてね」

「そうでしたか。それじゃ立ち会いをお願いします」

工藤がうなずき、鍵を開いた。

ドアを開けて、まず工藤が入った。鑑識が使った薬品の臭いがかすかに漂っていた。閉め切っていたせいだろう。

小さなうめきを漏らし、工藤が動きを止めた。

どうしたのかと目をやると、玄関の沓脱《くつぬ》ぎに白い布に包まれたひと抱えはある箱があった。

明らかに遺骨だった。息子のアパートに持って行かず、こんな場所に置いている。いや、放置しているというべきか。

「ともかく、入りましょう」

気を取り直し、加賀美は工藤を促した。

遺骨には手を触れないまま、靴を脱いで現場になった応接間へ向かう。日が傾きだしていて、明かりをつけた。

記憶にある通りの現場だった。死体のあったテーブル下の絨毯《じゅうたん》には、血痕が残っている。

なにか見落としはないか。

「町内はいつも通りのようですね」

視線を床にやりつつ、加賀美は工藤に訊いた。

「ええ。みなさん理解してもらえたようでしてね。最初は前の道を通るのを避ける人もいたようですが、それもいっときでしたよ。いまでは公園でこどもを遊ばせてますし」

「お隣の新井さんのお宅はどうですか」

さりげなく尋ねた。

「どう、とは」

「なにか問題をかかえているとか」

「聞きませんねえ。お父さんの代のときに引っ越してきてから、新井さんのところはずっと円満家庭ですよ。息子さんの代になっていっそう模範的な家族になったといった感じですかね」

「なるほど」

「お子さんたちが小さいときには、いまごろになると庭の木にネオンを飾ったりしてね」

「まだお二人とも家にいらっしゃるんですか」

「いや。お姉さんのほうはいまフランスに留学しているとか。息子さんは大学生のはずです」

「そうですか」

妙子は二人ともまだ家にいるようなことを言っていたが、嘘らしい。

頭を切り替えて応接間からキッチンへ足を向けた。

三日間妻の真知子が不在で、駆けつけたときには自分でレトルト食品などを作っていた形跡があったが、それもいまは片づけられてしまっている。

二階にも上がってみたが、異状はなかった。書斎と寝室、それに書庫があるだけだった。息子の部屋はない。

「息子さんは、ここには住んでいなかったんですね」

「え、ああ。正木さんのところですか。いなかったですよ。引っ越されてきたとき夫婦ふたりだけだということでした。息子さんがいるって知ったのは、事件があってからですよ」

「折り合いが悪かったんでしょうか」

工藤は首をかしげた。

「そこまでは、ちょっと。前にいらした刑事さんにも尋ねられましたけれど」

捜査員が確かめるのは当然だった。加賀美が捜査から外されたのを知らない工藤は不思議そうな顔をした。

息子の文彦は沼津、妻は青森。

妻の方は確実に不可能だが、息子の方にしても、アリバイを作るならもっと完全に不可能と言い切れるだけのものを作っておくはずだろう。ただし、誰かに依頼をしたのであれば、母子ともに犯行にかかわっていないとは言い切れない。玄関に放置された遺骨を見れば、正木芳光は妻と息子から相当嫌われていた可能性もある。通報した当初の妻の証言は、やはり信用性が低い。

――たとえば、二人から犯行を依頼された者がいるとして、それが野間浩一なのではないか。

そう加賀美は考えているのだ。

しかし、家の中に、その手がかりになりそうなものはなかった。

加賀美はあきらめて階段を降り、遺骨のある玄関へ向かいかけた。

――薬か。

ふと思いついた。野間は薬剤師の資格を持っている。

「正木さんはなにか薬を服用していたという話を聞きませんでしたか」

「薬ですか」

「ええ。以前心筋梗塞で倒れたという話でしたが」

「ここに越してくる前の話じゃないでしょうかね」

救急車などが来たことはないという。

「それに、そういうことは奥さんに訊く方が正確ですよ」

もっともな意見だった。町内会長が住民の服用している薬のことまで知っているはずもない。

司法解剖の結果では、心筋梗塞を発症したあと、ナイフで腹部を刺されたとされた。

死んだあとに、なぜわざわざナイフを突き立てたのか。

その疑問がずっとしこりのように加賀美の中にあったのだが、ひとつの仮説が浮かんだ。

本来の死因は間違いなく心筋梗塞だろう。

ただし、それを知られたくない犯人は、わざとナイフで胸を刺した。

そうは考えられないだろうか。

司法解剖は死因の特定を中心におこなわれる。

外形的には「刺殺」だが、その前に心筋梗塞を起こしていたとなれば、血液内の薬物検査まではしない。何らかの薬物によって人為的に心筋梗塞を引き起こして死にいたらしめることができるとしたら。

順序として、まず心筋梗塞を引き起こす薬物を被害者に飲ませる。発作を起こした被害者が死亡する。そのあと腹部にナイフを突き刺す。

なぜそんな回りくどいことをしたのかといえば、薬物を使用して殺人を実行したことを気づかれないようにするためだ。

あらためて血中の薬物検査を提案してみる必要があるかもしれなかった。

そしてもし薬物の残留が見つかり、その薬物が一般に手に入れにくいものであったとしたら、実行した犯人としてひとりの名前が浮かび上がる。

それが薬局の薬剤師である野間浩一だ。

加賀美は遺骨に軽く頭を下げ、工藤に礼を言うと、本厚木署に急いだ。

十一

レクサスがガレージに戻ってきたのは、午後八時を回ってからだった。

荒々しく玄関のドアが開き、篤史がキッチンに怒鳴り込んできた。

「将一は、どうした」

「まだ帰ってきていないけど」

その剣幕に怯えつつ、妙子はこたえた。篤史の両手が握りしめられ、かすかに震えている。

「知ってたのか、おまえ」

「え」

睨みつけた篤史の疑い深そうな視線に、妙子は息をつめた。

「どういうこと。将一が、どうかしたの」

問いには答えようとせず、篤史は身体から力を抜いた。

「いや、いい」

吐き捨てると、そのまま二階へ上がっていってしまった。

いったいどういうことなのか、わからない。

階段の下まで行き、声をかけた。

「夕飯できてるけど」

降りてくれれば、そのときに聞き出すこともできると思ったのだが、返事がない。

ため息とともに、またキッチンの椅子に腰を落とした。

――野間浩一。

加賀美が帰ってからずっと、その名前と顔が、妙子の頭を占めていた。

間違いなかった。事件の起きた日に隣の家に入っていったのは、野間という男だろう。

しかし、それが妙子の行っていた薬局の薬剤師だったとは。

もちろん、たしかめる必要はあるが、どこかで見た覚えがあると感じたのは、錯覚ではなかったのだ。意識的に見ていなくとも、何回か妙子の処方をレジで説明してくれたかもしれない。

だから記憶に残っていたのだろう。

正木家の息子が同じクリニックと薬局に行っていたのであれば、正木家になにかしらの用があって来たという推測もできそうだが、息子は別の場所に住んでいた。薬についての用件ではないはずだ。

となれば、なんのために正木家を訪ねたのか。

何度も同じ考えをめぐらし、同じ結論しか妙子には浮かばなかった。

――あの男が、犯人。

では、なぜそんなことをしたのか。

その疑問には、いくら考えても理由が見つからないままだった。

なにかを床に落とした大きな音が、ちょうど妙子の上で響いた。

二階で、いったいなにをしているのか。

座ったばかりの椅子から妙子は立ち上がり、また階段の下まで行ってみた。

気配をうかがうと、物音は篤史の部屋ではなく、将一の部屋から届いていた。

おそるおそる階段を上がっていく。

左側に篤史の部屋があり、右側が将一の部屋だ。階段から折り返す形で廊下になっていて、将一の隣が順子の部屋だったが、いまは物置になっている。その先がベランダだ。

物音が順子の部屋から聞こえて来るならなにか探しているのだろうが、あきらかに将一の部屋から聞こえていた。

どれもドア式の入り口になっており、篤史も将一も勝手に鍵をつけて簡単に他人が出入りできないようにしていた。順子もそうだった。

だから、将一の部屋で物音がしているということは、鍵を壊したかこじ開けたのは間違いなかった。

階段を上がりきって右手に目をやると、思った通りだった。

篤史は興奮気味に将一の部屋をかき回していた。

妙子は声をかけるのも忘れ、篤史の様子に見入っていた。これがどういう結果をもたらすのか、考えたくもなかった。

開け放たれたドアの前に立ち尽くしていると、クローゼットの中身をまとめて放り出していた篤史がこちらに気づいた。

「おい、知ってたのか」

さっきも同じことを尋ねられたが、まるでわからない。

「将一がどうしたっていうの」

「あいつ、なにか隠していないか」

「なにかって、なによ」

答えずに、床にばらまかれた書籍を一冊ずつばらばらとやり始めた。そこに隠されているものがあるというのか。

そこまで思って、気づいた。

だが、篤史には感づかれていない。

——ビラだ。

篤史が探しているのは、この前将一がそれとなく見せるようにリビングのテーブルの下に落としておいたビラではないのか。

どうしようかと一瞬迷ったが、篤史の剣幕を前にして、打ち明けるのはまずいと判断した。

あとじさりして、妙子は階段の前まで戻った。

「あいつが帰ってきたら、邪魔するなよ」

篤史の声が飛んできた。

「わかったわ」

こたえると、妙子はことさらゆっくりと階段を降り、すぐさま納戸に向かった。

トートバッグの中をあさり、「新浪建設を許すな」と書かれたビラを取り出した。四つに折ってあったそれを八つに折りたたみ、あらためてバッグの底へ押し込んだ。

それから台所に戻って椅子に座ると、薬を取り出して水とともに飲んだ。

なにが起きているのかはっきりとはわからないが、とんでもないことになりそうなことだけはわかっていた。落ち着かなくては。

それから夜中近くまで二階から物音が響いていたが、やがてなにも聞こえなくなった。

知らぬ間にテーブルにうつ伏して眠ってしまっていたが、十二時半近くにいったん目が覚めた。

だが、将一が帰って来た様子はなかった。

そして、結局その日から将一の行方はわからなくなってしまったのだった。

第三章　拡散

一

将一が帰ってこなくなったのは、篤史のせいに違いなかった。

妙子の知らないところで、ふたりになにかがあった。それは「新浪建設を許すな」のビラにかかわりがあるはずだ。

電話をかけてもメールを送っても、将一は反応を示さない。

警察に届けを出そうと考えたが、篤史が許さなかった。

勝手にさせろ、あんなやつとは縁を切った。

なにがふたりのあいだにあったのか、それを篤史に聞き出す勇気は妙子にはなかった。黙って従うしかなかった。

いらついた声で「縁を切った」とだけ口にした篤史は、それ以降将一のことを持ち出さなかったが、その代わり物に当たるようになった。それまでは怒鳴ったり嫌味を言ったりすることはあっても、物に当たったりすることはなかった。

妙子は身の危険を感じた。いつ物への暴力が自分に向けられてもおかしくはないと思えた。

だから、朝は食べもしない朝食を作ると納戸の自分の部屋に籠り、篤史が出ていくのを待った。それから昨夜篤史が叩いたり蹴ったりして散らかったものや壊れたものを片付けた。

夜も帰ってくる前に食事の用意を終わらせ、そのまま部屋に籠り、篤史が二階に行ってしまうのを待った。

極力顔を合わせるのを避けたのだ。うかつに顔を合わせると、怒りが妙子に向けられるかもしれないからだ。

篤史の中でなにかが変わってしまったのは確かなようだった。そしてたぶん将一も。

あるいは妙子自身も変わってしまったかもしれない。

隣の正木家で起きた殺人事件が原因なのは薄々感じ取れた。あの日から、変わった気がしている。いや、それはただのきっかけにすぎないだろう。ずっと昔から、なにかが崩れ出していた。

それがいまやっと表に出てきたに違いない。

――人の一生は崩壊に向かう過程にすぎない。

以前読んだアメリカの作家の文章に、そんなことが書かれていたのが思い起こされた。その作家は崩壊にはふたつあって、ひとつは外からのきっかけで起きるが、もうひとつのほうは気づかないうちに進行していて、気づいたときには手の施しようがなくなっている……。

読んだときにはぴんとこなかったが、いまはそれが実感としてわかる。

結婚したときからずっと、少しずつ壊れ始めていた。

そう感じられた。

――新井家の嫁になったのだから、それまでのことは忘れてもらいます。

姑はきっぱりとそう告げた。

そのときは言葉の綾《あや》だと思っていたが、すぐに間違いだったと理解した。新井家の「しきたり」に従わないことがあれば、即座に「悪い嫁」と決めつけられた。もしかすると、それは「しきたり」などではなく、妙子が姑の気に入らないことをしたときの理由づけに過ぎなかったのかもしれないが。

どのみち、そのときに崩壊は始まったのだろう。

姑が亡くなったときや順子が家を出ていったときも「崩壊」の兆しだったし、こんどは将一が出ていき、篤史も変わってしまった。

そう考えると、もともと「家庭」など成り立っていなかったような気もしてくる。誰もがばらばらに生きていただけで、ひとつの家に住んでいたにすぎないのではないか。

――何のために結婚し、こどもを生み育てたのか。

妙子は将一が帰ってこなくなってからしばらく、混乱した頭を整理することで精いっぱいだった。

そして、崩壊しつつあることを理解したなら、それを食い止めなくてはならないという思いになった。崩壊してしまえば、それは妙子自身の崩壊にもなってしまう。精神的に調子を崩してしまったのに、なんとか耐えてきたのも、同じ理由だった。

――自分には、ここしか居場所がない。

両親も実家も、もはやないのだ。篤史が稼ぐ金で生活をする以外、生きていく方法はない。そして新井家を男である将一が継ぐことで、老後は静かに暮らしていける。

わたしは母さんみたいになるつもりはない。

順子はそう言って家を出ていった。順子には期待できない。だが、将一は妙子を気の毒だと思いはしても、軽蔑はしていない。

篤史と将一がいがみ合うとしたら、妙子は将一の側につく。

それは間違いなかった。


将一が帰ってこなくなったのが土曜日で、翌週の水曜には、妙子は意を決して本厚木駅に向かった。篤史には将一を探していることは気づかれないようにしなくてはならない。

月曜日に篤史が出社したあと、将一の荒らされた部屋に入り、高校時代の友人の手掛かりを探した。住所録はいまでは作られていないから、将一がメモしたようなものがないかと思ったのだが、なにもなかった。友人の連絡先がわかれば、電話を入れてみようと考えたのだが、無駄だった。

月曜火曜と二日間、部屋を探したが、行き先を推測させるようなものはまるで見つからず、将一がそれとなく妙子に読ませようとしたビラだけが手がかりだった。

「OZEカウンター厚木事務局」にいる誰かなら、行き先を知っているのではないか。

そう考えて、水曜日に家を出たのだ。

曇り空で、気温はさほど下がっていなかった。ただ気圧が低くなっているらしく、身体が重く感じられた。

駅前に着くと、この前将一が事務所に入っていくのを見かけた喫茶店で、しばらく出入りの様子をうかがった。もしかすると将一が現れるかもしれないという期待もあった。

しかし、一時間ほどねばっても誰も出入りせず、薬を一服飲んでやっと立ち上がった。はす向かいの雑居ビルの前まで行き、おそるおそるエレベータに通じる通路へ入っていく。

エレベータは一階に止まっており、ボタンを押すと扉が開いた。

最上階の五階が、「OZEカウンター厚木事務局」で、エレベータ内部にある階数表示の横にも、紙に書かれたものが貼られていた。

閉じかけたエレベータのドアを、何度かボタンを押して開き続けた。

だが結局、エレベータに乗り込んだ。

上昇するに従い、貧血直前のような感覚が起きる。

いったん目をつぶり、息を整えた。

すぐに五階に到着し、扉が開く。

煤《すす》けた壁が正面にあり、そこには右向きの矢印とともに事務局の入り口という案内の文字があった。

妙子はおそるおそる右手に曲がり、そこにあったドアの前に立った。ここにも名称が赤い文字で書かれた紙が張ってあった。

ノックしたが、音が小さかった。もう一度大きめにノックする。

返事が聞こえ、すぐに中からドアが開いた。

顔を見せたのは二十代と見える女性だった。ひっつめにした髪の毛の下には、化粧っ気のない顔がある。学生だろうか。

「なんでしょうか」

用心深そうな視線が妙子にあてられた。

「新井といいますが」

「はい」

「こちらに、息子が」

「息子さんですか」

「ええ。将一、新井将一というんですが」

あ、と小さく声をあげた女性は、急に笑みを浮かべた。

「ちょっとお待ちください」

そう言うと、顔が引っ込んだ。奥にも何人かいるようで、ぼそぼそとやりとりが聞こえる。

やがてまたドアが開いたが、今度はべつの顔がのぞいた。やはり学生らしい男性だった。

「新井くんのお母さんですか」

男は確認し、それからどうぞと言って妙子を中に導いた。

まず目に入ってきたのが、正面の壁に貼られた大きなポスターだった。

「ヘイトを許すな　差別を許すな　ファシズムを許すな」

横書きで三段に記されたものだった。

壁にそれ以外の目立つものはない。がらんとした部屋の中央に作業台があり、上には四台のパソコンが開かれて置かれ、紙やペン、油性マーカー、ハサミといったものが乱雑に散らばっていた。さらにチラシのような束が三十センチほどの高さにいくつも積まれている。

その周囲のパイプ椅子に男女が三人ずつ六人、思い思いに座っていた。みな二十代のようだ。その全員の視線が妙子に向けられている。場違いなところに来たと感じたが、やむを得なかった。

「こちらへ」

男は妙子を部屋のわきに連れていき、そこにある椅子に向き合って座った。ほかの者はすぐに妙子に興味を失ったらしく、それまでやっていた作業に戻ってあれこれと意見を交換し出している。

「ここの責任者というか、代表のようなことをしている広瀬《ひろせ》といいます。どういったご用件でしょうか」

部屋の様子に気を取られていると、男が尋ねてきた。まっすぐに向けられた広瀬の目は、温和な感じがした。知性的といってもいい。妙子は目を伏せつつ、声を低めた。

「じつは先週の土曜から家に帰ってこないんです。どうしたのかと思って。よくこちらに来ているらしいと聞いたもので」

本当は出入りしているのを見たのだが、それを言うのは、はばかられた。

「土曜日というと、澄山町のカウンターがあった日ですね」

広瀬はひとりごとのようにつぶやき、少し考えるような間を置いてから、つづけた。

「あの日、ちょっと警察と揉めたんですが、無事に終わって、本厚木の駅まで一緒に帰ってきましたけれど」

広瀬の説明が、妙子にはうまく呑み込めなかった。警察と揉めたと言われても、なにが起きたのかわからない。

「こちらは、なにをやっている所なんでしょうか」

おずおずと、あらためて妙子は尋ねた。

すると広瀬は納得したような顔になった。

「ここはヘイトスピーチへのカウンター運動のために集まったメンバーの事務所ですが」

そう言われても、ぴんとこなかった。カウンターとはそもそも何なのか。

「彼は、話していなかったんですか」

「ヘイトスピーチといわれても、よく」

わからないというつもりで首をかしげて見せると、広瀬が意外そうな目を向けてきた。そんなことも知らないのかと思われたようだ。

もちろん言葉があるのは知っていた。だが、それがいったいどういうものなのかが、よくわからない。

初心者に説明しようとして、広瀬が言葉を選んでいるのが感じられた。

「ええと、ようするに差別をあおるようなことをする連中の行動を止めようと、そういう運動です」

「差別、ですか」

広瀬はうなずいてみせる。

それでも、よくわからない。

「あの、カルトとかそういうのでは」

広瀬の目が見開かれ、同時に声をあげて笑った。

「そういうのではありません。いまここに来ているのは学生ばかりですが、ふだんは働いている人も参加しています。ちょっと荒っぽいところはあるかもしれませんが、差別をあおるような連中を野放しにはできないっていう思いで集まっただけです」

「でも、将一は差別などされていないと思いますけれど」

妙子がつぶやくと、今度は広瀬の顔が困ったようにしかめられた。

「自分が差別されているかどうかだけを考えて動いているわけじゃありません。差別じたいが問題だということです。本人が気づかないうちに、人は差別をしていたり、されていたりします。それをなくしていかなければ、ということです」

ふと、ビラに書かれていたピラミッドの図が思い出された。

とはいえ、妙子自身は誰も差別したことなどないと思っていた。わざわざことを荒立てるから騒ぎになるのではないか。それに「表現の自由」というものもあるはずだ。他人の意見を否定することはどうなのだろう。

疑問がいろいろと浮かんでくる。

「まあ、カルトでもないしサヨクや、ましてウヨクでもありません。それはご安心ください」

説明するのが面倒になったのか、妙子に話しても理解してもらえないと思ったのか、広瀬はそうこたえると話題を戻した。

「それで、彼が帰ってこないというのは、どういうことでしょう」

「父親となにかあったらしいんですけれど、どこに行ったのか、思いつく場所がここだけだったもので」

広瀬はまたしばし考えてから、口を開いた。

「家では、ここに来ていることは黙っていたわけですね」

「はい。予備校に行っているとばかり思っていて」

「そうですか。彼が初めてここへ顔を見せたのは、たしか今年の六月くらいだったと思います」

そんなに前から出入りしていたことに、妙子は呆気に取られた。予備校に行くふりをして、こんなところに。

「彼は彼なりに考えるところがあったんだと思います。特に理由は訊かなかったですが、ヘイトを平気でするような連中に嫌悪感があるのはたしかでした。いろいろな社会問題の根底にあるのは差別構造と人権感覚の欠如ですから、そこに気づいたんでしょう」

――人を憎むような育て方はしていない。

頭には、そんな言葉が浮かんだ。自分の育て方を否定されたような気がした。

「彼がいまどこにいるのかはわかりませんが、週に一、二度は来ていましたから、そのうち顔を見せるでしょう。そのとき家に連絡を入れるよう話してみます」

この広瀬という男をはじめ、ここに出入りしている者は将一と親しいようだ。メールや電話を知らないはずはない。

だが、すぐに連絡を取ってくれるつもりはないらしい。妙子が母親と名乗っただけで、本当に母親なのかどうか疑われている気にもなった。

——いや、母親だと胸を張って言えるのか。

保険証くらいは持ち歩いているから証明しろといわれればできないことはないが、そういう意味ではなかった。

いままでかろうじて信頼していた将一が、順子と会っていたり、自分の知らないところに居場所を作っていたことで、妙子は順子ばかりでなく将一にも見放されかかっている気がした。

それが妙子を母親と認めていないことにもつながることに気づき、愕然としたのだ。

「彼はしっかりしていますから、大丈夫ですよ」

これ以上ここにいても、将一の居場所はわからないと思えた。

「ありがとうございました」

立ち上がった妙子は深々と頭を下げた。そしてうつむいたまま、部屋を出た。身体がひどく重く感じられる。エレベータの前まで戻り、箱が上がってくるのを待っていると、さきほど応対に出た女性が事務所の扉を開いて駆け寄ってきた。

「あの、ちょっとお知らせしておいた方がいいかと思って」

名乗らないまま、女性はためらいつつ口を開いた。

「なにか知っているんですか」

「たぶん、お姉さんのところにいるんじゃないかと」

「順子ですか」

「ええ。前に聞いたことがあったから」

「そうでしたか」

順子が帰国していると聞いたのは、ついこの前のことだ。

「それで、順子はどこに住んでいるんですか」

困惑したような色が浮かんだ。

「そこまでは知らないんです。でも、きっとお姉さんのところにいますよ」

しかし、その連絡先を妙子は知らなかった。意味がないと感じると同時に、そういえば、さっき訊きそびれたことがあるのを思い出した。

「この前の土曜日、澄山町でなにがあったんですか」

篤史が帰ってくるなり将一の部屋を荒らし、その日から帰ってこなくなったあの日だ。

「あの日は澄山町でカウンターがあったんです。新浪建設ってご存じですか」

妙子は気取られないようにあわてて首を振った。

「さあ。それがどうかしたんですか」

「新浪建設ってヘイト企業なんですけれど、政府高官ともつながっていて澄山町の再開発計画を推進しようとしているんです」

ビラに書かれていたことを口にされ、思い出した。外国人を集住地区から追い出すのが本当の目的だと書かれていた。

話を続けようとするのを遮るように、妙子はバッグからビラを取り出してみせた。

「そう、それです。どうしてそのビラを」

「キッチンに落ちていたんです。将一がわたしに見せようとしたのかも」

なるほどという顔になった。

「わたし、あの日一緒に動いていたんですけれど、途中でちょっとしたことがあって。いなくなった原因かどうかはわからないですけれど」

「なにがあったんですか」

「ヘイトの連中が外国人集住地区へ向かって歩いているとき、急にその中のひとりと彼が揉めたようで」

だが、すぐに機動隊がふたりを分け、将一は列から遠ざけられたという。

「機動隊、ですか」

ひとりでに声が震えた。

「機動隊」など、女性は気にもかけていないようだ。

「ちらっとしか見なかったんですけれど、なんだか相手の男は彼のことを知っていたみたいで。なんでこんなところにいるんだって、怒鳴ったように聞こえたんです」

頭をかすめるものがあったが、妙子はつとめて声を平静に保って訊き返した。

「どんな人でしたか、その男」

がっしりした体格だが、マスクとサングラスをしていたから顔はよくわからなかったという。

「あ、そういえば、赤いキャップをかぶってたわ」

手がかりになりそうだと言いたげだった。

もちろん決定的な手がかりだった。

誰かにもらったアメリカのフットボールチームのものだと自慢げに言っていたことがあるキャップだ。

たしかに、あの日、篤史はそのキャップを手に出かけていった。

ほかに考えようはないだろう。その男は篤史に違いなかった。自分の勤める会社に反対する集団の中に将一がいたのに気づいたのだ。

そして飛びかかっていった。

篤史が将一の部屋を荒らしたのも、それで納得が行く。

なにかカウンターについての手掛かりを探していたに違いない。予備校にも行かず、父親の勤める会社に反対を唱えていたと知れば、当然のことだろう。

ただ、そうと知っても、妙子は篤史の側につこうとは思わなかった。

まだ将一をつなぎとめることはできる。篤史にはすでに見放されているが、将一はまだ母親を見放してはいない。

ビラをそれとなく見せようとしたのも、妙子に期待していたからだろう。

——だが、いったいなにを。

二

隈《くま》なく探したが、将一の部屋にカウンターにかかわりそうな物はなにもなかった。

クズどもと一緒になって新浪建設を、ひいてはこのおれを馬鹿にしていたのを知られまいとして、クズどもとつながる証拠をまったく残していなかった。

——もともとおれを憎んでいたに違いない。

薄々は感じていたが、ああまであからさまに面と向かって罵声を浴びせられれば、もはや親でも子でもなかった。予備校の金を誰が払っているというんだ。毎日快適に家で過ごせるのは、誰のおかげだ。食事も服も本もなにもかも、おれが稼いできたおかげだ。

やはりできそこないだったのだ、あいつは。

怒りと恨みの言葉が、先週の土曜以来、篤史の頭をめぐっていた。同時に、あのときの将一の顔つきが頭をよぎるのだ。

あれは殺意だった。そうに違いない。

「課長」

その声で、デスクに両手をついて肩に力を入れていた自分に気づいた。

視線を上げると、清水が青ざめた顔を向けていた。

「どうした」

肩から力を抜き、威厳を見せつけるように胸を張った。弱みを見せるわけには行かなかった。特に清水には。

土曜日の一件で、胸倉をつかみかかった相手が将一だとは気づかれていない。顔見知りだと思ってつかみかかったが人違いだったと言ってある。むろん、その言葉を清水が信じているかどうかは、わからない。

「どうしたと訊いているんだ」

篤史は口をつぐんでいる清水を睨みつけた。弱みを打ち消すには、いつも以上に強面《こわもて》でいるべきなのだ。月曜からずっと、清水に対してきつくあたっている。

「宮崎が戻ってきています」

声をひそめた清水の言葉に、耳を疑った。金木部長に頼んで、先週の金曜から大阪支社に一ヵ月出張させたはずだった。

「どういうことだ」

「わかりません。たったいま部長室に入っていくのを見かけたんです」

篤史は腕時計に目をやった。午後一時になろうとしていた。食欲もわかず、昼食もとらないまずっとデスクに座っていたのだ。

「なぜ見かけたんだ」

「なぜって」

篤史の問いに、清水はどぎまぎした。今週は一度も清水を昼飯に誘っていない。冷たくあしらわれているのを感じ取っているから、おおかた松永美智を誘って昼食をとりに出たのだろう。部長室の前まで送っていき、そこで見かけたということか。

答えられずにいる清水になかばあきれたと言いたげにうなずいてみせた。

「まあ、いい。いまがいちばんいい時かもしれないしな」

「いえ、そんな」

あわててほかの社員のほうに視線を走らせる。

「で、いま部長と話しているというのか」

「はい」

「いったいなにを」

「そこまでは」

「なんだ。部長室に関してはわたしより詳しいんだろう。それくらい聞き出してほしいな」

「申し訳ありません」

嫌味はじゅうぶん理解しているだろうが、その上で清水は頭を下げ、机に戻っていった。

こちらから乗り込んでいってやりとりを聞くわけにも行かないが、おおかた経理から金を引き出している件を訴えているのだろう。

それなら部長が宮崎をまるめこんでくれるはずだ。篤史と清水が活動資金をピンハネしていることは部長も承知だし、引き出した金がどこに使われているのかも「営業のための資金」ということになっている。

だが、大阪出張を無断で切り上げて戻り、部長に訴え出るというのは常軌を逸している。

告発の熱意はわかるが、そこまでするだろうか。

篤史のその疑念は、正しかった。

二十分ほどして、篤史のデスクにある内線電話が鳴り、金木部長から来るようにとの連絡があった。

自分の机に戻っていた清水に目配せして、一緒に部長室に向かう。

いつものように松永美智がいるかと思ったが、席を外すように言われたらしく、ムスクの匂いだけがかすかに残っていた。

直接部長室のドアをノックすると、中から金木の声が入れと命じた。

部長室に、すでに宮崎の姿はなかった。苦々しい顔の金木が、ソファに座って膝を揺すりつつ、座れと目で示す。

「まずいな」

向き合って腰を下ろしたとたん短くつぶやき、篤史たちに視線をあててきた。おまえたちの失態だと言いたげだった。

「宮崎が来ていたそうですが」

「知っていたのか」

「さっき見かけたと聞きました」

篤史は清水に視線をやってみせた。

「あの宮崎という男は、どういうやつだ」

「営業二課の中では、あまり目立たないというか、役立たずというか。命令には従いますが、この前お話ししたように人事や経理に探りを入れたりしていて、裏でなにをやっているかまではわかりません」

その言葉に、金木はしばし考えるような間を置き、それから重々しくうなった。

「暴露すると言っている」

「なにをですか」

清水が尋ねた。篤史を飛び越えて質問することはいままでもあったが、きょうは特に気に障った。だが、篤史は顔をしかめただけで清水を睨みつけはしなかった。

いまはそれより重大な問題がある。

「なにを暴露するというんですか」

同じ質問を、篤史は金木に向けた。

「再開発計画のガイジン排斥のことだ」

「馬鹿な」

思わず篤史は口走っていた。わざと外国人集住地域を開発地として選定したことを社内で知っているのは上層部と篤史、それに清水だけだった。カウンターが言いふらしているとはいえ、それは「下司《げす》の勘繰り」だと対外的には突っぱねていた。

社員のくせに、カウンターの連中に同調して騒ぎ立てようというのか。

一瞬だが、怒りにゆがんだ将一の顔がよぎる。

ただ、外国人排斥を暴露されたところで、どうということはない。だいいちマスコミが取り上げるとは思えなかった。広報を通じてスキャンダル対策はじゅうぶんのはずだ。

「それだけじゃない」

金木はそこで人差し指を上に向けて何度か突いてみせた。

「鈴川先生のことまで、調べ上げている」

思わず清水の顔に目をやった。清水も青ざめている。

鈴川太郎は与党の重鎮で、篤史たちアメフト部の大先輩だった。現在では政界を引退しているが、発言力は依然として大きい。

澄山町の再開発計画を新浪建設が一手に引き受けるという内々の決定も、鈴川の口ききがあって初めて政府が動き出したのだ。むろん、そこに政治献金があったことは言うまでもない。

「待ってください。ということは、本来の目的も宮崎は」

「そういうことだ」

篤史の問いに、金木は顔をしかめた。

集住する外国人を排斥したいという新浪社長の意向が「再開発」の裏にあるのだということに、大半のマスコミは気づいている。だからこそカウンターにまで情報が流れてしまったのだ。

だが、その裏にもうひとつの目的があった。「再開発」は表向きのことであり、土地の買収が完了したあと、「採算が合わず計画は頓挫」したことになり、買収したすべての土地はいったん国に買い上げられ、産業廃棄物の焼却場が作られることになっていた。リゾート地など、最初から作るつもりなどなかった。むろん、その焼却場建設を新浪建設が請け負うという筋書きだ。

青木不動産は国に土地を売却することでカスリを得る。

元議員の鈴川太郎は焼却場の建設を新浪建設に公共事業として落札させるよう働きかけてカスリを得る。

そして新浪建設は仕事を得る。しかも新浪社長にとっては外国人排除までできる。

誰も損をしないシステムだ。最終的に使われるのは税金だった。

ただ、そこまで知っているのは新浪建設の中でもさらに限られた者だけだった。

「どこかから漏れた」

金木の口ぶりは、篤史と清水に疑いを抱いているように聞こえた。

「宮崎の背後にいるのは何者なのか、見当はついているんですか」

篤史は身の潔白を言い立てるつもりで尋ねた。

金木はあさましいものを見る目をふたりに向けてきた。

「いいか。わたしのところに直接やってきたんだ」

「どういう意味でしょうか」

「取引を持ちかけてきた。暴露されたくないなら、とな」

つまり脅迫してきたということか。

「どうしろというんです」

「決まってるだろう。金だ」

証拠物件を五億で「買え」と言ってきたという。

その額に呆気に取られつつも、尋ねた。

「なんですか、証拠というのは」

「鈴川先生を仲介にして青木不動産と取り交わした念書のコピーだ」

「そんなものを、なぜ」

残したのかと篤史は尋ねかかったが、金木はわかっていると言いたげに片手を振った。

「向こうから言い出したんだ。はじめて組むところだし、わたしも渋々応じた。その念書のコピーを持っているんだ」

「見たんですか」

「見たわけではない。だが、見なければわからないことまで口にした。やつは再開発計画の裏まですべて説明してみせたんだ」

だが、そんなものをどうやって入手したのか。社長室の金庫の奥にしまい込まれているはずだ。それをコピーできるはずがない。

となると、青木不動産側からの流出だろう。だとしても、入手はむずかしい。手引きした者がいるのかもしれない。

考えていると、金木が顔をしかめて吐き捨てた。

「青臭い正義感から告発するというのならまだ可愛げがあるが、金だそうだ」

篤史はあらためて宮崎の顔を思い浮かべた。うだつの上がらないようなうらなりなのは、ひと目でわかる。縁故で入ってきたわけでもなく、能力があるわけでもない。そういう男が中年になって、これから出世の見込みもないと気づいた。

そこで一発逆転を狙ったといったところか。

「会社が潰れるのを考えれば五億は決して高いとは言えないだろうとも言った」

歯噛みするように金木が吐き捨てた。

「それで、なんと答えたのでしょうか」

おそるおそる訊くと、金木が大きく息を吸い込んだ。

「返事は決まっている。払わなければすべてが明るみに出てしまう。ひいては鈴川先生やほかにも何人かの議員に迷惑がかかる」

その言葉に、清水と思わず顔を見合わせていた。

「しかし、それではやつの思う壺《つぼ》じゃありませんか」

清水が声を震わせる。篤史も同感だった。

「新浪建設を守るためだ。ほかに方法はない。とにかく、やつの持っている念書のコピーを確実に取り戻し、処分しなくてはならない。あるいはほかにも証拠になりそうなものを取り揃えているかもしれないから、それもまとめて買い取るんだ」

「わかりました」

篤史の返事に、金木は視線をあててきた。

「宮崎は営業二課だ。当然、これはきみたちの失態ということになる。きみたちの責任問題でもある」

声に凄みをきかせてきた。自分にミスがなかったかどうか、あわてて振り返ってみたが、よくわからない。

「それは、そうですが」

開きかけた口を封じるように、金木は口調をやわらげて続けた。

「だが、うまく処理できれば、きみたちの手柄でもある。総務部長が来年の三月に退職するし、名古屋支社の営業課長も同じく定年だ。いい人材を探している」

まるで別の話をしているようでいて、そうでないのはわかる。すぐに金木はソファに身体を預けつつ、話題を戻してきた。

「ま、突然脅迫されたんだ。わたしとしては、払うと答えるしかなかった。しかし」

そこで篤史と清水に睨む目を向けた。

「しかし、びた一文払うつもりなどない。当然だろう」

「ごもっともです」

篤史が頭を下げると、金木は咳ばらいをひとつした。

「となると、どうすればいいか、だな」

謎かけめかしていたが、言いたいことは明らかだった。「汚れ仕事」の手配をやってきた篤史と清水に対処しろと言っているのだ。となれば、それ相応の「対処」を示唆しているということだ。

「いちばんいいのは」

次の言葉を口にしかけた金木の視線が、宙に泳いだ。

「ま、そういうわけにもいかないだろうな」

苦笑を漏らして肩をすくめた。

つまり、「そういうわけ」にしろと言いたいのだ。呼びつけられたのは、それが理由だった。

篤史は鼻の奥がきな臭くなるのを感じ、同時に西村の蒼白い顔が額のあたりをよぎった。

三

スマートフォンが間欠的に振動を繰り返した。

見ると知らない番号からだった。

加賀美は無視をした。いったん切れたが、またすぐに振動が始まった。同じ番号からだ。

自分のデスクに置いてあったスマートフォンを手に、背もたれへ身体をあずけつつ応じると、

女の小さな声が尋ねてきた。

「加賀美さんの携帯でしょうか」

そうだと答えかけ、その声に聞き覚えがあることに気づいた。

「このあいだはどうも失礼しました」

周囲に目を走らせつつ、加賀美も小声で答えた。

「じつはお願いがあるのですが」

「なんでしょうか」

口ごもったあと、電話ではちょっと、と新井妙子は答えた。

事件について知っていることを打ち明けるつもりかもしれないと思った。

「では、お宅にうかがいましょうか」

「いえ。駅前の喫茶店で」

そう言って店の名前を告げた。三十分後に会うことにして、加賀美は通話を切った。

パソコン画面に表示していた、三日前の夜に本厚木駅付近で発生した喧嘩《けんか》の報告書を閉じ、立ち上がった。

刑事課の面々は捜査本部に駆り出され、部屋に残っているのは加賀美ひとりだけだった。

数日前、正木家に入ったとき浮かんだ推測を、その日のうちに捜査本部に行って説明し、被害者の血中の薬物検査を提言したが、その日のうちどころか言下に否定されてしまっていた。

すでに捜査本部から外されていた加賀美の言葉など、誰も耳を傾けはしない。

目下捜査本部が追っている線は、どう考えても見当違いなものだ。

現在の政治経済状況に不満を抱いた者が、正木芳光を標的として狙い、殺害した。

この見方は、司法解剖の結果を無視していた。犯人は心筋梗塞で死亡したあとにナイフで腹部を刺しているのだ。不満分子が突発的に乗り込んできたのであれば、手間が省けたと思い、ナイフなど突き刺さずに逃走するだろう。

にもかかわらず、捜査本部は最初から犯人は政府や経済界に対する恨みを持った者の犯行と決めつけているのだ。

それに盾突くような発言は、たとえ加賀美でなくとも否定されるだろう。

こうなれば自分一人で捜査を続けるしかない。

加賀美はそう思い決めていたのだが、「懲罰」のつもりか、刑事課長からたまっている調書の整理を押しつけられ、署内でくすぶっているところだった。

そんなとき新井妙子からの電話があったことになる。

——なにか聞き出せるかもしれない。

その期待が、加賀美の足を速めさせた。

正木家の玄関に放置されていた遺骨が頭をかすめる。庭先に放り出さず玄関内に入れられていたのは、雨露にさらされることが忍びなかったからではないだろう。正木芳光に対して妻や息子がどのような感情を抱いていたのかを目に見える形で示していた。その感情と事件との絡みが解けさえすれば、真相にたどりつけるに違いなかった。

ところが、落ち合った喫茶店で新井妙子が口にしたのは、そういったものとはまったく別の話だった。

「息子がいなくなってしまって」

いつもの自信のなさそうな態度に加え、自分の恥を晒すのが堪らないといった様子で、妙子は切り出した。

だが、単に家出をしたというだけではないらしい。

父親と諍《いさか》いがあったようだという。その事情を説明するのだが、とりとめがない言い方になるのは、妙子本人もはっきりと事情をわかっていないせいらしかった。

「ご主人からはなにか聞いていませんか」

震え上がるように首を振ってみせた。

「なにも訊けるような状態じゃありません。怒ってしまって」

「そうですか」

「ほかに頼れる人がいないんです」

うなだれ、弱々しく口にした。心底息子を心配しているのは見て取れた。整った顔が、いつもより憔悴《しょうすい》しているようでもある。

だが、加賀美としては、どうにもできない。

「いちおう成人されているわけですし、警察としては行方不明者届を受け付けるくらいしかできませんが」

すると妙子は顔を上げ、窓の外を指さした。

「あそこに関係しているんです」

指先の向こうに、雑居ビルがあった。

「予備校に通っているふりをして、五階に入っている事務所に出入りしていたようなんです」

「ＯＺＥカウンター厚木事務局」という看板が読めた。

「このところ毎日ここへ来て、見張っているんです。息子が来るかもしれないですから」

ビルを睨みつけていた妙子は、我に返ったように、持っていたバッグから一枚の紙片を取り出してテーブルに置いた。ビラのようだった。

「あそこ、こんなことをしているんです」

「新浪建設を許すな、ですか」

手にしてざっと読むと、澄山町で土地開発が行われているが、本当の目的はヘイト企業である新浪建設が集住する外国人排斥のために「再開発」を推進しているのだとあった。末尾に「OZEカウンター厚木事務局」の文字がある。

どうやらヘイトスピーチに対抗するための組織らしかった。

「息子がわたしに気づかせようとして、そのビラを目に止まるように落としておいたようなんです」

この手の組織を、警備課は嫌っている。

穏健な組織に対しても、警察庁全体が「政府に対抗する組織」として注意を払っていた。中には内実をたしかめもせず「極左暴力集団」と目している警察関係者も少なくはない。

とはいえ、加賀美の考えは違っていた。

ヘイトスピーチをしている者と、それを阻止しようとする者であれば、加賀美は後者を支持するのがまともな人間というものだと思っていた。

民族が違うから「犯罪に手を染める危険がある」というのは謂《いわ》れのない偏見だし、ヘイトスピーチにほかならない。そういった偏見を大っぴらに宣伝するような者は、加賀美から見れば常軌を逸しているとしか思えなかった。

「これは個人的な考えですが、息子さんは間違ったことをしているわけではないと思いますよ。どちらかといえば、なにが大事なことなのか、よくわかっていらっしゃる」

まだ納得しかねているといった顔つきだったが、妙子は短く吐息をついた。

「このビラによれば、ヘイトスピーチに対するカウンター行動が澄山町であったようですが、これが家出した理由なんでしょうか」

妙子はしばしどうしようかと迷っていたようだったが、やがて口を開いた。

「新浪建設は、主人の勤めている会社なんです」

予想外の言葉だった。

だが、そういうことなら、父親と息子のあいだに確執が起こったことは想像に難くない。

新浪建設は中堅のひとつだということくらいは加賀美も知っていた。

以前、先代の社長時代からいる外国籍の社員に嫌がらせをして退職に追いやった事件がニュースになり、社内にヘイト体質が蔓延《まんえん》していると暴かれた。

しかも、現社長は平然と「わたしが言う外国人というのは白人以外のことだ」と、明らかに差別的な意見まで雑誌のインタビューで口にしていた。

その後体質改善をしたという話だったが、いまだに続いているのかもしれない。

「つまり、澄山町でおふたりが顔を合わせ、それがきっかけで息子さんが家を出られた」

「だと思います」

加賀美は雑居ビルに視線をやりつつ、尋ねた。

「あそこへ行って、息子さんの行方を訊いてみたんですか」

「はい。恐かったですけれど」

「なにかわかりましたか」

「そのとき、娘のところにいるかもしれないと教えられたんです」

意味を解しかねた。たしかフランス留学をしていると町内会長の工藤は言っていたはずだ。

よくよく確かめてみると、娘はフランスではなく、シンガポールに行ってしまったらしいのだが、いつのまにか戻ってきていて、息子と連絡を取り合っていたらしい。

事務局で聞いたところでは、息子は家を出て娘のところに行ったのかもしれないという。

だが、その娘の居場所がわからない。

「娘さんの方もご心配ですね」

「あれは家を出ていったんですから、べつに」

諦めたような口調に、加賀美は妙子の顔にあらためて目を向けた。息子と娘で対し方が違うのが気になったが、突っ込みはしなかった。

「となると、娘さんがいま住んでいる場所がわかれば、そこに息子さんもいるかもしれないと。そういうことですか」

「たぶん。ただ、娘が日本に戻ってきているというのは、息子から聞いただけで、本当かどうかわかりません」

いささか複雑な話のようだった。

最初に訪ねたとき、娘も同居しているような口ぶりだったが、町内会長の工藤によれば娘はフランスに行っていて、息子は大学生。ところが、娘はシンガポール帰りで息子は浪人。それが内実だった。

体面を気にするあまり、あちらこちらにごまかしが紛れ込んでしまっているようだ。

息子がいるのにいないふりをしていた正木家にしても、なにかしら家の中で揉めていて、それを隠していたのだろう。どこの家でも大なり小なり似たようなことはあるに違いなかった。

ただ、殺人事件が起こったことで、正木家だけでなく、隣の新井家にもさざ波が立ったということか。

そもそも人探しは加賀美の仕事とは言いかねる。だが、思惑を持って、加賀美は反対のことを口にした。

「わかりました。微力ながら探してみましょう」

妙子の顔が明るくなった。

「ありがとうございます」

加賀美は姿勢を正した。

「ただ、お力をお貸しする代わりに、そちらもお力をお貸しください」

「どういうことでしょうか」

身構えた妙子にまっすぐ視線を向けた。

「正木さんの家の一件です。なにか思い出したことがあれば、教えていただきたい。特に野間浩一のことを」

妙子はなにかを知っている。あるいはなにかを目撃している。

加賀美はそう踏んでいたが、あからさまに追及するのではなく、「取引」を持ちかけるつもりだった。

妙子の表情が一瞬ひるんだように見えた。

「その野間さんという人には心当たりがないと、前にお話ししたはずです。それ以外に思い出したことは、なにも」

声が細くなった。

「いますぐにとは言いません。思い出したときに、連絡をいただければ」

気持ちの整理をしなければ口にできないようなことなら、急かすのは得策ではない。加賀美はいったん引き下がった。

「立ち入ったことと思われるかもしれませんが、息子さんとご主人のいさかいが、お隣の一件をきっかけに起きたということは考えられませんか」

不思議そうに妙子が首を振った。

「お隣とはほとんど行き来していませんでした。主人は会社ですし、息子も予備校に行っていました。まったく関係ないと思いますけれど」

「しかし、事が事ですしね。行き来がなくても、心理的になんらかの刺激というか、影響があったのではないかと」

「そうでしょうか」

「あなたは、いかがですか」

「わたし、ですか」

「ええ。気持ちの上で変わったということはありませんか」

いままでの自分を振り返っているのか、ぼんやりした視線をテーブルに向け、しばし考え込んでいるようだった。

「わかりません。驚いたのはたしかですが」

「これも立ち入ったことになってしまいますが、クリニックにはどういった症状で通われているんでしょうか」

「主人の母が脳梗塞で倒れてから介護していて、二年前に亡くなったんです。それから調子を崩して」

怒るかと思ったが、淡々と答えた。

「精神的にバランスが崩れていると診断されて、隔週で通っています」

「失礼な言い方ですが、精神的に参っているときにああいった事件が起きても、特に変化はなかったと」

「だいぶ良くなってきていますし」

「そうですか」

「ええ」

通り一遍の言い方に聞こえたが、深く訊くのはためらわれた。

「では、ともかく息子さんの行方については当たってみます。わたしが委任されたということでよろしいでしょうか」

「もちろんです。お願いします」

加賀美の言い方に違和感を抱かなかったようだ。息子探しを任されたということになれば、それを理由に何かしら動きが取れる。

深々と頭を下げる妙子に一礼し、加賀美は立ち上がった。

店の出口で振り返ると、妙子の頼りなさそうな後ろ姿がじっと雑居ビルの方に視線をやっているのが見えた。

それにしても、喫茶店でどれくらいの時間ねばってビルを見張っているのだろうか。まさか、開店から閉店までということはあるまい。

いや、そのまさかがあるか。

何度か顔を合わせて話したときのことを振り返って、加賀美は思った。

一度も笑顔を見たことがない。愛想笑いすらなかった。

違和感というほどのことはなかったが、どこか居心地の悪さのような印象が、妙子にはつきまとっている。

その正体を確かめるのが先のような気がして、加賀美は喫茶店を出ると、そのまま小田急線に乗り込んだ。

大和の高田クリニックへ行くつもりだった。薬剤師の野間についても、なにか聞き出せるだろうという腹づもりもあった。

四

妙子は加賀美が出ていってから、もう一杯紅茶を頼んだ。

五日前から、この店に開店から夕方まで陣取って、将一が来るのを見張っているのだから、手持ち無沙汰にもなる。

だからきょうは便箋と封筒を持ってきていた。

手紙を書く時間にあてるのは、悪くない考えだった。もっとも、手紙に集中して将一が出入りするところを見逃す心配はあるが。

拝啓
ご機嫌いかがですか。わたしは相変わらずの毎日を送っています。

息子さんが家出をなさったとのことですが、ご心配でしょうね。

わたしの考えでは、息子さんはご主人に以前から嫌気がさしていたのだと思います。いつ死ぬかわからないとつぶやいたそうですが、ずっとため込んでいた不満を爆発させたのだと思います。

そのきっかけになったのが、お隣の家で起きた事件なのではないでしょうか。殺人事件が突然身近で起きたのですから、みなさんの心になにかしらの変化をもたらしたとしても、おかしくはないと思います。

あなたにも変化があったのではありませんか。

これからあなたがしようとしていることが、わたしにはなんとなくわかるような気が

テーブルに載せていたスマートフォンが、震えた。

いつの間にか新しい紅茶が来ていて、振動でカップがかちかちと音を立てている。

ディスプレイには、知らない番号が表示されていたが、妙子はペンを置いてスマートフォンを手にした。

返答をすると、聞き覚えのある声が妙子の耳に届き、思わず息をつめた。

五

午後の診療が始まるのは午後三時半。

準備があるので、三十分前には切り上げてほしいが、それまでならと言われ、加賀美は高田清子とカウンセリングルームで向き合った。

最初、また正木の息子のことかと尋ねられた。

この前その件で来たときには、当たり前だが正木文彦の話しか訊かなかった。

今回は新井妙子についての質問だと告げると、わずかに目を見開いた。

「その前に、先生は薬局の薬剤師で野間浩一という人物をご存じですか」

薬局の名前を告げると、しばし思い出す風を見せたあと、うなずいた。

「知っていますが、なにか」

「この前、正木文彦さんと喫茶店にいたのを見かけたもので」

「事件にかかわりがあるというんですか」

加賀美はあわてて手を振った。

「ただ正木文彦さんとはどういう関係かと」

「野間さんとは何度か処方の件で顔を合わせてはいますが、交友関係まではわかりません」

「先生の目から見て、どんな人物でしょう」

肩をすくめた。

「患者以外の診断はしません」

にべもない返事だった。

「仕事ぶりはいかがですか」

「どちらかといえば、真面目ですね。わたしの知っている薬剤師のかたはたいていそうですが」

警戒しているわけでも、なにかを隠そうとしているわけでもないようだが、あまり「協力的」とは思えなかった。

「わかりました。では、本題に入ります。新井妙子さんの家庭環境は、ある程度ご存じかと思うんですが」

「カウンセリングですから、まあ最低限は」

「じつはさきほど新井妙子さん本人に呼び出されて、息子さんを探してほしいと頼まれました」

経緯を説明するあいだ、高田清子は興味ありげな視線を向け、黙って何度も小さくうなずきながら聞き入っていた。

「そんなわけで息子さんを探すのを引き受けたのですが、守秘義務があるのは承知の上でうかがいます。新井妙子さんの言い分を信じていいのかどうか」

「虚言癖を疑っているのでしょうか」

「あるのですか」

「いえ。新井さんは抑鬱状態にすぎません。虚言癖はありません」

「精神的には問題ない、と」

「いわゆる精神病と言われる症状はありません。もしあれば、守秘義務がありますからお話はできませんが、そういった症状はまったくないので、こうしてご説明しているわけです」

「とすると、彼女の発言は全面的に信頼できるということですか」

高田清子はうっすら笑みを浮かべた。

「人は嘘をつく動物ですから、断言はできません」

「息子さんが家出したという発言はどうでしょう」

まばたきをして、かすかにうなったあと、高田清子は手にしていたカルテを閉じた。

「精神科医とクライアントの関係で話せるのは、さすがに限界があります」

その点は、加賀美も承知だった。あらためて慎重に問いかけた。

「新井さんの隣家で事件があったことはご存じですか」

「ええ。新井さんから聞きました」

「新井家と正木家は隣同士です。先生は新井妙子さんと正木文彦さんのどちらも診ておられる」

「そうなりますね」

「二人に直接のつながりがあったわけではありませんし、いまでも関係があるわけではない。ただ、捜査の段階で新井妙子さんの方は同じクリニックに正木文彦さんが通っていたことを知りました。そうした点もふまえて、今回の事件が原因で新井さんに精神的な負担がかかったというようなことはありませんか」

「負担というべきか、ショックは受けたようです。でも、それは誰であれあることです」

「では、新井さんの息子もなにかしらの影響を受けたと」

「家出をした原因が事件だとお考えなんですか」

「それはわかりません。うかがったのは、新井妙子さんが正常な精神状態を保っているのかどうかはっきりさせたかったからです」

「さっき申し上げたように、この二年ほど抑鬱状態です。それ以上のことは申し上げられません」

「どういった治療を」

おそるおそる加賀美は尋ねた。これは守秘義務に引っかかるかもしれなかった。

「わたしがやっているのは基本的にカウンセリングですから、まあ話を聞いてアドバイスをするといった程度です」

「というと」

訊き返した加賀美に、わかっていないなと言いたげに高田清子は声をあらためた。

「カウンセリングというのは、クライアントから本人が無意識に抑圧しているものを引き出し、自分がどういう状況にあって、どうしたいのか、どうするべきなのか気づくよう方向づけをするものです。わたし自身が治療をしているわけではありません。ただ」

どうすべきか迷っているらしく、口を開きかけて、いったん呑み込んだ。だが、ここまで話したのだから説明するつもりになったようだ。

「ただ、多くの方は、本人をカウンセリングするだけでは解決しません」

「どういう意味でしょうか」

「精神的な問題を抱えることになったのは、本人だけが原因ではないということです」

「周囲の者にも責任がある、と」

「責任というより、人間関係のありようが原因であることが多いわけです」

「親子関係や夫婦関係ということですね」

高田医師は肩をすくめた。

「一般論としては、その通りです」

「で、一般論として、どのようなアドバイスをなさるんでしょう」

「手紙を書いてみるようにと」

「手紙ですか」

「カウンセリングにはいろいろな流派があって、わたしの方法のメインは手紙を書かせることです。ですから、新井さんだけにおこなっているものではありません」

つまり一般論であり、守秘義務は守っていると聞こえた。

「手紙を書くといっても、誰に宛てて書くのですか」

「自分にです。自分がいちばん信頼できると思っている人物になりきって、自分に向けて手紙を書くんです。みずからを客観視するための手段と言ってもいいでしょう」

そんなことで効果があるのかと思ったが、口にはしなかった。

「実際に書いて、それをどうするのです」

「自分宛てに郵送してもらいます。書いただけでは駄目なんです。その人から送られてきた手紙という形をとらないといけません。それを読むことで、自分がなにに苦しんでいるのか、どうすればいいのかといったことに気づいていってもらうわけです」

「すると、何度も書くわけですね」

「毎日書いて送る人もいますし、ひと月に一通ていどの人もいます。回数は指定していませんが、手紙が届いたときには報告をしてもらうようにしています」

「先生はそれをお読みになるんですか」

高田清子は首を振った。

「読みません。ご本人がそれを読んでどう感じたかは質問しますが」

「みなさん書きますか」

「ええ。じっさいにいい効果が出ています」

「信頼している人物になりきって書くということですが、なりきれるものでしょうか」

「信頼している人なら、いまの自分にどういう手紙を書くだろうかといったくらいの気持ちで書いてくださいと言っています」

「信頼できる人がいなかったら」

「そういった人もいます。そういう人は、人ではないものを選ぶ場合もありますし、時間が経つと信頼している人が変わることもありますね」

「たとえば、自分のかわいがっている猫とか」

「そうです。言葉を交わしたこともないアイドルだったり、交差点の信号だったり」

「彼女の場合はどうですか」

熱心に説明していた顔に、しらけた色が浮かんだ。守秘義務に引っかかるかもしれないと考えている間があった。

「なんのために、ここへいらっしゃったのかしら」

椅子に座り直しながら、探るような調子で加賀美を睨みつけてきた。

「息子さんを探してほしいと言われたものの、新井妙子さんの言動に信頼を置いていいものかと」

「それはわかっています。でも、そうは見えませんね」

「どういう意味でしょうか」

「加賀美さんは、新井さんに興味がおありのようですけれど」

思ってもみない問いかけだった。

「そういうわけではありませんが」

「そうでしょうか。事件と直接かかわりのない新井さんから息子さんを探すように頼まれても、普通は時間を割かないと思います」

「彼女が事件についてなにか知っている可能性があります。聞き出せても信頼性がないと困るわけで」

それと息子探しに直接の関係がないのは承知だったが、そうとしか答えられなかった。

「わかりました。彼女が加賀美さんをどう見ているかはわかりませんが、加賀美さんとしては個人的に新井さんの力になりたいと思っていらっしゃる。そういうことですね」

「個人的に」という部分にわざと力を入れたように感じられた。勝手に納得した含みのある言い方だった。

「まあ、そうかもしれません」

あいまいに答えたが、妙子に対する自分の思いの中に、いままで気づかないでいた感情を指摘されたことは認めざるを得ない。

考え込んでいると、高田清子が含み笑いを漏らした。

「身近なかたに似ている人がいらっしゃるんじゃありませんか」

「は」

「一般論ですが、以前にかかわりのあった人と容姿が似ていると、初対面の相手に対して、かつての経験から好悪の印象がついて回ることがあります」

「というと」

「たとえば自分に嫌がらせをした人に容姿が似ていると、初対面の人であっても、そういう印象を持ってしまうことがあります」

「大きな犬に噛まれたことがあるから、同じ犬なら小さな犬を見ても怖いと思う、と」

加賀美の問いに、高田が呆れぎみに小首をかしげた。

「原理は同じかと」

思い当たる節はあった。

たしかに別れた妻に面影が似ていると何度か感じた。とすれば、無意識に新井妙子の力になってやりたいと思っているのは、妻への罪悪感の表われか。

加賀美は高田医師へ苦笑を向けた。

「だんだんわたしのカウンセリングになってきているようですね」

「料金を請求したりはしません」

どこか勝ち誇ったように見える。体よく追い返す手口とも感じられた。

「無料でも、ご遠慮しておきましょう」

加賀美は軽く片手を振って、椅子から立ち上がった。

六

一流といわずとも、そこそこ値の張る料亭で、篤史は清水とともに宮崎と向き合っていた。

「そういったわけで、わたしと清水が直接の交渉を任された。以後連絡があれば金木部長ではなく、わたしにしてほしい」

できる限りの笑みを作り、篤史は宮崎に告げた。

神楽坂《かぐらざか》にあるこの店は、接待でよく利用する店ではあったが、部下を接待することになるとは思ってもみなかった。

背中を丸め、上目使いにこちらを見ている顔が、篤史のいらつきを増長させる。

宮崎誠。三流私立大学経済学部卒。入社時には総務にいたが、四十半ばでお払い箱のような形になり、五年前に営業二課に回されてきた。縁故入社でもなく、政財界の係累もない。ましてや篤史や清水のアメフト関連でもなかった。一般入社というわけだ。

新浪建設に一般入社すれば、仕事はきつい。

なにかしらの伝手《つて》があって入社した者は、勤務時間さえ守っていれば遊んでいても叱責を受けることはない。仕事は全部一般入社の者がやることになっていた。

おそらく宮崎もそうやってこの三十年近くを過ごしてきたのだろう。

自分の運命を呪いはするが、定年までじっとしがみついて、残りの人生を細々とした年金で生きていくのが普通だ。

ところが、宮崎は澄山町の再開発計画の裏を知り、それを告発されたくなければ金を出せと会社を「脅迫」した。使い捨てにされるのに我慢がならなかったというわけだ。

だが、しょせん宮崎ていどの連中は、分をわきまえなくてはならないのだ。

「ま、一杯」

反応を示さない宮崎に、篤史は徳利を手に酒を勧めた。

宮崎は猪口《ちょこ》を手に酒を受けたが、そのままテーブルの上に置いた。

仕方なく篤史は自分の猪口に酒を注ぎ、勝手にあおった。それから姿勢をあらためた。

「穏便に済ませたいと、こちらは考えている。悪いようにはしない」

「そう願いたいですね」

宮崎は用心深く視線を向けてきた。

毎日同じオフィスにいたはずだが、篤史はまったく宮崎を相手にしていなかった。視界に入ることはあったかもしれないが、どうでもいい奴としか思っていなかったから、顔すらはっきり覚えていない。

だから、いま目の前にして、やっとその存在を認めたような具合だった。

頬骨の出たほっそりした顔、少し垂れた目。口もとにはふてぶてしいとしか感じられない薄ら笑いが浮かんでいる。

こいつは着々と計画を練っていたに違いない。こちらが女の腐ったような奴だと馬鹿にしていたのも承知で、いつか見返してやろうと待ち構えていたのだ。

飼い犬に手を嚙まれるというのは、こういうことだ。

少なくともいま、明らかに奴の方が立場は上になっている。

「そちらの要求は全面的にのむつもりだ。ただ、その前に確認したいことがある」

いらつきを抑えつつ告げると、宮崎は先を促すように顎を突き出した。

「これはきみひとりの仕業なのか。もし背後に何らかの組織などがいるようなら、こちらも再考せざるを得ないが」

咳を堪えるような笑いが起きた。

「背後関係などありませんよ」

「では、ほかにこのことを知っている者は」

首を振ってみせた。

「わたしは誰も信じてはいないし、利害関係が一緒だったとしても組んだりしません」

なるほど、たしかにそういうタイプの男ではある。だから結婚もできずにくすぶっていたということか。

「だったら、どうやって念書のコピーを手に入れたんだ」

清水が割って入ってきた。

篤史は清水を制した。

「社内であちこちの部署に顔を見せていたようじゃないか」

宮崎が納得したような苦笑を漏らした。

「わたしが手に入れた念書のコピーに記されていることが事実かどうか裏取りしようと思ったんですが、どこも口が固かったですね」

「悪いが、各部署には協力してくれる者がいるからね」

「そのようでした。で、こうなれば金木部長に直接あたるしかない、と」

肚が据わっているのか、単に無謀なのか、わからなかった。

「つまり、社内でコピーを入手したわけではないということかな」

「そうなりますね」

「しかし、青木不動産から出たならなおさら、内部の誰かに入手してもらわない限り、念書のコピーなど手には入らない」

「疑っているんですか」

「念書の中身は知っているようだが、コピーがあるかどうかは疑問だと思っている」

「もちろん、あります」

「では、どうやってそれを入手したんだね」

宮崎はしばし考える風を見せていたが、首を振った。

「それを口にすると、相手にも迷惑がかかりますからね。申し訳ありませんが」

ふてぶてしい口ぶりだった。

「わたしと同じように、会社に不満を持っている人間はどこにでもいるんですよ」

そうつけ加えた。本当は言いたくて仕方がないのかもしれない。

「青木不動産でコピーをきみに渡した人物は、仲間じゃないのか」

「言ったでしょう。誰も信じていないって。コピーを渡してくれた人物は、それが何なのかは知っていました。その人物はその人物で、青木不動産と取引をするつもりかもしれません。しかし、それはわたしとは無関係な話だし、新浪建設とも無関係でしょう」

「まあ、そうなるかな」

青木不動産が同じように脅迫をされたにしても、それは青木不動産の問題だ。だが、新浪建設が脅迫される原因を作ったのが青木不動産の社員だとしたら、五億の損害賠償を青木不動産に請求できなくもない。

それは宮崎にとっては一種の予防線にもなる。宮崎が五億を脅し取ったところで、青木不動産に穴埋めをさせれば、新浪建設の腹は痛まない。

抜け目のない男だった。

いや、さらに考えれば、宮崎に五億を支払わず、その上青木不動産から賠償として五億引っ張ることも可能かもしれなかった。

そう思いつつ、篤史はさらに疑問を口にした。

「だとすると、きみの持っている念書のコピーには、あまり信憑性《しんぴょうせい》がないことにもなるな。きみはコピーを手に入れただけで、実物を見てもいない。青木不動産の何者かに騙されたという可能性もある」

「わたしの持っているコピーが本物かどうか、ですか」

「そう、偽造されたものかもしれない」

我ながらいい考えだと篤史は思った。だが、宮崎は笑い飛ばした。

「たしかに、そういう見方もありますがね。しかし、念書で取り交わした内容については、嘘であるはずがない」

「なぜだ」

宮崎が両手を広げてみせた。

「だって、こうしてわたしを接待しているわけですから」

その口ぶりは、明らかに篤史を馬鹿にしていた。思わず拳を握り締めたが、気を静めて息を吸い込んだ。

「わかった。いいだろう。それがたとえ偽造であっても、買い取ることにする。きみの持っている念書のコピーだけでなく、証拠物件になりそうなものはすべて引き渡してもらう」

「いいでしょう」

「それからこちらの方が重要になってくるが、取引完了のあと、きみの握っている事実については、一切口外無用だ。万が一にもマスコミやSNSに流れでもしたら、逆にきみを恐喝の罪で訴えるかもしれない」

宮崎が鼻を鳴らした。

「わたしの持っているコピーが偽造ならそれもできるでしょうが、本物なら訴えたりできないのではありませんか」

「どうかな。ウチの会社を甘く見ない方がいい。再開発の裏事情が表に出れば、たしかに打撃を受ける。だが、それを漏らしたやつを許しもしない」

睨みつけると、宮崎も目を剝《む》いてきた。

「わたしも長年新浪建設にいましたからね。そのくらいは承知していますよ」

「約束してもらおうか」

宮崎は間を置かず、こたえた。

「約束しましょう」

「で、五億との交換方法だが、どうすればいいのかな」

待ち構えたように、宮崎の目が見開かれた。

「金はドル建てで、こちらの指示する五つの口座に一億ずつ振り込んでいただきましょう。振り込みが完了すると同時に、証拠物件のすべてを郵送します」

篤史は呆れた笑いとともに、ゆっくりと首を振った。

「それは駄目だ。全額こちらで開設した口座に振り込む。その通帳と証拠物件を交換する」

考える間がしばしあり、宮崎は仕方ないといった様子でうなずいた。

「交換にタイムラグがあるのは不安でしょうからね」

「助かるよ。いまから準備にかかる。いくら新浪建設とはいえ、余計な金を五億も捻出するには時間がかかる。半月ほど待ってほしい」

「一週間でお願いします」

「それ以上は待てないというのかね」

半月が一年になったとしても、宮崎は待つに違いなかった。念書のコピーをマスコミあたりに流して公表してしまえば、一銭にもなりはしないのだ。

　宮崎が含み笑いを浮かべた。

「まあ、なるべく早くしていただきたいということです」

「いいだろう。一週間で用意しよう」

　篤史が目配せすると、清水は携帯を手に座敷を立って出ていく。交渉の結果を金木に報告しなくてはならない。

　その後ろ姿を見送った宮崎が、篤史に顔を戻してきた。

「これで交渉成立ですね」

「そうなるな」

「わたしはたったいま新浪建設を退職したことになりますかね」

「正規の退職金は出ないがね。ま、あらためてどうかね」

　徳利を手に促したが、宮崎は猪口を手にしようとしない。

「あくまでよき上司だと思われたいようですね」

　徳利が宙で止まった。

「自分では気づいていないんでしょうね、あなたは」

「なんのことだ」

「自分が有能で頼りになる男だと周りに思わせたい。いかに統率力があるのかを見せつけたい」

　徳利を戻しつつ、こわばった笑みを保った。

「そんなことはないさ。そう見られていたなら、残念だな」

「ええ、残念ですよ、そういう人が上司だったのは。擦り寄ってくる者には親身になるが、それ以外の者は力で押さえつける。子分を何人も作って幅をきかせ、有能で統率力があるように見せかけている。しかし、中身はからっぽだ」

頭に血がのぼるのがわかった。顔が破裂しそうになる。

「下手に出ていりゃいい気になりやがって」

うめくと、宮崎が侮蔑の笑いを浮かべた。

「痛いところを突かれて本音が出ましたね。自分の頭で考えられず、良し悪しも判断せずに命じられたことをするだけだ」

「黙れ」

だが、宮崎はさらに言いつのった。

「もはや新浪建設の社員ではないし、ましてやあなたの部下でもない。長年思っていたことくらい言わせてもらいますよ。あなたは強いと見せかけてはいるが、腰巾着の清水がいないと心細くて何もできない。どうせ家でも威張りくさっているに違いない」

「きさま」

言葉と同時に、腰を浮かした。素早く宮崎も立ち上がっていた。

「では、連絡をお待ちしますよ」

そのまま背中を向けたが、振り返ってきた。

「ひとつお教えしておきます。社内ではダイガエと言い慣わしていますが、正しくはダイタイです。お偉方が間違って使ったんでしょうね。なにが正しいかもわからず、下の者は同じように間違って使っている。間違いを指摘もできない。クソみたいな会社でした」

一礼もせず、座敷を出ていった。

篤史は腰を浮かしたまま、卓上に並べられていた料理を睨みつけ、それを震える両手で薙《な》ぎ払った。けたたましい音が起き、廊下に出ていた清水が飛び込んできた。

「どうしたんですか。いま宮崎が出ていったようですが」

座敷の有様に呆気に取られ、つっかえ気味に尋ねた。

篤史は清水を睨み上げた。

「準備を急げ」

怒鳴ると、清水はあわてて顔を引っ込めた。

手近にあった徳利を手にすると、襖《ふすま》めがけて投げつけた。

さっきまではためらっていたが、もはや憐れみなどかけらも残ってはいなかった。

宮崎に思い知らせてやる。

七

話そうか話すまいか、まる一日迷った。

結局、篤史には黙っていようと決めた。昨夜は深夜になって帰ってきたようだが、かなり酒を飲んでいたらしく、朝起きてみると廊下に嘔吐《おうと》物が散らばっていた。気に入らないことでもあったのだろう。

しかし、家の件ではないはずだ。篤史にとっては将一のことなど、どうでもいいのだ。むろん、妙子のことも。

いつものように朝はさっさと出ていったから、話す機会もなかった。話すにしても、どのみち妙子が一度会ってからの方がよかった。

廊下の嘔吐物を掃除したあと、化粧をして着替えると、妙子は家を出た。

相鉄線希望《きぼう》ヶ丘《おか》駅の改札に、十一時。

将一が迎えに来るということだった。

昨日喫茶店で受けた電話に、一瞬戸惑いはした。四年ぶりに声を耳にしても、とっさに順子のものだとわかったことは我ながら驚きだったが、なにを話していいのかまるで思い浮かばなかった。

一方的に順子が話す形になり、妙子は短く相槌を打つだけだった。

将一が順子のところにころがりこんできた、篤史と一緒の家にいるのは我慢の限界だと言っている、その気持ちはわかるが、いちおう連絡は入れておいた方がいい。

そこで順子が妙子のスマートフォンにかけてきたというわけだった。

「いい機会だから、うちに来てよ」

挑むような調子で順子は言い、将一を連れ戻すことで頭がいっぱいだった妙子は、それに応じた。

待ち合わせ場所と時間を告げられ、通話は切れた。

本厚木に向かうバスに揺られながら、本当に帰国していたのだという実感が湧いてきた。しかも希望ヶ丘ならさほど遠くはない。

それにしても、なぜ帰国したなら、家に戻ってこないのか。

疑問と同時に答えが浮かんだ。

そう、順子は妙子のことを軽蔑している。篤史のことは言うまでもない。ことあるごとに角突き合わせるような生活は嫌なのだ。それにいったん家を出ていったのだから、戻ってくるような無様はプライドが許さないのだろう。

妙子にしても、そんな風に思われている娘と同居したいとは思わない。

順子に会いに行くわけではなく、あくまで将一を説得して家に戻ってきてもらうため。

そう自分に言い聞かせて家を出てきたのだ。

本厚木駅から小田急線に乗り込み、海老名で相鉄線の各停に乗り換える。クリニックのある大和駅を過ぎ、希望ヶ丘駅に到着したのは、十一時少し前だった。

階段を上がり、改札を抜けると、そこに将一が立っていた。

十日ぶりに見る顔だった。

駆け寄っていくと、将一は気づいていつものような笑みを浮かべた。特にやつれている様子もない。

「心配させないでよ。どうしてるのかと思ったんだから」

「ごめん。事務所から連絡もらったからさ。行ったんだろ」

「ああ、あのＯＺなんとか」

「そう。姉さんのところにいるって言ってくれたみたいだから」

「だって、順子がどこにいるのか知らないんだから、居場所がわからないのと同じじゃないの」

「まあ、そうだけどさ」

続けてなにか言いたそうにしたが、口を閉じて将一は先に立って歩き出してしまった。

階段を降りて小走りにつき従っていくと、小さなロータリーに出た。その一角にバスが一台停まっている。将一はそのままバスに乗り込んだ。妙子もそれに続いた。バス乗り場は一箇所だけのようだ。

待つ間もなく、バスが発車した。座席の半分ほどが埋まっている。

駅前の商店街から急な坂を上がり、それから下った。住宅街を抜けると、新幹線が走っているのが見えた。そこでバスを降りる。

新幹線に沿った道を進み、線路を跨ぐ道へ折れると、私立の学校らしい建物を横に見て、さらに進んだ。

車はかなり行き来していたが、あたりには畑が広がっている。地理的には横浜なのだろうが、ずいぶんと郊外だった。

「こっち」

あたりを見回していると、将一がうながした。

道路から横道に入り、住宅が集まっている方角へ進む。新興住宅地というのではなく、もともと周辺で農地を営んでいた集落といった様子だった。農地を切り売りして家を建てたのだろう。

将一が門を抜けたのは、ガーデニングが施された庭のある家だった。新しいものではないが、白壁の二階建てで小ぢんまりしている。ガレージには黄色に塗られたジープのような車がある。厚木の家と比べれば敷地は狭いし見劣りした。

「連れてきたよ」

ドアを開けた将一が奥に声をかけたあと、少し離れて立っていた妙子を手招きした。

将一はさっさと玄関で靴を脱いでいる。

このまま帰ろうか。

ためらいが起きた。順子の顔くらいは見たいが、面と向かいたいとは思えない。話したところで馬鹿にされるだけのような気もする。

「早く入りなよ」

玄関の中から呼びかけてきた。

そう、将一だけは一緒に連れて帰らなくてはと自分に言い聞かせ、ためらいを振り払って玄関に足を向けたとき、そこから将一が顔を出した。

とたん、妙子は混乱した。その手に三歳くらいの男の子がすがっているのが目に入ったのだ。

「それ、どういうことよ」

なにを言われているのかわからないという顔をしたが、すぐに将一は苦笑を漏らした。

「馬鹿だな。間違えないでくれよ。おれにこどもいるわけないじゃん。ナロン、お婆ちゃんに挨拶しろ」

たどたどしく「こんにちは」と言い、片手を振ってみせた。

ということは、順子のこどもか。シンガポールで結婚したということなのか。しかも、こどもはナロンと呼ばれたのだから、相手は日本人ではない。

——親の許可もなく、なんということをしてくれたのか。

篤史が青ざめ、怒りに震えるのは間違いない。そして、その怒りは自分に向けられる。

呆然としているうちに、こどもは将一の手を離し、妙子に近づいてきた。にっこりと微笑み、後ろに回って腿のあたりを押した。早く入れと言いたいらしい。

「よし、えらいぞ。お婆ちゃんをご招待だ」

将一の掛け声で、はしゃぎつつこどもは更に妙子を押した。

されるがままに妙子は玄関を入り、スニーカーを脱ぐしかなかった。

廊下を抜け、リビングに通されると、そこに順子と褐色の大きな男が並んで待ち構えていた。

「ようこそ、はじめまして。カムナンといいます」

男は立ち上がり、流暢《りゅうちょう》な日本語とともに軽く頭を下げた。妙子の後ろにいた男の子はよたよたと走っていき、その男の足にしがみついた。

口にしなくてはならない言葉がまとまらないまま、妙子はソファに座っている順子に目をやった。じっと見上げている挑むような視線が、妙子を怯《ひる》ませる。

「お帰りくらいは言ってほしいな」

順子の言葉に棘《とげ》を感じた。

「ま、ともかくみんな座ろうよ」

将一が場をとりなし、順子の代わりにあらかたの経緯を説明してくれた。

シンガポールで人道団体に参加していた順子は、タイからやってきていた男と懇意になった。

それがいまの夫で、すぐに結婚し、男の子が生まれた。日本に戻ってきたのは、男が東京にある私立大学に招聘《しょうへい》されたからだという。

「カムナンはすごいんだよ。世界的に有名な政治学者でさ」

将一の説明によれば、ふたりは「ＯＺＥ」で知り合ったという。

それはつまり、将一は順子の唆《そそのか》しであんな事務所に出入りしていたということなのか。いや、そもそもこのタイ人の男が順子を唆したのが始まりか。

「Organized ZEっていうんだ。ＺＥって知らないよね。彼でも彼女でもない人称代名詞のことでさ。イギリスのオックスフォード大の学生が提案した言葉なんだって。ようするに男女は同等という考えを持とうという国際人権組織。まあ、ほかにもいろいろな問題に取り組んでいるけれどね」

妙子は声を上げかけたが、かろうじて口をつぐんだ。

——男と女が同等になれるはずがないではないか。

どこでそんなおかしな考えを吹き込まれてしまったのだろう。しかも将一までもが染まってしまっている。

「それで、姉さんはＯＺＥの横浜事務所で活動してるんだ」

そう言って、将一は説明を終えた。

頭のまとまりがつかなくなっていた。こどもたちが親の言うことなど聞かず、好き勝手をやってしまっている。こんなことを篤史が知ったら、どうなることか。

思いつつも、どうしても、つい男の膝の上ではしゃいでいるこどもに目が行く。

順子は家を出ていったから好きにすればいいというわけではない。妙子にとっては孫にあたるこどもまで生んでしまっている。タイ人との「ハーフ」が新井家の孫だと篤史が認めるはずがない。

「そうやって、いつもあなたはあの人がどう思うかばかり考えている」

見透かしたように、順子が軽蔑の目で妙子を見てきた。「あなた」と「あの人」が誰をさしているのか、一瞬わからなかったが、その口ぶりから妙子と篤史のことだと理解した。

「そんなことないわ。わたしはあなたたちのことを思って」

順子があきれたように両手を拡げ、顔をしかめた。

「それもいつもの言葉じゃないの。あなたはまるでわかってない」

「だって」

今度は首を振ってみせた。

「あなたは婆さんのいいなりだった。いまはあの人のいいなり。自分というものがないのよ」

「婆さん」は姑のことだとはわかったが、妙子は自分を抑えて耐えていたのだ。それを順子は「いいなり」になっていたとしか見ていない。

だが、たしかに抑制していた三十年近くのあいだに、「自分」が薄くなってしまった自覚はあった。

結婚するまでは、どこがどうというわけではなかったが、充実していたという実感があった。自由になる給料が手に入り、誰に気兼ねすることなく、旅行やショッピングもできた。好きな本もいくらでも読めた。

もちろん、結婚すればある程度の制限があるのは承知の上だった。食事、洗濯、掃除はそれまでもやっていたのだから、さほど苦痛でもなかった。

にもかかわらず、どこかで「自分」がすり減っていった。

「気づいていないのよね、あなたは」

順子の言葉には、憐れみがまじっていた。

「そういう話は、いましなくても。いちおう姉さんが結婚して孫ができたって報告だったはずだろ」

将一が抗議したが、順子は引き下がろうとしない。男になにごとか言うと、こどもを抱えて男は黙って部屋を出ていった。

「あんたは残りなさい」

一緒に出ていこうとした将一を押しとどめた。

「いままでは将一が家にいたからよかったけど、もう将一はあそこに戻らない。あの人とあなただけになる。だからはっきり言っておく」

「待ってよ。戻ってきてくれるんでしょ」

あわてて妙子は将一に顔を向けた。だが、将一は首を振った。

「帰るつもりはない」

「だって受験は」

「おれは受験するつもりはないよ。自分のやりたいことをやりたい」

「そんな」

「あなたは何のために将一を大学に行かせたいの」

「決まってるでしょ。なにをするにも大学くらい出ていないと駄目だし、そりゃ父さんの言うようないい大学は無理だとしても、せめてある程度の名前のあるところくらいは」

順子の問いに妙子は当然といった調子で言い返したが、順子は顔をしかめた。

「口ではそう言ってるけど、自分たちの老後の面倒をみてほしいからよ」

「違う。そんなこと」

「だったら、あなたはあの人とふたりだけで老後を送るっていうの」

ふっと妙子の胸を嫌な予感がよぎった。

——退職したあとの篤史と、あの家で毎日を送る。しかも、ふたりだけで。

あわてて目の前からその想像を振り払った。

いまでさえ篤史の言葉に従うしかできない。口答えをすれば機嫌が悪くなる。将一の件があってからは暴力を振るいかねないほどいらついている。

「わたしはずっと見てきた。あなたは婆さんのいいなり。死んでからはあの人のいいなり」

「だからどうだっていうのよ。あなたたちは恵まれているのよ。お金に困ったこともないし、ちゃんと教育だって受けられた。全部父さんのおかげじゃないの。そりゃたしかにお婆さんはしつけには厳しかったけれど、あなたたちはこうしてきちんと育ったんだもの」

「きちんとね。あなたはそう思っているかもしれないけど、あの人はどうなの。どうせできそないだと思っているはず。わたしと将一の前に生まれるはずだった子だって、あなたたちは」

言い過ぎたと思ったのか、順子は口をつぐんだ。

だが、もう遅い。最初の妊娠のときのことが妙子に蘇った。胎児に異常があると診断され、出産しても障碍が残ると言い渡されたとき、姑が吐き捨てた。

そんなできそこないは、うちには必要ない。

障碍が残ると言われてショックを受けていたが、その言葉を聞いたとき、妙子はさらに愕然としたものだった。篤史がそれに追い打ちをかけた。

堕ろすのが当たり前だろうが。

あっさりと姑の言い分を受け入れ、そう言い切ったのだ。

ウチは代々五体満足で優秀な者しかいない。できそこないはあなたのせいね。

姑はそうも言った。誇るほどの家柄でもないのは、結婚してみればすぐにわかったし、だいたい篤史が「優秀」だと思っているのは姑だけではないのか。

だが、あのとき、妙子は折れた。堕胎に応じてしまった。

「人殺し」をした。

ずっとその後ろめたさが、心を押さえつけていた。

「そう。それはあなたの言う通りよ。わたしは最初のこどもを見殺しにしてしまった」

「そのことは、いいじゃないか、もう」

手加減のない順子の口ぶりに、将一が割って入った。

顔をそむけていた順子が、自分に言い聞かせるようにかすかにうなずいた。

「言い過ぎたとは思わないわ。あなたにそういう自覚がないなら救いようがないけど、まだ見込みはあったってことね。そもそも、わたしから言わせれば、あの人のほうこそできそこないなのよ。結婚すれば妻は自分のモノ。こどもも自分のモノ。あの人と同じ考えをするのが当たり前。違う考えを持ってしまうのは育てている母親のせい。生活する金を持ってくるのは自分なんだから、言いなりにならなくてはならない。アホらしいと思うでしょ」

たしかに、その点は順子の言う通りのような気がした。

顔を戻してきた順子が、さらにつづけた。

「たしかに、お金に困るような家庭じゃなかった。あなただって働かなくてもじゅうぶんやっていけた家庭だった。でも、あそこは家庭じゃない。あの人は暴力を振るったりはしなかったし、表向きはひどく円満な家族のふりをして見せていた。けれど、一皮むけばわたしたちを押さえつけていただけよ。婆さんも同じ。あなたもあの人たちと同じになるつもりなの」

「まさか」

言い返しかけたが、いままでずっと、自分の言動の前提になっているのが姑や篤史の「機嫌」だったような気がした。

とすれば、知らぬ間に自分もまた同じような考えに染まっていたかもしれない。

姑が亡くなるまでは、命じられたことを淡々とこなしていればそれで済んだ。だが、亡くなったあと、同じように家を仕切ろうとしても本心からしていたことではなかったから精神的に無理が来てしまったのではないか。

ふとそんなことが頭をよぎった。

「でも、それしか道はなかった。そうすることでいままで生活を続けてきたのよ」

「それって、自分の生活の安定を守るためよね」

その言い方が気に障った。

「それのどこがいけないのよ。誰だってそう思うはずよ」

「人間関係がうまくいっている家庭ならね。でも、関係が悪い家庭を守ってどうするつもりよ。そこに生きているひとりひとりが安心できないような家庭は、本当の家庭とは言えない。そんな家庭を維持し続ければ、そこにいる人はみんな不幸になるだけ。そうならないためには、横暴な人に注意して考えを改めさせることよ」

それが篤史のことだというのは、理解できた。

「でも、あなたはあの人の好き勝手にやらせて、意見を言いもしない」

「それは」

理由を考えようとして、ひとつも出てこないまま口をつぐんだ。

「家族だけの話じゃないけれど、人間関係をうまくやろうとして、多くの人は間違ったことばかりしているのよ。自分の信じている人が犯罪を犯したとする。そのとき、信じているから犯罪なんてしていないって思いたい。でも、じっさいに犯罪をしていたら、どうよ」

「そりゃ、よくないことは、よくないわよ」

「だったら」

向き合っていたテーブルの上に、一枚の紙を突き出した。「新浪建設を許すな」と書いてあるビラだった。同じものは将一がさりげなくリビングに落としてあったのを見ているし、それはいま自分の部屋の仏壇の中にある。

「これが、なによ」

「あの人の勤めてる会社は、ヘイト企業なのよ」

妙子には、いまだにヘイトの意味がいまひとつ理解できていない。すると、将一が乗り出してきて、ビラに描かれている図を示した。

「このピラミッドが、ヘイトのレベルを表してるんだよ。ヘイトっていうのは、思い込みにすぎない嫌悪とでもいえばいいかな」

以前見たとき、いちばん上に書いてある「大量虐殺」はわかったが、その下にある四段階がわからなかったのだ。

「むずかしい言い方してるけどさ、こう言い換えられると思う。いちばん下が人に対して偏見を持っていても、思っているだけ。つぎが、その偏見が態度に出てしまうレベル。真ん中が偏見を口にしてしまうレベル。そして、偏見の相手を暴力で叩こうとするのが、上から二番目。で、最後は虐殺。こういう人が多くなればなるほど、だんだんと上の段階にエスカレートしていく危険があるってことだよ」

そう説明されれば、なるほどと納得が行った。

「もうひとついちばん下のレベルがあるわよ。六番目には、本人が偏見を持っているかどうか自覚がないまま偏見に染まっているレベル」

「それは姉さんが勝手に作ったんだろ」

「そういう人が大半だってことよ」

「まあ、そうかもしれないけどさ」

「見たくないものは見ないようにする。自分に都合の悪いことは、なかったことにしようとする。おまけに、自分が偏見を持ってることに気づきもしない」

それが妙子だと言いたげに、順子の冷ややかな目が睨んできた。

「おれも最初信じたくなかったけど、新浪建設はさ、外国人排斥とか女性差別とか、そういうことをあからさまにやってるんだよ。前にマスコミに指摘されて改善したってことになってるけど、内部ではいまだに続いてる」

「でも、会社が偏見を持っているからといって、お父さんが同じだとは言えないわ」

順子が鼻で笑った。

「まともな精神だったら、さっさと辞めてるわよ。あの人は大学のときのアメフト関係で特別扱いされてるようだし。もともとヘイト体質なのよ」

「父さんの悪口を言うのはヘイトじゃないというの」

言い返す理屈を見つけたと思い、妙子は順子をたしなめる調子で見た。

すっと将一が真剣な顔を向けてきた。

「ヘイトっていうのは、力を持っている者が弱い立場の者に向けるときにだけ言われるんだ。考えてみてよ。政治家や企業がどこかの個人を攻撃するっておかしいだろ。そういうのがヘイトなんだ。おれたちがそういうやつらを攻撃するのはヘイトとは言わない」

その言葉に、妙子は戸惑った。たしかに将一の説明には納得できる。だが、それでも。

「我慢してるのかもしれないじゃない。よくないこととわかっていても、会社を馘首《くび》になったら困るもの」

「まともなことを言って馘首になるって、おかしいでしょ」

「そりゃ、そうかもしれないけど、会社でうまくやろうとすれば」

「うまくやろうとすれば、よくないことでも見なかったことにするっていうんなら、あの人も同類よ。相手が地位や力があって自分の利害関係にあったりすると、なおさらそうしようとするかもね。でも、それは対等な人間関係とは言えない。うまくやろうって考える人ほど、相手に支配されているんじゃないかしら」

「だって人づきあいをうまくやろうとすれば」

「相手の悪いところを指摘できないような人づきあいは、本当の人づきあいとは言えないわ」

順子が冷めた口調で告げた。たしかに、その言い分が正しい気もする。

だが、腑《ふ》に落ちたとまでは言い切れなかった。その様子を見て取ったのか、また別の話をはじめた。

「昔、わたしが小さかったとき、どこかの川の上流で事故があったわよね。台風が来ているっていうのに、川の中州でバーベキューやってて逃げられなくなった人たちがいた」

妙子もその事故は記憶にあった。

こどもを含めた十数人の者が救助されないまま流され、数人しか生き残れなかったはずだ。消防団の警告を聞き入れず、中州から避難しなかったために起こった事故だ。

「リーダーがいてね。これくらいの雨はどうってことないって言って、避難しようとした仲間を馬鹿にしたのよ。おれは強いんだってところを見せようとしたわけね。仲間はリーダーの方針に従わないと弱虫と思われるし、のちのちいびられると思ったから、まずいと思っても避難できなかった。そのうち水位が上がって逃げるに逃げられなくなった。つまりはそういうことよ。わたしはさっさと逃げた。将一も決心して逃げ出した。そして、いまのあなたは、空威張りしているリーダーの言いなりになって逃げ遅れかかっている状態だってこと」

——順子が逃げ、将一が逃げた。残ったのは自分だけ。

そう考えると、篤史とふたりきりで川に流されるのを待っているような気がした。

「わたしたちがやっていることは、社会をぶち壊すことじゃない。ヘイトを放置すれば、社会は危険な方に行ってしまう。それに気づいて、みんなに逃げ出してもらうこと」

順子の目は、妙子を心配しているように感じられた。

同時に、順子が幼稚園児だったころに、同じ目を妙子に注いできた記憶がよみがえった。妙子が姑からなにかひどく叱られたことがあった。そのとき、慰めるように、順子が妙子を見上げてきたのだ。

そのときの目に似ていた。

将一がひとりごとのようにつぶやいた。

「うちの隣で殺人があっただろ。あのとき、なにか感じなかったか」

殺人の件が出て、妙子は息をつめた。将一は、自分に言い聞かせるように、続ける。

「大学に行って、就職して、結婚して、歳とって。でも、いつ死ぬかなんてわからないんだよ。おれ、それまでわかっていたつもりだったけど、ぜんぜんわかっていなかった。もし誰かの命令に従いつづけて一生を終えるとしたら、死ぬときどう思うのかなって。安定した生活送れたなって満足するのかな。どう思う」

覗き込むように顔を向けてきた。

「それは」

戸惑っているうちに、さらに将一は言葉を継いだ。

「十年後、二十年後。母さんは考えたことあるのか。あいつは自分の思うように他人を支配しようとしているだけなんだ。おれたちがいなくて、ふたりだけになって、どうするつもりだよ」

順子がおもむろに立ち上がった。

「言うだけのことは言ったわ。あとはあなたが決めることよ。社会ばかりじゃない。逃げないと危険な家庭というのもある。いくらでも。そんなこともわからないようじゃ、十年後は絶望よね」

吐き捨てると、部屋を出ていってしまった。

その姿を見送った将一が、しばし考えるような顔になり、やがてためらいがちに口を開いた。

「いまだから言うけどさ。おれ、中学のとき、いじめられてたんだよ」

耳を疑った。そんな話は聞いたこともなかった。いつもにこやかに学校へ通っていたはずだ。

「高校に入っていじめはなくなったんだけど、中学の三年間は地獄だった。気づいてなかったよね」

「言ってくれれば、よかったのに」

返答になっていないと思いつつも、口をついて出た。ほかに答えようがなかった。

「そのとき、これが一生続くのかって思ったら、そこから逃げるか、死ぬか、相手を消すか、その三択しかないって思ってた。担任に話しても駄目だった。話し合えばいい、なんて言うだけでさ」

「ごめんなさい。気づけなくて」

「違うんだ。べつに責めてるわけじゃない。誰に相談しても、解決はしなかったと思うよ。ただ、話を聞いてほしかったなって。おれがいまこんな感じでいるんだってことを、知っててほしかった」

妙子は軽いめまいを感じた。まるで将一のことを理解していなかったのを思い知らされた。

「いまの母さんを見てると、あのころのおれと同じような気がするんだよね」

思いがけないことを口にした。

「だからさ。母さんも体面とか気にするのやめて、話をしてほしいと思うし、マジで十年後二十年後のこと、考えてほしいんだ」

そこで言葉を切った将一は、それまでの話を振り払うように座り直し、笑みを浮かべた。

「おれたちの言いたかったことはそういうこと。きょうのところは、ひとまずこれくらいにしようよ。姉さんが日本に戻ってきた。母さんはお婆ちゃんになった。そういう近況報告だったはずだし、カムナンがタイ料理作ってくれたんだ。昼飯にしよう、ね」

立ち上がって、男とこどもを呼びに出ていった。

だが、妙子は食事どころの話ではなかった。黙って立つと、そのまま玄関に向かい、スニーカーを履くと家を出た。

「あ、待ってよ」

妙子が出ていくのに気づいた将一の声が背後から響いたが、立ち止まらなかった。将一も引き留めるために駆け寄ってこようとはしなかった。

十年後、二十年後。

将一に言われた言葉が頭にこだましていた。

――よく考えなくてはならない。

妙子はふらつく足を踏ん張りつつ、バス通りへ引き返していった。

八

きっかり一週間で、準備は整った。同時に、もうひとつの「準備」も完了した。

さほど緊張はしていない。二度目だからだろう。

最初は十年前だったが、いま振り返れば、あのときも緊張などしていなかった。段取り通りに振舞えばいいのだから、どうということはない。

篤史は大型の茶封筒をテーブルに置き、ガラス越しに見える噴水に、視線をやっていた。緑や赤や青の光線で噴き上がる水の色が複雑に変化する。変化には一定の順番があるようだが、容易に色の順番がわからない。順番を見つけるのは、時間潰しにはよかった。

夕暮れてきたホテルのロビーは暖房が行き届いているから寒くはないし、客もさほどうろついていない。

「お待たせしました」

背後から宮崎の声が聞こえ、すっと前に回って向かいのソファに腰を下ろした。

もうちょっとで光の順番が見つけられるところだったが、そんなことはどうでもいい。

「きょうはおひとりですか」

嫌味めかして口元をゆがめた。

「この前いろいろ言われたのでね。それに周囲の目がある。どこで誰が見ているかわからない」

「さっそくですが」

宮崎の視線はすでに茶封筒に向けられている。

篤史はそれを手に取り、中身をたしかめ、それからテーブルの向こうに押しやった。宮崎も手にしていたバッグから小ぶりの封筒を取り出し、こちらにすべらせてきた。

篤史は封筒を開き、中に入っている一枚のコピーを確認した。たしかに青木不動産と新浪建設のあいだで交わされた念書のコピーだった。

「本当にこれだけだな」

「そこは信用していただかないと」

封筒に手を突っ込み、通帳に記されている額をたしかめていた宮崎は、その手を休めて不敵な笑みを向けた。

「それで、これからどうするつもりなんだ」

たしかに、と短くつぶやいた宮崎は、そそくさと封筒をバッグにしまい込んで、それから篤史の問いにこたえた。

「今夜の便で、アメリカに行くつもりでしてね」

「なるほど。だから羽田近くのホテルを指定してきたというわけか」

おそらく荷物はどこかのロッカーにでも預けてあるのだろう。かえって近くなって好都合だった。

「では、これで」

まだ早すぎた。篤史は腰を上げかかった宮崎をとどめた。

「まあ、待てよ。少しくらい時間はあるだろう。最後のお別れだ。二度と会いたくないから、一杯おごらせてくれ」

一瞬警戒の色があったが、肩をすくめた。

「二度と会わないために、一杯だけいただきましょう」

ロビーの奥にあるラウンジへ宮崎と連れ立って向かった。ストゥールに腰かけ、スコッチのダブルを頼んだ。

グラスを掲げるが、合わせはしない。

篤史は軽く舌をしめらせただけで、グラスを置いた。

こんなやつと話す話題などないと思ったが、そのとたんいい話題があるのを思い出した。

舌に残る酒の苦みを解消するように、口を開いた。

「ひと月ほど前に隣の家で殺人事件があってね。ずっと誰かに話したいと思っていたんだが、会社で話すような話題でもない」

「で、わたしですか」

うまそうにひと口飲んだ宮崎は、グラスをもてあそびつつ、苦笑した。

「隣の主人が何者かに刺された。犯人はまだ見つかっていない。事件が起きた当初はマスコミがうろついて、迷惑だとしか思わなかった。だが、日が経つにつれて、さっぱりした気分になってきた」

　奇妙な視線が向けられた。

「べつに隣の主人と仲が良くも悪くもなかった。顔を合わせたのも数回ていどだ。それでも、さっぱりしたんだ」

　おそらくそれは相手が自分よりも学歴や職歴の上で勝っていたからだが、それは口にしなかった。

「たいしてかかわりのないやつが殺されてさっぱりするなら、かかわりがあって、自分の言いなりにならないようなやつが殺されれば、もっとさっぱりするんじゃないかと思うんだよ。どうだ」

　宮崎は周囲に視線をやってから、薄く笑った。

「殺されなくても、目の前からいなくなるだけでいいでしょう」

　篤史は首を振った。

「それじゃ意味がない。自分に従わないやつがどこかで生きていると考えるだけで、我慢ができなくなる。それが」

　篤史はそこで言いよどんだ。「ダイガエ可能なやつなら、なおさらだ」と言いかけ、一週間前に宮崎の口にした言葉が浮かんだからだ。「ダイガエ」でなく、正しくは「ダイタイ」らしい。

　当然だが、ここで正しい言い方をするのは業腹である。指摘した当の宮崎に向かって、「負け」を認めるような気もする。

「それがダイガエ可能なやつなら、なおさらだ」

「つまり、わたしのことですか」

「ダイガエ」に気を回す様子もなく、挑む調子で声を低めた。

一拍の間を置いて、篤史はカウンターを叩いた。それからわざとらしく咳き込み、笑い声をあげた。

「まさか。ただ隣で起きたことを話しただけだ。気にするな。そう簡単に人を殺せる人間はいないさ」

またあたりに目をやった宮崎は、うなずいた。

「昔読んだ小説に、酒場にやってきた二人組の男が、殺す相手の居所やなにかを尋ねている場面があったのを思い出しましたよ」

博識ぶるつもりか。だから本を読むやつは嫌いだ。

「まあ、さっさと目の前からいなくなってはほしいがな」

ふてぶてしい目が向けられた。

「たぶん、あなたは殺したい者がいたとしても、自分の手で殺したりはしない。ほかの誰かにやらせるか、せいぜい死んでほしいと願うくらいでしょう」

今度は、「ひとりではなにもできない」と言われたことが頭をよぎったが、こちらは聞き流すことにした。

ラウンジの壁にある時計が午後八時になろうとしている。

「さて、これから社に戻って報告しないとならない。取引はうまく行った。二度と顔を合わせないことを祈るよ。もし今度会ったら」

殺すと口にはせず、含みを持たせて睨みつけてやった。

「では、さっさと消えましょう」

グラスをあおると、宮崎は一礼して背中を向け、ラウンジを出ていった。

篤史はその姿が見えなくなる前にスマートフォンを取り出し、清水を呼び出した。

「用意はいいか」

「できてます」

緊張した声がこたえた。

「いまエントランスに向かった」

「了解」

「あとからおれも行く」

「来るんですか」

困惑したようだ。あとのことは清水にまかせるつもりだったが、気持ちがおさまりそうもなかった。

「それじゃあとで」

通話を切り、残っていたスコッチを干すと、もう一杯追加を頼んだ。

今夜も、西村は三人ほどの若い連中とともに「仕事」に従事しているはずだった。

午後十時を回った扇町《おうぎまち》の埠頭《ふとう》周辺にある工場は、照明と低くうなる音が操業を続けていることを示しているが、人通りは絶えていた。

その一画に、新浪建設の倉庫がある。輸入した建築資材を保管しておくためのものだった。

少し離れた鶴見《つるみ》線安善《あんぜん》駅の近くでタクシーを降りた篤史は、寒風が吹きつける道を進んだ。倉庫のすぐ目の前まで運河が迫り、黒い波が対岸の工場の照明でちらちらと揺れている。油と潮が混じったような臭いが鼻をつく。

入口のドアにある呼び鈴を押して待つうち、きしみとともに扉が開いた。

薄闇の中に、清水の顔が浮かぶ。暗いせいではなく、清水の顔は青ざめてこわばっていた。初めてなのだから仕方ない。

十年前の自分も、そう見られていただろうか。

篤史の額あたりをかつての光景がよぎったが、振り払った。

「どうだ」

ドアを入って鍵を閉め、改めて尋ねた。

「クラウドにデータを預けていました」

「ほかには」

「貸金庫にもコピーがありました。ロッカーに預けた旅行荷物も回収してあります。やつのマンションには西村さんの手の者をやりました」

「そっちの処分はやっといてくれ」

「はい」

「それから、念書を持ち出した青木不動産のやつは誰なのか、口を割ったか」

「どうも秘書課の男らしいですね」

男の名前を口にした。

「そっちは金木部長から手を回してもらう」

返事を待たず、篤史は倉庫の事務室がある二階へ階段を上がった。ほの明かりがさしている事務室からは、汗と血の臭いが漂っていた。

弱々しい蛍光灯の光の下に、パイプ椅子に縛りつけられた宮崎が首をうなだれている。臭いを発しているのは、当然宮崎だった。失禁もしているようだ。

かがみ込んで宮崎の様子を見てから、周囲にいた男たちに尋ねた。

「死んだか」

「いや、まだ生きてます」

部屋の壁にもたれかかっていた蒼白くほっそりした顔の西村が、煙草を吹かしつつ答えた。

みずから手を下さず、連れてきた男たちにすべてをやらせているのはいつものことだった。三人の若い男たちはそれぞれ棒切れを持っている者、メリケンサックをはめている者、殺虫剤とライターを両手にしている者と、役割分担がされていた。

三人とも、この前澄山町に動員されて来ていた男たちだった。メリケンサックは少し鈍いらしく、街宣のあいだじゅう、にたにたと笑いを浮かべていたのが記憶に残っていた。いまもまた、にたにたと笑いを浮かべている。

いったん立ち上がった篤史は、宮崎のぐっしょり濡れている髪の毛を摑んで顔を仰向かせた。瞼《まぶた》は腫れあがり、口元から頰にかけては紫色になっている。そもそも顔の形が歪《ゆが》んでしまっていた。

何度か頭を揺すると、なんとか左目だけが開き、篤史に向けられた。

「意外と早く再会しちまったな」

からかってみせると、涎《よだれ》とともになにごとか呻《うめ》いたが、言葉にはならない。

「言っただろ。おれに従わないやつが目の前からいなくなっても、生きていると考えるだけで我慢できないって。おまえはこう言った。殺したい者がいたとしても、おれは自分の手で殺したりはしない。その通りだ。おれは手を汚さない。さっきは聞き流したが、それだけは言っておこうと思ってな」

摑んでいた髪の毛を力いっぱい振り払った。ぐらついた宮崎は、椅子ごと横倒しになった。

篤史は手の汚れをハンカチで拭い、周囲の男たちに視線を向けた。

「あとは頼んだ」

メリケンサックをはめていた男がにたにた笑いながらロープを両手に持った。ゆるゆると宮崎に近づき、椅子を戻すとロープをその首にかけた。宮崎が最後の力をふりしぼってもがきだした。

清水はその場に凍りついたように立ちすくんでいるが、見開かれた目はもがく宮崎から離せないようだった。

それをたしかめ、無表情な西村に目配せして事務室の外へ出た。そこで立ったまま西村と向き合った。つくづくナメクジのような男だ。

「煙草を一本くれ」

「ひさびさの大仕事ですね」

煙草の箱を差し出しつつ、西村が言う。

あいまいに応じて、ライターで火を点《つ》けてもらい、大きく息を吸い込んだ。

ナメクジであれ何であれ、西村のような男は必要悪だと、篤史は思っていた。会社の妨げになるような者は是が非でも始末しなくてはならない。そうでなければ、会社自体が危うくなるからだ。そういう「難題」を電話一本で西村は解決してくれる。

この前澄山町でおこなわれた集会の動員など、西村の本来の「仕事」とはいいがたいのだ。

十年前に一度だけ、新浪建設のヘイト体質を内部告発しようとした男がいて、そのとき篤史は初めて始末に立ち会った。

当時の前任者である金木に命じられて立ち会ったのだ。だから今回は清水が立ち会えばそれでよかったのだが、宮崎に対する憤懣《ふんまん》がおさまらなかった。この目でしかと死んだのを見たいと思ったのだ。

ドアの向こうで、それまでもがいていた気配が不意に消えた。

ふたたび事務室に入っていくと、宮崎の首からロープを外した男が篤史に向かって楽しげにうなずいた。

「終わりぃ」

幼いこどものような口ぶりだった。その顔が嫌に印象に残った。

まだ清水は呆然と息絶えた宮崎に目を奪われている。

「金は清水からもらってくれ。後始末をよろしく」

西村に言い捨てて、篤史は事務室をあとにした。

九

息子の行方がわかったと連絡があったのは、加賀美が高田クリニックへ出向いてから約二週間後のことだった。

「それはよかった」

深い事情を聞くつもりはなかったから、それだけこたえた。

「ご心配おかけして。もっと早くにご連絡しようと思ったんですけれど、ちょっと体調を崩しまして」

「そうですか。お大事に」

なにか言いたそうな気配もあったが、加賀美も気後れしているうちに通話は切れた。

クリニックで高田清子から話を聞いたあと、加賀美は妙子の息子探しに関して、ＯＺＥ厚木事務局を訪ねていた。

訪問の事情を説明すると、加賀美が警察関係者だと知っても部屋にいた数人の者に警戒や反感はなく、その中の大学生らしき女性が応対してくれた。ほかのメンバーは知らないらしいが、その女性は妙子の息子と懇意らしく、家を出て姉のところにいると教えてくれた。

「ちょっと前にお母さんがいらっしゃったので、そのことを本人にはメールで伝えました」

だから、息子の方から妙子に連絡があるかもしれないという。

「あの人、お母さん思いだから」

口元に手をやって短く笑ってみせた。本当に懇意らしかった。

ただ、姉の居場所については、その女性も知らなかった。

それきりで「人探し」はやめていた。

さほど心配することはないと判断したのだ。母親思いなら、そのうち戻ってくるだろうとも思った。

絵に描いたような家族などというものは、描かれた絵の中にしかない。

そんなことは長年この仕事をしていれば、身に染みてわかっている。飲んだくれの父親、暴力を振るう母親、引きこもるこども。最近は病気の家族の面倒をみなくてはならず、ろくに学校に行けないヤングケアラーの問題もある。

そういった家庭の者が犯罪を犯すとはかぎらない。だが、犯罪に手を染めてしまう者の背景には、なにかしら家庭の問題があるのはたしかな気がしている。

一見して経済的に大変な家庭と違い、新井家は一戸建ての持ち家があり、両親もいて「円満」そうに見える家庭だ。隣の正木家も同様だ。

ところが一皮めくってみれば、「円満」とは言いかねるような問題が横たわっている。

ただ、新井家の事情に関心はあっても、息子の件については妙子の方からさらに話を持ち込まないのであれば、放っておくつもりだったのだ。

——身近なかたに似ている人がいらっしゃるんじゃありませんか。

高田医師に指摘された点が、頭にこびりついていた。新井妙子の力になってやりたいという思いが、じつは別れた妻に対する罪滅ぼしになっているとみずから思い当たったからだろう。

そんな馬鹿なと思いはするが、振り返ってみれば、あるいはという思いがじわりと湧いてくる。

それがかえって首を突っ込むことに尻込みをさせていた。

だいいち、ほかにやらねばならない仕事がある。

捜査本部から外されたとはいえ、事件はつぎつぎと起きている。殺人、強盗、性犯罪。ひとつの事件にかかずらっているわけにはいかない。

だが、正木家の事件だけはなんとしてでもこの手で解決に導きたい。白い布に包まれた遺骨が正木家の玄関に放置されているのを目にして、さらにその思いは強まっていた。

非番の日には大和まで出向き、野間浩一の働いている薬局を一日張り、仕事を終えて長後のアパートに戻るまで尾行をした。

たとえ徒労に終わろうと、そうせずにいられない思いだった。

高田医師に訊いても、野間の人間性はわからなかったし、犯人であるという確信のないまま、内偵を続けていたのだ。

それは無意識に新井妙子の件を考えないようにするためだったとも言えるのだが。

電話を切ってぼんやりそんなことを考えていると、生活安全課の同僚が顔を出して、加賀美を呼んだ。

「おい、来てくれ」

声に椅子ごと振り返った。

「川にこどもが落ちた。目撃者が誰かに落とされたのを見たっていうんだ」

となれば刑事課が出ていかなくてはならない。加賀美は椅子から立ち上がり、同僚とともにパトカーに向かった。

しかし、現着してみれば、父親と釣りに来ていたこどもがあやまって深みに落ち、泳げない父親が助けを求めて走ったのを、逃げ去る男と間違えたらしいとわかった。

こどもはすぐに引き上げられ、救急車で病院に搬送されたが、命に別状はなし。

日曜日とはいえ、冷たい川風の中でよく釣りなどやる気になる。

父親から事情を聞きながら、捜査一課の山岸の顔が浮かんだ。やつも釣りが趣味で、なにが釣れるのかと呑気なことを尋ねた。そのことが頭の片隅にあって、終始父親を睨みつけていた。

「これからは気をつけるように」

そう言って聴取を打ち切った。

野次馬はほとんどいなかったが、川のいたるところに釣り糸を垂れている姿がある。このあたりはいいポイントなのかもしれない。川の中央にある中州にも、五、六人の釣り人がいる。

天気はいいが、水かさが増せば、あそこは川の中に取り残されそうだ。そんなことを思っていると、ふと新井家がこのすぐ近くだったのに気づいた。

さっき電話をもらったことで、それまで尻込みしていた思いが変わっていた。様子をうかがうだけと言い聞かせた。いまさら夫に話を聞くために出向いたというのも変だが、訪問の理由にはなる。

「先に帰っていてくれ」

同行してきた同僚に言いおいて、加賀美は岸辺を離れた。

岸辺から新井家に向かうのは初めてだったが、何度も歩き回った町だったから間違えようがなかった。児童公園を抜け、正面にある新井家の前に着くと、ためらいなくインターホンを押した。

さきほどの電話番号は固定電話からだったので、夫はともかく妙子は在宅しているに違いなかった。

「はい」

モニターで加賀美だと認めたらしく、応対の声は柔らかかった。

「たびたび申し訳ありません。近くまで来たのでご主人にお話をうかがいたいと思いまして」

「お待ちください」

玄関の前に立っていると、ほどなくドアが細く開かれた。

「息子さん見つかってよかったですね」

頭を下げる妙子に言うと、困ったような表情になった。

「主人には内緒にしてあるので」

なにか理由があるのだろう。加賀美は無言でわかったというつもりでうなずいて見せた。妙子の顔が見られたので、そのまま引き返してもよかったが、それではあまりに不自然だった。

「お元気そうでよかった」

「ありがとうございます。どうぞ」

玄関に入ると、正面の奥に二階へ通じる階段がある。その下に行った妙子が、ちょっと来てくださいと何度か呼びかけた。

返事がないまま、ガウン姿がゆっくりと降りてくるのが見えた。

「なんだ」

不貞腐《ふてくさ》れたような声に、妙子がごめんなさいとひとこと言ってから、お話を聞きたいって、と
ひそめた声で告げている。

玄関に立っている加賀美を認めた夫は、威嚇するような顔で近づいてくる。

「誰だ、あんた」

ひと月ほど前にこの玄関で顔を合わせているが、覚えていないらしい。

加賀美は身分証を取り出し、示した。

「本厚木署の加賀美です。殺人の件で」

挑むような表情だった夫の態度が、一瞬だけだが怯んだ。

「え、なんだって」

「事件発生時にもうかがいましたが、お隣の事件についてお話をお聞きしたいと思いまして」

すっと視線がそらされかけ、すぐに加賀美に戻った。

「いまさらなんで」

「いえ。まだ犯人が見つかっていないので、なにか気づかれた点でもあればと」

「そんなものはない」

「そうですか」

「ウチが事件に関係あるとでも言いたいのか」

「いえ、そういうわけではありません。ただみなさんにお話をお聞きしていますので」

「帰ってくれ」

思わず声が大きくなったらしく、夫はちょっとためらってから、もう一度帰れと告げた。

「そうですか。わかりました」

一礼して玄関を出かかると、廊下の奥に妙子の不安そうな顔があった。

「不躾《ぶしつけ》な質問で申し訳ないが、なにか問題がおありですか」

そのまま引き下がろうとしていたのに、口をついて出ていた。「精神的な問題を抱えることになったのは、本人だけが原因ではない」という高田医師の言葉が脳裏をよぎっていた。

夫の形相が険しくなった。

「なにを言いたいんだ、あんた」

「いえ。なにかしら問題を抱えているならご相談に乗れるかと」

「警察に厄介になる問題などない」

怒鳴ると同時に、加賀美の胸を押してきた。

「帰れ」

玄関から押し出され、目の前で鍵がかけられる音がした。

しばらく様子をうかがっていたが、それきり静まり返っている。暴力夫ではないかと疑ったのだが、そうではないようだった。

踵《きびす》を返して門へ向かう。

だが、なにか隠している。

加賀美が警察と名乗ったときの、夫の一瞬のうろたえが気にかかった。

息子との確執といったちょっとしたことではなく、もっと重大ななにか。

それに首を突っ込んでいいものかどうか。

迷いつつ、加賀美は署への道をたどっていった。

十

妙子は医者に訴えた。

「娘がこどもまで作っていたんです。それもハーフのこども」

「ハーフ。つまりダブルですね」

「そういう呼び方をするんですか」

「ええ、最近は。ダブルのお孫さんは嫌ですか」

高田清子は淡々と尋ねた。妙子はちょっと口ごもった。

「わたしはそんなことありませんけれど、主人が」

「ご主人が嫌だと」

「たぶん話したら怒り狂うでしょう」

「お話ししていないんですか」

「話したらどうなるかわかりますから」

「怒り狂う、と」

「ええ」

いや、怒り狂うだけで済めばいい。孫がアジア系のダブルだと知れば、ためらいなく手にかけるかもしれない。

順子がシンガポールに行ってしまったあと、「新井家にガイジンの血など混じってたまるか」と怒鳴ったことがあった。現地で相手を見つけて結婚するかもしれないという予感があったのだろう。

それが見事に当たったわけだ。

「しかし、ご主人が勝手に怒ると思い込んでいるだけではありませんか」

妙子は確信を持って首を横に振った。

実の孫を手にかけるまでは行かずとも、打ち明けたときにどうなるかを考えると、どうしてもためらってしまう。

「ご主人はともかく、あなたはどう思いましたか。そのお孫さんのこと」

最初に顔を合わせたときの姿が浮かんできた。

「最初はびっくりしました。でも、娘の夫もべつに悪い人ではなさそうでしたし、こどももかわいらしかったです」

自分の後ろに回って押してきたときの両手の感触が、小さかったころの順子や将一を思い出させたものだった。

「ハーフ、いえダブルだからって、こどもに変わりがあるわけではないと思いました」

「なるほど」

「それからも二度、娘のところへ行きました」

「そうですか。気持ちに変化がありましたか」

「主人が怒るだろうという予感は変わりませんけれど、わたしの気持ちは少し」

「どういう変化ですか」

順子と将一にいろいろと言われて頭がいっぱいになり、ふらふらしつつ家に戻ったあと、妙子は数日寝込んでしまった。

いったいどうしてこんなことになってしまったのだろう、取り返しがつかないではないか。そういう思いが頭をめぐっていた。

だが、何日かして混乱が引くと、順子の夫や孫の顔がちらついた。まだそのときには将一を家に引き戻そうという思いもあって、その意味でも関係を悪くするのはよくないように感じた。

一日迷って、記憶にある道をたどり、ふたたび四人に会いに行った。

その日は順子も将一も、最初のように妙子を責め立てるようなことはなかった。

この前食べていかなかったタイ料理でもてなしてくれ、夫の名前はカムナン、孫はナロンとしっかり覚えた。

もっともタイの名前は長たらしいらしく、愛称で呼びならわしているため、カムナンもナロンも愛称だという。カムナンには「勇敢な指導者」という意味があり、ナロンは「戦闘態勢にある指導者」という意味だと教えられた。

どちらも聞きようによっては物騒な名前だが、当人たちは物騒どころか温和な性格だった。

カムナンは紳士的で、きりりと引き締まった顔つきは二枚目だった。

日本語は流暢とまではいかないが、むずかしい言葉も使いこなせる上に英語とフランス語も話せるらしい。著名な政治学者なのだから、当然だった。

妙子が昔は小説をよく読んでいたと知り、日本とタイの小説の話になって、時間の過ぎるのを忘れた。

カムナンの口にするタイの作家名はあまり聞き取れなかったが、知らない作家の名前がいくつも出てきて、いかに自分が狭い読書しかしていなかったか思い知らされた。

ただ、話すうちに、昔読んだ作家の名前や作品がつぎつぎと思い出されてもきて、それじたいが楽しかったものだ。

ナロンも同じ年頃のこどもにしては大人びていて、そのくせ無邪気でもあった。

妙子にたどたどしい日本語でいろいろ話しかけてきたり、甘えるように膝の上に乗ってきたりもした。近くの公園へふたりだけでブランコに乗りに行ったときには、あらためて自分の孫なのだという実感も起きた。

「いいご家族ですね」

「ええ。とても」

そう、すっかり忘れていた家の中の団欒《だんらん》を感じたとでもいえばいいか。順子の家に行って、妙子はひさびさにくつろいだ気分になっていた。

三度目に行ったとき、それははっきりと確信できた。

たまたま将一とふたりきりになったとき、キッチンに「ＯＺＥカウンター厚木事務局」のビラをわざと落としておいたのは順子と相談してやったことだったと打ち明けられたのだ。妙子に自分がどのような状況に置かれているのか気づいてほしかったのだという。将一ばかりでなく順子までが心配していたと知ったとき、妙子は料簡の狭さを恥じた。

将一を引き戻そうなどというちっぽけな体面ばかり気にしていた自分が間違っていたと気づいた。いま妙子に必要なのは、自分が安心できる場所を探すことだった。そして、それがここにあるという実感が起きていた。帰らねばならない時間になってもぐずぐずしていたら、将一がしごくまともな顔で提案したものだ。

「このまま家に帰らなくてもいいんじゃないかな」

つい、うなずきそうになった自分がいた。

だが、まだためらいと恐怖があった。こんどはおみやげ持ってくるからとナロンに約束して、その日は帰って来たのだった。


「また行かれるつもりですか」

ビラの件は口にしないままぼんやりしていたらしく、その声に我を取り戻した。

「ええ、もちろん」

妙子が力を込めて答えると、高田清子は視線をあててきた。

「やはり一度、ご主人にもカウンセリングを受けていただいた方がいいかもしれませんね」

いつもの言い方と違った。篤史は仕事が忙しいからカウンセリングには来られないと嘘をつく妙子に、それが嘘だと承知で、いつも高田清子は納得して見せていた。

順子夫婦や孫の件を打ち明けるためにも、篤史へのカウンセリングが必要だと言いたげだった。

「わかりました。考えておきます」

妙子はそう答えた。カウンセリングを受けるように篤史に切り出すとは言わなかった。

「ところで、最近手紙は来ていないのですか」

「ええ。そんなことがあって、手紙は一通も。こちらにうかがうのも間が空いてしまって」

高田清子がなるほどと納得したようにうなずいた。

「手紙が来なくなるのは、回復している証拠とも言えます。もしかすると、娘さんの家へ行き来していることがいい結果につながっているのかもしれませんね」

「そうでしょうか」

「ただ負担にならないよう、無理なさらずに」

「はい」

「そのためにも、一度ご主人に」

「ええ」

しつこく勧める高田清子から視線を外しつつ、軽く受け流した。

その日のカウンセリングは、そこで終わった。

ビルのエレベータを降り、その足で薬局に薬をもらいに向かう。

処方箋を出して順番を待った。

いつものように奥では薬棚に向かっている白衣の薬剤師が三人ほど見える。

椅子に座って待つうち、この間の日曜日にやってきた加賀美のことが思い出された。その直前に将一が見つかった報告をしていたから、その日のうちに顔を見せるとは思ってもみなかった。玄関のドアを開けて加賀美の顔を見たとたん、あわてて将一や順子のことは内緒にしておいてほしいと頼まずにいられなかった。

しかし、訪問の目的は将一の件でなく、夫に殺人事件について話を聞きたいというものだった。

不機嫌な顔で二階から降りてきた篤史は、ひとまず加賀美と対面はした。だが、すぐに怒鳴り声を上げて、加賀美を追い出してしまったのだ。

そのあとキッチンにいた妙子のところに来て、二度とあんなやつを家に入れるなと脅す調子で睨んだ。

なにが起きたのか、妙子にはわからなかったが、そのとき、篤史がなにかしら怯えているようにも感じた。それからあと、篤史はその日ずっと二階の部屋にこもったきりだった。

――やはり、カウンセリングが必要ということだろうか。

あからさまに感情を見せるようになったのは、将一が家を出ていってからだが、篤史の本性が出てきたのだと妙子は考えていた。

結婚してからずっと、家では感情を爆発させることは滅多になかった。姑が亡くなったときですら悲しみもしなかった。ただし、順子が出ていったときは順子の部屋をめちゃくちゃにし、将一のときも同様だった。

数え上げてみても、それくらいのものだ。本当は気性が荒いのを家では押し隠し、べつのところで発散していたのかもしれない。

――十年後、二十年後。

妙子の頭に、将一の言葉がよみがえる。

新井家に嫁いでからずっと、自分をすり減らしてきたのではないかと自問したことも思い浮かぶ。このまま歳を取っていき、いままで同様に自分をすり減らしていったら、どうなるか。

「逃げないと危険な家庭」というものがある。

順子がそう言った意味が、あらためてのしかかってくる。


しばし考え込んでいたらしく、ふいに、新井さんという声が耳に届き、名前を呼ばれているのに気づいた。

あわてて立ち上がり、会計の窓口に取り着いた。

「新井妙子さんですね」

名前を確認されてうなずくと、台の上に並べられた薬の袋の横から、一枚の折りたたまれた紙片がすべらされた。

意味がわからず視線を上げたとたん、妙子は息をつめた。

長身の白衣をつけた男が、見下ろしていた。

どこかで見たと思っていた顔が、いま目の前にあった。

間違いなかった。

正木家で殺人が起きた日に、玄関から入っていった男は、いま透明な衝立《ついたて》を挟んで向き合っている男だった。将一や順子の件に気が向いていて、加賀美から聞かされていたことを失念していた。

加賀美は薬剤師を怪しんでいたが、この男のことだろうか。

たしか名前を聞いた記憶がある。

白衣の胸につけられたネームプレートにひとりでに目が行った。

――野間浩一
そう、加賀美が口にしたのも同じ名前だった。

いままでも何度か薬の説明をこうして聞いたことがあったのだろう。だから、どこかで見たことがあると思ったのだ。

しかし、こんな温和そうな男が殺人などするだろうか。

じっさい殺人をした場面を見たわけではない。なにかの用事があって訪問しただけかもしれない。

この男が帰ったあとで事件が起きた可能性もあるはずだ。

ふと、自分の心持ちに意識が向かった。

もし万が一この男が犯人だったとしても、たったいま面と向かっている自分の心持ちはざわついていない。

薬の説明を事務的に進める男の様子は、妙子と男のあいだだけで秘密を共有しているという心持ちを抱かせた。

男の方も、妙子が警察に目撃したことを通報しないだろうと確信していたに違いない。だから堂々と妙子の前に姿をさらしているのだろう。

「きょうのお薬は以上です」

男は金額を告げ、妙子は淡々と会計を済ませた。

三つの袋に分けられた薬をまとめて手にし、バッグに落とし込む。

「おつりです」

レシートと釣りを受け取ってその場を離れようとすると、男が呼び止めた。

「これ、お忘れです」

最初に男が突き出した紙片をつまみ、妙子に渡そうとする。

「どうも」

男の手から紙片を受け取り、薬局を出る。

自動ドアが閉じかかるとき振り返ってみたが、男はすぐに奥の薬棚へ行ってしまったらしく、その姿はなかった。

ぼうっとしていた頭が、冷たい空気ではっきりする。単なる錯覚だったかと思いかかったが、そんなはずはなかった。手には紙片がたしかに残っている。

開いてみると、そこには携帯の番号とともに、こうあった。

——会って話を聞いていただけませんか。

第四章　事故

一

捜査本部は縮小された。

簡単に見つかると思われた犯人の行方どころか、手がかりさえ摑めていないようだった。

加賀美に言わせれば、もともと見込みをつけて捜査方針を立ててしまえば、まったく見当違いの方向にしか目が行かないのだから、当然のことといえた。被害者の血中薬物の検査を提案しても言下に否定されてしまったわけだし、自分を外した捜査本部が困っていても、助け舟を出さなくてはならない義理などなかった。

抜け駆けで手柄を上げたいというさもしい考えもない。

だが、犯人らしき人物が浮かんでいるのだから、それを見て見ないふりはできなかった。

非番の日ごとにおこなっている野間浩一の内偵は、すでにひと月近く続いている。

にもかかわらず、いまのところ野間は特に変わった動きをしていない。仕事を終えると、そのまま長後にあるアパートへ帰宅することが多かったし、そうでないときは夕食を大和駅周辺でとるくらいのものだった。

アパートの大家は長後駅の反対側に住んでいて、加賀美は来訪したことをかたく口止めした上で話を聞いたが、これも特段のものは出てこなかった。

出身は伊勢原《いせはら》。すでに両親は亡くなっているらしい。神奈川県内の薬科大学を出て、薬剤師の免許を取得したようだ。

薬局を転々としているらしく、大和駅の薬局で働きだしたのが二年前。アパートもそのときから入居していた。

それ以前は町田《まちだ》あたりの薬局に勤務していたという話だった。

周辺情報はそれなりに集まったものの、野間が犯人だという手がかりは一向に見つからなかった。

あるいは自分の方こそ見込み違いだったかと思うこともあったが、犯人ではないという証拠が出ない限り、怪しいことに変わりはなかった。むろん、何の根拠もないまま犯人扱いするべきでないのは承知だった。それでも疑念が拭えず、加賀美は野間の動向を探っていたのだ。

その日も非番を利用して内偵するつもりだったが、木曜日で薬局の休業日にあたっていた。

そこで早朝から長後へ向かうことになった。

野間の休日である木曜と日曜にも、何度か内偵していた。たまった洗濯物を片付け、掃除をするくらいで、外出もせずに一日過ごしていることが多かった。だから、また無駄足になるかもしれないと思いつつ、長後駅に降り立ったのだ。

すでに通勤時間を過ぎており、駅に向かう者の姿はちらほらとあるだけだ。

ゴミ収集車が音楽を鳴らしながら集まっているゴミを収集していくのを横目に通り過ぎたが、すぐに収集車は加賀美を追い越し、少し前で停止すると、つぎの収集に取りかかった。

その作業を目にしつつ歩いていくと、ふいにこちらへやってくる姿に気づいた。とっさに加賀美は収集車の背後に隠れるように身体を寄せた。

野間はこちらを気にすることもなく横を通り過ぎ、長後駅のほうに歩いていく。グレーのパーカーにジーンズ。なにも持っていない。

仕事の行き帰りはスーツ姿だったし、休日に外出しているのだから、きょうはいままでとあきらかに違う。

作業を終えた収集車が走り去っていくのを背後に、加賀美はそこから道を引き返した。

予想通り、長後駅の改札を入った野間は、大和駅方面のホームに立った。

周囲に注意を払っている様子がないのは、いつものことだった。

とはいえ、ぼんやりしているわけでもない。常になにごとかを考えながら歩いているような様子をしている。

薬剤師としてしっかり働いているのを見ても浮ついたところがないのは当然だが、加賀美が非番の日ごとに目にしていた野間の様子は、ふてぶてしい犯人というより、なにかに悩んでいる姿に近いと感じていた。

それがかえって「やはり犯人ではないのか」という疑念を加賀美に抱かせる理由でもあった。

やがて各停がホームに入ってきて、野間は乗り込んだ。

加賀美はふたつ後ろのドアから乗り込む。

立っている乗客が五、六人いるだけで、車内は混んでいない。

電車が大和駅に着くと、野間はそこで降りた。

休みなのに薬局に用事でもできたのかと思いつつ、加賀美は距離を置いてその後ろについた。

商店街に入った野間は、以前正木文彦と会っていた喫茶店に入っていった。まだ午前中だから、客は少ない。

少し間をおいて入っていった加賀美は、遠目に野間の様子がわかる場所に陣取った。

わざわざモーニングコーヒーを飲みにここまで来るわけもなかった。なにかがあるはずだ。

誰かと待ち合わせをしているのだろうか。

だが、じっとテーブルに目を落とした野間は身じろぎもしないまま、三十分ほども過ぎてしまった。

やがて肩で大きく息をついたのが見えた。

待ちぼうけを食わされたのか。

そう加賀美が思ったときだった。

ひとつの姿が野間のテーブルに近づいて、その前に立った。

立っているのは女だった。白のダウンコートにパンツ。

顔を上げた野間が微笑んだのが見えた。女がダウンコートを脱ぎ、向かいに腰を落とした。

その横顔が目に入ったとたん、加賀美は息をつめた。

間違えようもなかった。

女は、新井妙子だった。

二

「来てくれないかと思いました」

「ごめんなさい。正直に言うと、どうしようか迷ったんです。でも、やっぱり」

なにかしら気になるものがあったからと言いかけて、それがうまく説明できそうもないので口をつぐんだ。

喫茶店の入り口を入ったところで野間の姿を認めたときには、それでも警戒というか、緊張はしたのだ。

だが、午前中の人の目がある喫茶店で話したいというのなら、少なくとも危険ではないと踏んだのだった。

白衣を脱いでいるので二十代後半に見えるが、三十半ばだろう。たしか三十代前半と聞いた記憶がある。

腰を下ろすとすぐにウェイトレスがやってきて、紅茶を頼むと、野間もアイスコーヒーのおかわりを注文した。ウェイトレスが下がっていくと、野間は少し乗り出してきて尋ねた。

「怖くありませんか」

「なぜですか」

妙子は真っすぐ見られているのを意識して、目を伏せた。

野間は薄く笑った。

「だって、あんなことをしたんですから」

「あんなこと」は正木芳光の殺害をさしているのだろうか。

「そうだとしても、見ていませんし」

じっさい正木家に入っていくところを二階のベランダから目にし、互いに会釈を交わしたに過ぎない。

「たしかに、そうですね。やはり、あなたは病気ではない」

意味を測りかねた。すっと視線を向けると、野間の目にぶつかった。

「少なくとも回復してきています。薬剤師ですからね。処方される薬で、その人の症状はわかるんです」

妙子はうなずいた。たしかにこのところ調子はよかった。

「高田先生からどう言われているか知りませんが、精神的に問題はありませんよ。ただ大きなストレスが長期間かかって、それが原因で疲れたんでしょう。失礼と思ったんですが、初診からの処方をチェックしたんです」

「それは、いったい」

何の目的かというつもりで口を開いたところへ、紅茶が運ばれてきた。

互いに紅茶とアイスコーヒーを口にしてから、野間は話を再開した。

「証言能力があるのかどうか、知りたかったんです。あなたがベランダから見ていたのに気づいたとき、どこかで見た記憶があった。すぐに思い出しました。つぎにあなたが薬局に来たとき、確信した。いままで何度も薬の説明と会計を担当しましたした」

妙子もどこかで会った気がしたのはたしかだが、なかなか思い出せずにいたのだ。

「もしあなたが精神的に病んでいたら、警察に訊かれたとき、自分の頭の中で作り上げた話をしてしまうかもしれない。そう思ったんです。じっさいその方が都合はよかったはずなんですがね」

「だから電話をかけてきたのね」

そのことを忘れていたのか、野間ははっとした表情になり、頭を少し下げた。

「申し訳ありませんでした。気味悪かったでしょう」

「ええ。でも少しだけです。気味悪いとか不安だとか、そういう感情があのころまだ麻痺《まひ》していたのかも」

ちょっとだけ優位に立ったような気分で、妙子はこたえた。

「でも、あなたの症状は重くなかったし、妄想も出ていなかった。警察に目撃したことをありのまま正確に伝えられるはずです」

「結局、誰にも言えませんでした」

「なぜです」

妙子は目を伏せて、しばし考えた。

「たぶん、どこかで会ったことがある。それはわたしも思いました。でも、どんな知り合いだったのか、はっきり思い出せなかったんです。それがはっきりするまで、黙っていようと」

野間は納得していないように見えたが、そうとしか答えられなかった。

「では、いまこうして正体がわかったわけですから、通報しようと思えばできますね」

すぐさま妙子は首を振って見せた。

「通報するつもりなら、ここに来ていません」

それについては納得したようだ。だが、野間は弱々しく笑った。

「通報してもらってもいいんです。最初のうちは通報されないかと心配だった。けれど、だんだん通報されてもいいと思うようになった」

今度は妙子が「なぜ」と問う番だった。

犯人として逮捕されてもいいという気持ちになったのはどうしてなのか。

尋ねると、野間は両手を組み、うつむいた。しばしそのままでいたが、やがて顔を上げた。

「正木芳光を手にかけたのは事実です。それについて否定などしません。ああなるべき者だったと、いまでも思っています。わたしがやらなくとも、誰かがやったかもしれない。動機というべきかどうかわかりませんが、なぜわたしがあんなことをしたのか、ではなく、なぜ正木芳光が殺されなくてはならなかったのか、を明確にすべきではないか、と。声高に訴えるつもりはありませんが、それがなければ、ただのありふれた事件になってしまう」

なにか深い事情があるということは、野間の苦しげな表情からわかった。

いまひとつ、言いたいことがわからなかった。だが、野間は妙子を気にかけず、つづけた。

「で、そのとき、あなたのことが浮かんだんです。唯一の目撃者のあなたに、話を聞いてもらいたい。いや、意見を聞きたかった」

——意見を聞きたい。

その言葉に困惑した。自分が「意見」など言える立場にはないと思えた。だが。

「わたしが意見なんか口にできるとは思えないですけれど、お話を聞くことはできるわ。わたしも自分の話を聞いてくれる人が必要だったから、クリニックに通っていたのだと思うし」

野間は小さく息をつき、呆れたような苦笑を浮かべた。

「たしかに、まずは話を聞いてもらわなければ、意見もなにもないですね。カウンセリングと同じだな」

「二年間受けていますから、人の話を聞くだけならできるかもしれないわ」

「思ってもみなかった。そうかカウンセリングか。それをあなたに期待していたのかもしれません」

「自分の信頼できる人になりきって、自分自身に手紙を書いてみればいいかも」

「高田クリニックでは、そういう手法も使っているようですね」

「わたしのこと、聞いたんですか」

「いいえ。そういうわけではなく、あそこのカウンセリングの方法です。あなたも手紙を書いているんでしょう」

なるほど。あれは高田清子のカウンセリングの手法なのであって、自分にだけやらせていたわけではないのだと、妙子は気づいた。

「信頼のできる相手から、自分に対して届く手紙。それを自分で書いて送る。届いた手紙を自分で読む。相手になりきって自分のことを客観的な目で見たアドバイスが手紙には書かれている」

「そう。自分で書いたものなんだけれど、信頼できる相手からのアドバイスとして読むんです」

妙子は深々とうなずいた。たしかに、それなりの効果はあった。

「わたしの相手は、瑞子っていうんです」

「誰ですか、それ」

「生まれたあと障碍が出るかもしれないと言われて、堕ろしたこども」

抵抗もなく言葉になったのが、妙子自身意外だった。

「失礼しました。余計なことを訊きました」

「構いません。いままで高田先生以外には誰にも話したことはなかったんですけれど、カウンセリングのおかげで、いまでは話せるようになったみたい。手紙を書く相手だから名前をつけないとならなくて。でも名前すら考える間もないまま堕ろしてしまったから、どういう名前がいいかって考えたんですけど、結局水子から取って瑞子って名前にしたんです。ほかの名前をつけるのは、亡くしたこどもにかえって失礼な気もしたし。初めてのこどもだったんだけれど、主人と姑があっさりと堕ろせって。わたしの気持ちなんか考えずにね。そういういろいろなことを聞いてもらえる相手が、必要だったんだと思うわ」

「そういったこともストレスになっていたんでしょうね」

我がことのように顔をしかめた野間を見て、妙子は肩をすくめた。

「話が逸れちゃったわ。あなたの話を聞かせてもらえますか」

野間はちょっと考えるような表情になった。それからアイスコーヒーをひと口飲んで、姿勢をあらためた。

「妹がいたんです」

七つ違いの妹だったという。両親は野間が十歳のとき父親の借金が原因で離婚し、母親と妹の三人暮らしだった。野間は家計を助けるために新聞配達を中学から高校卒業までの六年間つづけ、奨学金を得て薬科大学に進学した。

だが、野間が大学を卒業して薬剤師になった年、母親が倒れた。脳溢血で半身不随になってしまった。朝から晩まで三つの仕事を掛け持ちしていた母親は、肉体的にも限界に来ていたのだろう。

「ちょうど大学受験の直前で、妹は受験には受かったんですが、行くのはあきらめました」

野間が奨学金で進学しろと勧めた。だが、奨学金はあとで返済しなくてはならない。当時は返済不要のものは少なかったから、借金を背負うのは嫌だと言い、妹は大学には行かず、派遣の道を選んだ。そもそも母親の面倒をふたりで看なくてはならないし、治療費もかかるから、それもそうかと野間は納得した。

「それからは派遣の仕事をしながら、頑張っていました。母親の面倒は妹にまかせっきりに近かった。派遣だから自由がきくと言って、妹もさほど気にしていなかったようです。それから一年して母親が亡くなって、妹もわたしも看護からは解放されました」

しかし、妹は大学に行っていないし、もはや行くつもりもなくなってしまい、このまま派遣で生きていくと言い張った。

「妹は、奨学金の返済でかつかつのわたしの力を頼らず、自分で頑張らないといけないと思い込んでいたし、たしかに最初のうちはよかった。妹は派遣を恥ずかしいとも一人前じゃないとも思っていなかった。それがいつの間にか、自分がみじめだと思い込まされてしまっていった。五年ほどして、精神的に参ってしまったようです」

野間の話によれば、妹は決まった住居もなく、仕事が変わるたびに寮を転々としていたが、二年前に派遣先の栃木にある工場で派遣切りにあったあと、工場の近くで命を絶った。

「働かざる者食うべからずとよく言いますけれど、それは逆なんじゃないか。食べなければ、働けない。企業の競争力が落ちていると言われたりしますけれど、食べなければ働けないんだから、当然ですよ」

最近のことはよくわからなかったが、たしかに「食べなければ働けない」のはわかる。ひとりひとりが金銭的にも精神的にも、ある程度の余裕を持って生活できなければ、仕事に対して力も発揮できない。

「もちろん、金銭の問題だけではありません。たしかに派遣で働いて得られる金で貯金などはできない。それにも悩んでいたけれど、もっと大事なことがあった」

そこで言葉を切ると、妙子にわかるかと言いたげな顔を見せた。

ふいに、最初に順子を訪ねたときに抱いた思いがよみがえってきた。

この三十年近く、自分が姑や篤史の「いいなり」になっていたと言われたとき、「自分」が薄くなってしまった、「自分」がすり減ってしまったと気づかされた。

「もしかして、自分がすり減ってしまったということかしら」

おそるおそる口にすると、野間は椅子に座り直した。

「その通りです。妹は金より大事な、自分というものを周囲から無視され続け、単に命令に従うような存在に貶《おとし》められた」

言い方がむずかしいと思ったのか、野間はすぐさま言い直した。

「じっさい技術を身に付けられるわけでもなく、持ち場も都合で何度も変えられる。いくら頑張っても正社員になれるわけでもなく、人手がいらなくなると、さっさと切られる。自分はいったいなにをやっているんだろう。だんだん、そう思うようになっていった。その人がなにを考えて、なにをなしとげたか、どういう生き方をしたいか、そういったことを見ずに、高卒だとか、どんな家柄なのかとか、見てくれがいいのか悪いのかといったことでしか判断されない。どんなに頑張っても派遣は派遣のままだし、仕事に関する工夫を提案しても、それは正社員の手柄になる。そんなことを妹は言っていたことがありました。妹はそうやって追い詰められていった」

野間は唇を嚙みしめた。

「妹が命を絶ったとき、その怒りのやり場がありませんでした。しばらくはわたしも精神的に落ち込んでいました。なぜ助けてやれなかったのかと、自分を責めたこともあります」

――なぜ助けてやれなかったのか。

妙子もまた、生まれることなく命を絶たれてしまったこどもをなぜ助けてやれなかったのかと思った。

どうしても生みたいと言い張れば、生めたのかどうか。障碍を持って生まれたら、姑や篤史はそれでもかわいがってくれただろうか。

――なぜ助けてやれなかったのか。

野間の言葉を借りれば、明らかだった。単に命令に従い、「自分」をすり減らしてしまったせいだ。

みずからの思いを嚙みしめていると、野間がさらに話を続けだした。

「そんなとき、正木文彦という人が薬局に現れた。半年前です。最初は単に薬剤師として薬を渡していただけですが、ある日仕事を終えて帰ろうとしたとき、駅前の広場で、彼を見かけたんです」

その日渡した薬から、正木文彦が極度の情緒不安定であるのは、わかっていた。薬局に来たのは二時間ほど前のことだったし、広場にあるベンチに座っているその様子は、いまにも周囲の者に飛びかかって傷つけようとしているように見えた。

「まずいと思い、声をかけてここに連れてきたんです」

両手を開いて見せた。この喫茶店に連れてきたらしい。

「わたしが薬局の薬剤師だったことを覚えていたせいか、いろいろと話してくれました」

小さいころから父親に厳しくしつけられて、そのせいで神経質になってしまったこと。結局学校に行けなくなって不登校になってしまったこと。母親はかばってくれたけれど、父親はそのうち殴ったり蹴ったりしてくるようになったこと。お前のような出来の悪いやつは自分の息子ではないとののしられたこと。そして結局母親が彼のためを思って別居させたこと。

「一週間に一度は母親が様子を見にきてくれていたようですが、父親のいるときには、実家に一歩も入れてもらえなかったようです」

ひどい話だった。

一見立派な家庭と見えていた正木家にも、そんな問題があったことに驚いた。だが、振り返ってみれば、新井家にしても似たようなものだ。

将一の置かれた立場は、あからさまな暴力はなかったにしろ、正木文彦に重なる部分が多かった。

　外には見えないし、見せないようにしているから、わからないだけなのだ。そして、外から見えないようにすることに妙子自身も加担していたのはたしかだ。

「殺してやりたい」

　ふいに野間が口にし、妙子はその顔に目をやった。

「彼は、そのときそう言ったんです。父親を殺してやりたいって」

「それじゃ」

「いや、違います」

　妙子の考えたことを察したのか、野間はきっぱりと否定した。

「話をしているうちに、彼の父親が経済学者で政府ともつながりのある正木芳光だと知りました。正木教授の経済理論がいまの経済状態を作り上げている。少なくとも、その中のひとりには違いない。妹を死に追いやった原因を作った人物ということです」

　それがどういう意味なのか、妙子にもうっすらとわかった。

　正木の息子に頼まれたり、同情したために実行したわけではない。

　そう言いたいのだろう。

　妹の死の原因を作った者のひとりが、野間の手の届きそうなところに現れ、たまたまその息子も父親を憎んでいたということだ。

　だが、だからといって正木芳光を殺していいということにはならない、はずだ。

　野間はそこをつなげて考えてしまったのかもしれない。

それまで野間の考えに納得しつつ話を聞いてきたが、こればかりはどこかおかしいのではないかと、妙子は少し身構えた。

「短絡的。たしかにそうでしょう。身勝手と非難する人もいるかもしれない。しかし、理由はそれだけじゃありません」

野間はそこで言葉を切り、うつむいた。自分のやったことがいかに世に受け入れられないものか十分承知しているらしいが、「理由はそれだけじゃありません」とはどういう意味か。

やがて野間は顔を上げた。

「わたしゃ妹の境遇がひどくとも、それが理由であんなことをすれば、責められるのは当然です。それほど愚かではありません。今度のことで、わたしはひとつの提案をしたかった」

「提案ですか」

野間は口もとを緩め、うなずいた。

「わたしはあまり小説を読まないんですが、あなたはどうですか」

昔はよく読んだが、最近は読んでいない。そう正直に答えた。

「妹が亡くなったあとしばらくして、ふと大学時代に読んだポーが浮かんできたんです」

エドガー・アラン・ポー。海外の小説はめったに読まなかったが、ミステリーの古典として有名だったから、妙子も何冊か読んだことはあった。

「『黄金虫』という短編がありますよね」

「ああ、暗号の小説ね」

「なぜそんなことが唐突に浮かんできたのか、何日か考えましたよ。妹の死とまったくつながらなかった。しかししばらく考えているうち、なるほどと思い当たったんです。物語そのものはうろ覚えなので正確には説明できませんが、主人公が暗号を解いたあと、その指示に従って宝を探しに行く。すると大木の中ほどに髑髏《どくろ》が打ち付けられているのを発見する。解読した指示には、その髑髏の左目から重しをつけた紐を垂らして、その点から周囲に生えているいちばん近い木に向かって直線を引く。さらにその直線を二百メートルほど延長した場所に宝が埋まっていると書かれていた」

野間の説明を聞いているうち、妙子もその話を思い出してきた。野間はさらに続ける。

「伴っていた召使いを木に登らせて紐を垂らし、指示の通りに位置を特定した。しかし、いくら地面を掘っても宝は出てこない。暗号解読は間違っていない。騙されたのかとあきらめかけた。そのとき気づくんです。召使いは右と左を間違えて紐を垂らしたのではないか。そこでもう一度やり直して特定した場所を掘り返したら宝が本当に埋まっていた」

そう、そんな話だった。しかし、なぜ唐突にそんな話をするのだろう。

不思議に思っていると、野間はいたずらっぽい笑いを浮かべた。

「わかりませんか」

妙子はわからないというつもりで首を振った。

「最初に間違えると、のちのち取り返しがつかないことになるということです。髑髏の右目と左目の差は、二、三センチくらいのものでしょう。でも」

言いながら、野間はテーブルで「図」を作り始めた。ほっそりした指で角砂糖をふたつ摘んで並べ、これが髑髏の左右の目だと言った。

「それから、これが近くの木」

スプーンを右手で立てる。左手でストローの紙袋を伸ばしたものをつまみ、角砂糖からスプーンを通る直線の代わりに横たえた。

「右目からだと、ここ。左目だと、ここ」

たしかにストローの示す場所は距離が離れていけばいくほど、大きくずれる。

「この距離が時間だと思ってもらえれば、わたしの言いたいことはわかってもらえるのではありませんか。将来的にどうなるか予想をつけずに、ほんのわずかな違いを無視して進んでしまうと、宝は手に入らない。だとすれば、どうすればいいか」

「最初の髑髏のところに戻ってやり直すしかないわ」

つぶやくと、野間が大きくうなずいた。

「このわずかな違いに気づけないなら、見当違いの場所を掘り続けるだけです」

その理屈は、妙子には深く納得できた。

「だからこそ、妹の復讐はしなくてはならないと思った」

じっと野間の視線があてられた。しかし、それと正木芳光を手にかけたことが、妙子の中でまだうまくつながらない。野間が声を低めた。

「社会をいまのようにしてしまった責任のある者は正木芳光のほかに何人もいる。正木教授だけが悪いわけではない。ただ、彼もそのひとりだった。責任の一端はある。これがわたしのしでかしたこととの本当の動機です」

「でも」

飛躍のしすぎではないかと言いかけた妙子を、野間はさえぎった。

「派遣で自分をすり減らした人たちが、自分を取り戻すためにはどうすればいいのか。それがわたしの提案です。妹のような当事者ばかりではなく、身近な家族や友人を失ってしまった人たち、いやそればかりでなく、いま生きている人すべてに向けた提案と言ってもいい。べつにわたしと同じことをしろとは言いません。わたしのようなやり方が正しいとも思っていない。しかし、周囲から無視され、命令に従うだけの存在に人を貶めた方針を変えなければ、いまはまだ自分をすり減らしていない人たちも、そのうちすり減らしていってしまう」

――すり減る。

その意味では、妙子もまったく同じだと感じた。

篤史と結婚してからの三十年近く、気づかないうちに自分を見失っていた。べつに会社に勤めていたわけでもない。ただ家事に翻弄されているうちに、すり減っていった。

もし日常生活を送っているだけなのに、妙子のようになっていく者が増えていくのだとしたら、なにかがどこかで間違ってしまっているに違いない。

母親に育てられ、中学から新聞配達をして家計を助け、大学へも返済義務のある奨学金を得て進んだ野間からしてみれば、それは派遣で生きている者だけに対する思いではないはずだ。

「間違ったところまで引き返すこと。それを口で訴えても聞き入れないなら、別のやり方を考えなくてはならない。すべてが駄目になる前に。そのための提案です。個人的な復讐ではない。思想の問題でもない。ましてや損得の問題でもない」

野間の目に、異様な様子はなかった。たしかに、理屈は通っている。ただ、野間以外に同じことをする人がいったい何人いるだろうか。

　疑問を読み取ったのか、野間はさらにつけ加えた。

「もし間違いを認めて方針を変えるなら、さらにこれ以上同じことを実行する人はいないでしょう。しかし、変えようとしないなら、わたしのあとに同じことを考える人は出て来る。かならず」

　妙子は唾をのみ込んだ。危険な考え方だと感じた。

　だが、その一方で、納得できてしまう自分がいるのだ。おそるおそる、妙子は口を開いた。

「わたしには、意見を言えそうにないわ」

　すると野間は微笑んだ。

「いまお話しした本当の動機が正しいかどうかという意見を聞きたいのではありません。もしわたしが犯人として捕まったとしたら、どうしたらいいかということです」

「どう、とは」

「単に妹の復讐をするためにやったとだけ言うか、本当の動機まで言うべきか」

　妙子はしばし考えた。

　いま妙子が話を聞いたように、野間の口から直接話すのであれば、本当の動機を説明しても納得してくれる者はいるだろう。だが、万が一逮捕されれば、野間の言葉は警察やマスコミを通してしか伝わらない。正確に伝わるかどうかも怪しい。いや、揉み消されてしまうことだとて考えられる。

　なんとかそのことを拙い言葉で口にすると、野間は大きくうなずいた。

「たしかにそうですね。揉み消されないまでも、言葉にしてしまうと陳腐になってしまうこともある」

「同じ言葉でも、自分勝手に捻《ね》じ曲げた意味にしてしまう人もいますし」

「では、本当の動機はあなたの中にしまっておいてください。なにかをしてほしいわけではありません。あなたが言ったように、これはカウンセリングだったのかもしれない」

それこそが結論だと言いたげに伝票を手に立ち上がると、野間は妙子の肩に軽く触れた。

「ありがとうございました」

そう言うと、会計の方に歩いて行ってしまった。

三

ずいぶんと長いあいだ話していたが、野間が立ち上がるのを目にして、加賀美も自分の席にあった伝票の上に料金を置き、タイミングを見て野間を追った。

妙子と野間はどういう関係なのか。

それが事件にかかわりがあるのかどうか。

遠くからふたりの様子を見ているだけでは、まるでわからなかった。

しかし、接点があるということだけはたしかだ。親しげといった雰囲気はなかったが、よそよそしいというわけでもない。

あるいは妙子は共犯なのだろうか。

歩いていく野間の後ろ姿を追いながら、もはや非番の日に尾行を続けているだけでは埒《らち》が明かないと感じた。

いままで誰とも接触しなかった野間が、こともあろうに新井妙子と接触した事実は、加賀美に野間を職質する決心を固めさせた。

もちろん、容疑者でもない者を街中で引き留めるようなことはしない。怪しいからといって職質をかけ、かえって抗議を受ける制服警官のような間抜けなことをするつもりはなかった。

応援の要請もするべきではないだろう。逮捕状が出ているわけではないし、万が一犯人でなければ、叱責だけでは済まなくなる。

内偵しているあいだに観察した様子では、抵抗や逃亡をする心配はないと思えた。さっき新井妙子と向き合っていたときも、少しばかり興奮した瞬間もあったが、おおむね温和にやりとりをしていた。

加賀美は腹を決めた。


野間は尾行に気づかないまま、小田急線の長後駅に戻った。改札を抜け、真っすぐアパートの方に向かっていく。

昼近くで人通りはほとんどない。行き先はわかっているから、かなり距離をとった。

アパート近くに来て加賀美は距離を詰め、野間がドアに鍵を入れようとしたそのとき、外階段を上がって小走りに野間に近づいた。

「すみません。ちょっとよろしいですか」

ふいに声をかけられた野間は、加賀美を目にしても動じなかった。

「なにか」

「お話をお聞きしたいのですが」

身分証を提示して告げた。覗き込むように身分証に目をあてている野間は、冷静そのものだった。

やがて身分証から目を上げ、野間はうなずいた。

「お入りください」

「いや、ここで」

加賀美の引き止める声に、野間はわずかに微笑んだ。

「全部お話ししますから、どうぞ」

全部話す。つまりこの男が犯人ということか。

ドアを引き開けて入っていく野間につられ、身構えつつ加賀美はドアの中に入った。

キッチンがあり、その奥に畳部屋が見えた。

「奥へどうぞ」

靴を脱ぎ、慎重に歩を進めた。背後から襲いかかられないよう、警戒する。だが、肩透かしをくらった。

「お茶でいいですか」

友人でももてなすような声だった。

「お構いなく」

部屋には簡易クローゼットと折りたたみ式のテーブル、それにパソコンの載ったデスクだけがある。

ベッドではなく布団で寝起きしているようだ。

整理が行き届いていて、かえって生活の気配が薄い。どこかに感情のかけらでもうかがえないかと見回してみた。

唯一その気配があったのは、パソコンの周辺だけだ。パソコンの中身が気になったが、勝手に見るわけにも行かない。

その横に、小さな額に入った写真があった。身体をかがめて目を凝らすと、男女が肩を組んでいる写真が入っていた。男は野間だった。

「妹です」

背後から声がかかり、振り返ると茶碗を載せた盆を両手で持った野間が立っていた。

「失礼しました」

背筋を戻しつつ、テーブルに向き合って座った。テーブルに茶を出すと、野間は短く告げた。

「二年前に亡くなりました」

どこからこの冷静な態度が出てくるのだろう。警察の尋問に慣れているということなのだろうか。

考えていると、野間の方から切り出した。

「正木教授の件でいらっしゃったんでしょう」

単刀直入に尋ねられ、加賀美の方が戸惑った。

「まあ、そうです」

「新井さんが通報したんですか」

「え。いや、そうではありません。じつを言うと、あなたが新井妙子さんと会っているのを見かけまして、ここまでついてきてしまいました」

「新井さんが疑われているのですか」

「違います。事件の日、なにか目撃したようではあるのですが、教えてもらえませんでした」

「わたしのことですよ」

「え」

「新井さんが目撃したのは、わたしです。わたしが正木家に入っていくのを、彼女は目撃したんです」

それはつまり。

言葉にできないまま、加賀美は野間の顔に視線を注いだ。すると、野間はこともなげにこたえた。

「わたしです。正木教授を刺したのは」

一気に身体に緊張が走った。

しかし、その緊張は一瞬だけだった。

ひどく冷静で、顔色ひとつ変えないこの男が犯行をみずから口にしたのが、言い方は奇妙かもしれないが、加賀美には「新鮮」だった。

殺人に手を染めるたいていの犯罪者は、どこか感情をうまくコントロールできなかったり、単に粗暴な人間が多い。そういう手合いはいままでも見てきた。

そういった連中と野間は違っていた。

——いま目の前に犯罪者がいる。おれと向き合って茶を啜っている。

そう自分に言い聞かせても、どこか違和感があった。

加賀美は努めて落ち着こうとし、茶に手を伸ばしかけて止めた。

それを見て取った野間が、苦笑を漏らした。

「大丈夫です。なにも入れていません。ただの安物の茶です」

うなずいてみせたが、茶碗に伸ばした手は引っ込めた。ばつの悪さが口を開かせた。

「犯行の状況を説明してもらえませんか」

野間はむずかしそうに眉間に皺を寄せ、首をかしげた。

「どう言えばいいのか、勝手に亡くなったとでもいうんでしょうか」

「どういうことです」

「最初からお話しします。たしかにわたしは正木教授を殺すために訪問しました。ナイフをジャケットのポケットに忍ばせ、息子さんのカウンセラーだと偽って、応接間に通してもらったんです」

加賀美は片手を前に突き出し、話を止めた。

「待ってください。はっきりさせておきたいのですが、正木文彦さんは関りがあるのですか」

「共犯かということですか」

うなずくと、野間は違うとこたえた。

「もちろん新井妙子さんも無関係です。今回のことはわたしがひとりで計画し、実行しました」

「つまり単独犯だと」

「ええ」

「しかし、正木家には奥さんも同居しています。青森に出張していることは誰から聞いたんですか」

「もちろん、文彦さんからです」

「だったら」

野間は加賀美を押しとどめた。

「それとなく聞き出すことくらいできますよ。わたしの目的を口にせずとも」

「事件のあと、息子さんと会っていますね。さっき新井さんと会っていた同じ喫茶店で」

そんなことも知られていたのかと野間は目を見開いた。

「彼は父親を憎んでいた。それは知っていますし、事実です。しかし、今回の件には無関係です。事件の時間に沼津に行っていたのはわたしが勧めたからです。しかし、実行前に彼にはなにも言っていません。ですから、事件のあと彼と話しました」

「あなたが殺したと言ったんですか」

「まさか。彼を圧《お》し潰していた重しが取れてよかった、間違ったことをしている者はいつか必ず罰せられる。そう言いました」

「彼はどう言っていましたか」

「よかった。ありがとう、と。はっきり口にはしませんでしたが、わたしが実行したのだと気づいていたのでしょう」

事件のあと、捜査本部が息子の文彦に事情を聞いたとき、「ほっとした」と口にしたのを思い出した。だが、それにしても。

「ほかにはなにか言っていませんでしたか」

すっと野間が顔を引いた。

「父親への愛とかですか」

「肉親が亡くなった。ましてや殺されたとなれば、少しは」

「いいえ」

野間はきっぱり首を振ってみせた。

「あなたがどう思っているか知りませんが、親が害悪になる家庭というものがあるんです」

薬剤師として薬を受け取りに来る者を目にしていれば、そういった事例を多く見てきているのかもしれなかった。あるいは野間の両親にも、なにかしらそういった事情があったのか。

加賀美は話を戻した。

「さっき正木教授が勝手に亡くなったと言ったのは、どういう意味ですか」

「その通りの意味です。文彦さんから、以前から父親に心臓疾患があることは聞いていました」

カウンセラーと偽って応接間に入れてもらい、向き合って座ったとたん野間はナイフを取り出した。

正木はそのナイフを目にしたとたん、ぎょっとした。と同時に発作が起こった。胸を押さえながら苦悶《くもん》し、その場に倒れ込んだ。

「脈を取ってみましたが、すでに亡くなっていました」

それを証明できるのかと尋ねかかり、解剖結果がそれを裏付けていることに気づいた。しかも一連の説明は、いわゆる「秘密の暴露」といえた。

——殺人ではなく、死体損壊。

この場合でも、そういう判断になるのだろうか。殺意の有無でいえば、殺意があったことは間違いない。心臓が弱い者に向かってナイフを構え、おまえを殺しに来たと言えば、発作を起こす可能性は十分にある。

「だったら、そのまま帰れば済む話だが」

「そうはいきません。彼を殺すために行ったんですから。わたしは正木さんを仰向けにして、ナイフを突き刺した」

「なぜ、わざわざそんなことを」

理解できず、加賀美はうなった。すると野間の口調が改まった。

「たしかに殺してはいません。だが、殺したい、殺したことにしない、いといとなりませんでした」

つい先ほど、野間は正木を「殺した」とは言わなかった。「刺した」と口にしたのだった。まるで理解できない。なぜそこまでして無関係の正木芳光を「殺した」ことにしたかったのか。

「動機はなんですか」

野間の頬がわずかにこわばった。

「正木教授の主張のせいで、妹が死にました」

思いもよらない理由だった。だが、そこにこそ深い事情があるに違いなかった。

「わざわざナイフを刺した理由を訊いています」

「ですから、彼の主張が、妹を殺したからです」

納得の行く説明とは思えなかった。

——おまえには関係のないことだ。

なにかしら、そう突き放されているように感じた。言ったところで、おまえにはわかりはすまい。

冷静だと感じられていたのは、その奥にそういった野間の思いがあるからかもしれなかった。へたに覗き込むと、抜け出せなくなるような。

加賀美はため息をついた。

「わかりました。それは正式な取り調べのときに。あなたの場合、わたしの責任で自首として扱いたいと思います。いまから本厚木署に同行願います」

その言葉に深くうなずき、静かに立ち上がった野間を目にし、加賀美は持っていた手錠を取り出そうとしてやめた。

四

拝啓
ご無沙汰しました。
ずいぶんと思い切ったことをなさったようですね。
あなたも最初は警戒していたようですが、結果的には会いに行ってお話をしてよかったのではないかと思います。誰でも生活に追われて視野が狭くなってしまうことはありますしね。

気づかされたことがいくつもあったことで、これからどうすればいいのか、あなた自身の中にうっすらと見えてくるものがあったのではありませんか。

きっと息子さんや娘さん夫婦やお孫さんは、応援してくれるに違いありません。お孫さんはまだ小さいからわからないかしら。

わたしももちろん、応援しています。

瑞子

五

当然のことながら、野間の取り調べは縮小されていた捜査本部があたった。しかも、あの山岸がおこなったという。

加賀美は犯人を逮捕したにもかかわらず、なにもさせてもらえなかった。素直に同行に同意した野間をタクシーで本厚木署まで連行したあとは、顔を合わせることもなかった。

電車で連行はまずいと思い、わざわざ長後からタクシーで向かったわけだが、運転手の耳目もあって、事件については部屋で聞いた以上の情報はほとんど得られなかった。

ただ、なぜ新井妙子に会ったのか、どんな話をしたのかだけは知りたいと思い、後部座席に並んで座り、世間話の体で尋ねた。

「わたしから接触したんです。一連の話を聞いてほしいといって」

「なぜ新井さんだったんだろう」

「唯一わたしを目撃した人物だった。それだけの理由です」

「彼女には動機を」

「いいえ。そういう話はしませんでした」

「では、なにを話したんです」

喫茶店で長い時間ふたりで話していた姿が思い浮かんだ。

「ちょっと妹に面影が似ていた気がして。そう思いませんか」

部屋で写真をちらりと見ただけだから野間の妹と似ていると言われてもよくわからない。そもそも妹の方は二十代の写真だった。二十数年経ったときに新井妙子のような容姿になっていると言いたいのだろうか。

「わたしにはそう感じられたんです。久しぶりに妹と話ができたような、そんな感じです」

本当かどうかわからなかったが、加賀美はそれ以上問うこともなく、タクシーは本厚木署に到着した。

まず刑事課長のところに連れていき、野間が自首するまでの経緯を説明した。

怪しいと目をつけて勝手に内偵していた点は気に障ったようだが、職質で野間があっさり犯行を認めたのだから帳消しだろう。そして、すぐさま捜査本部に引き渡されてしまったのだ。

「逮捕されたこと、新井さんに伝えてください」

連れていかれるとき、野間は振り返って小声で加賀美に頼んだ。

わざわざそんなことをせずとも、夕方のニュースで報道されるはずだった。なにかメッセージを伝えようとしているのかと勘繰ったが、もともと事件と無関係の新井妙子になにかを伝える必要もない。

わかったとこたえておいた。

すぐさま取り調べが始められ、夕方には正木文彦と母親の真知子にも事情を聞いたようだった。

記者発表では、正木母子のことにはいっさい触れられず、まったく無関係であると判断されたらしい。

犯行のあった十一月八日の午後に野間が薬局を早退していたことも確認が取れた。殺害の経緯も、殺意をもって正木家を訪れ、ナイフを出して脅したことで正木芳光が心臓発作を起こして死亡してしまったが、一矢報いたいとの思いからナイフで腹部を刺したとされた。

ただし、その日の発表では、「動機は調査中」ということになっていた。


翌朝、出署すると、山岸が加賀美のデスクの前で待ち構えていた。

「お手柄ですね」

冷ややかな笑いを浮かべ、自分が野間の取り調べをしていると言った。逮捕時になにか聞いていないか、それを知りたいので待っていたという。

「供述書の下書きを見せてもらえますか」

告げると、山岸は面白くなさそうな顔になったが、加賀美の前に書類を突き出した。

ざっと目を通したが、昨日聞いたこと以外には供述していないようだった。

「だいたい同じような話しか聞いていませんが」

言いながら書類を返した。

「動機についてはなにか言っていませんでしたか」

「妹が自殺した原因が正木芳光だと言っていましたが」

山岸は舌打ちをした。

「隠さないでもらえませんか」

その言葉に、加賀美は山岸の顔にまじまじと見入った。

「隠すつもりなどありませんよ」

あのとき野間の表情は硬かった。「殺したことにしないと」ならなかったというのは、でたらめを言っていたわけではないだろう。しかし、それを口にするつもりはなかった。

「妹が自殺した。原因が正木芳光だから心臓発作で死んだのにもかかわらず、そのあとで刺した。これじゃ誰も納得しませんよ。陰謀論にもなりゃしない」

山岸が声を高ぶらせた。

野間が納得の行くような動機を口にしないことにいらついている様子だった。取り調べの相手である山岸を見て話す気がなくなったのかもしれない。

「仕返しのつもりですか、この前の」

怒りを堪《こら》えた声が震えていた。

当初、捜査本部の方針は「政治的な怨恨」の線で捜査をしろというものだった。

だが、加賀美は反対した。それだけに絞ってしまうと捜査が誤った方向に行ってしまう可能性がある。

加賀美のその主張に、山岸が「黙って上の命令に従うべきだ」と言い張り、その結果加賀美が捜査本部から外されたことを言っているようだった。

「べつに仕返しなど考えていません。わたしも野間の動機を知りたいと思っています。まあ、こういうときに取り調べをする者の力量が問われる、ということではありませんか」

唇を震わせた山岸は、それでも我慢したのだろう。所轄の刑事など相手にしても始まらないと思ったのかもしれない。ひと睨みすると足早に立ち去っていった。

朝から気分の悪い話だった。

しかし、野間本人がまともに動機を話さないとなると、関係者に聞いて回り、そこから推測するしかなくなる。なぜ「殺したことにしないと」ならなかったのか。

野間から動機を聞いている可能性のあるのは、知られているかぎりで正木文彦と新井妙子だ。そのうち新井妙子は捜査本部の視野に入っていない。

山岸の鼻を明かしたいというわけではなく、正直なところ加賀美も納得の行く犯行動機があるなら、それを知りたいと思った。

デスクに積まれた書類を無視し、そのまま部屋を出た。

最初に町内会長の工藤を訪ね、犯人が逮捕されたことを告げた。

テレビではすでに報道されていたが、いちおう本厚木署として報告に来たと言うと、わざわざご丁寧にと恐縮されてしまった。

正木家の両隣である新井家と磯田家にも報告するつもりだと言うと、磯田家の老夫婦は息子の家に引っ越してしまったという。隣で事件が起きたのは老夫婦にしてみれば恐怖だったのだろう。

では新井家にだけ報告にうかがうと言って、工藤家を辞した。

午前十時を回った時刻だから、すでに夫は出社しているはずだ。

それがなにかしら後ろ暗い気持ちを抱かせもしたが、加賀美は児童公園を抜け、新井家の前にたどり着いた。

インターホンを押して待ったが、返事がない。もう一度鳴らして、やっと返事があった。

「先日は申し訳ありませんでした。お待ちください」

妙子の疲れた声が聞こえた。加賀美が夫に追い返されたことを気にしているらしい。

待つ間もなくドアが開かれ、セーターにパンツ姿が現れた。

きのう野間と会っていたときには多少めかしこんでいたが、いまは普段着姿だった。

――妹に面影が似ている。

野間の言葉が浮かんできた。じっさいのところ加賀美に両者を比べることはできない。だが、別れた妻に似ているかと問われれば、たしかにそうかもしれなかった。最初に会ったときより、生気が感じられる。

「おはようございます。テレビでご存じかと思いましたが、いちおうご報告にうかがいました。きのう正木さんの事件の犯人が逮捕されまして」

形式的に必要事項を口にした。

「テレビで、見ました」

残念そうな返事に聞こえたのは加賀美の先入観のせいかもしれない。

「そうですか。じつはその犯人なんですが、わたしが逮捕したんです」

すると口を半開きにして、加賀美の顔に目が向けられた。さらにつづけた。

「容疑者を尾行していましてね。昨日、じつはあなたと犯人が大和駅近くの喫茶店で会っているのを目撃しました」

顔色が白っぽくなっていくのが目に見えるようだった。

「あの、わたし」

口ごもる妙子を遮った。

「犯人から事情は聞きました。あなたは事件当日、二階のベランダにいて、そこから犯人が正木家に入っていくのを目撃した。さらに悪いことに、犯人と目を合わせてしまった。警察に話すのをためらわれたのは理解できます。ただ、話していただけていればこれほど時間がかかることもなかった」

「申し訳ありません」

泣きそうな顔が深々と頭を下げた。

「逮捕できたので、そのことは不問にします。ですが、その犯人となぜ会って話をしていたのか、それがわかりません」

うつむいたまましばし黙りこくっていたが、妙子はやっと顔を上げた。

「あちらから話をしたいと」

薬局で薬を受け取るときに電話番号の書かれたメモを渡されたという。

「しかし、電話をかけたのはあなたですね。無視してもよかったはずですが」

「なんとなく、話してみたいと」

「なんとなくですか」

「あの人がお隣に入っていくのはたしかに見ましたけれど、じっさいに犯行を見たわけじゃありません。自分が事件に無関係だと訴えたいのかもしれないと思いました。それなら事情を聞いてみてもいいかと」

「なるほど。しかし、その相手こそが犯人だった。それをあなたに打ち明けましたか」

「ひととおりのことは聞きました」

「それを知って、怖くなかったんですか」

いぶかしそうに見上げてきた。

「なぜ怖がる必要があるんですか。野間さんがわたしに危害を加える理由はないですし」

「しかし、あなたは目撃者だ。呼び出して口封じをされる可能性もある」

またしばらく視線を下に向けていたあと、ぽつりとつぶやいた。

「わたしも人を」

「え」

思わず聞き返すと、妙子はため息をついた。

「こどもを堕ろしたことがあるんです。そのとき、わたしは人を殺したと思いました。だから話をしてみたいと思ったのかもしれません」

「そうでしたか」

個人的な事情を無理に聞き出したような形になってしまい、加賀美は詫《わ》びた。だが、一方で話しづらいことをあっさり口にしてしまう妙子に違和感があった。野間の逮捕が精神的になにかしらの影響を及ぼしたのかもしれない。

気まずさを打ち消すために、加賀美は話題を戻した。

「彼はあなたに話したいというメモを渡してきたということでしたが、いったいなにを話したかったのでしょう」

またしばし考える間があった。

「自分が犯人だということを誰かに知っておいてほしい。そう言っていました」

「というと」

「あのまま犯人が見つからないと、誰がやったことなのかあの人だけが知っていることになりますから、きっとそれが寂しかったのかもしれません」

寂しかった。その言葉は、妙子が野間に共感を示しているように聞こえた。

加賀美は迷いつつも、事実を告げた。

「ニュースではぼかしていましたが、彼は実際には手を下していないんです」

妙子の見開かれた目が見上げてきた。知らなかったようだ。

「正木さんはナイフを目の前に突き出され、そのショックで心臓発作をおこして亡くなったんです。つまり、野間浩一は、殺人犯ではありません。むろん、遺体にナイフを突き立てたので、損壊罪にはなりますが」

「そうだったんですか」

大きく息をついた妙子の顔に、安堵の色があった。本当に聞いていなかったのだろう。

「彼は、殺してはいない。しかし、殺したことにしないとならない。そうわたしに言いました」

妙子が加賀美の言葉を嚙みしめるように口の中で言葉を繰り返しているのがわかった。

「殺したことにしないとならなかった理由に、心当たりはありませんか」

「亡くなった妹さんとかかわりがあるようなことは言っていましたけれど、それ以上のことは」

妙子は首をかしげて見せた。

「それだけですか」

「わたしから深く聞き出すわけにも行きませんし」

「なるほど」

加賀美は応じながらも、妙子との一連のやりとりにうっすらと「はぐらかし」が混じっているような印象を受けていた。

だが、面と向かって嘘をついていると指摘できるほどのものでもない。

「よろしいですか、もう」

妙子が迷惑そうな色を浮かべた。いままでそんなことはなかった気がしつつも、仕方なく加賀美は話を切り上げ、新井家を辞した。

＊

突然の訪問に戸惑ったのは、たしかだった。

野間と会っていたのを目撃していたと言われたときには、頭が混乱しかかった。

それでもなんとかうまく応対できたと思った。

妙子は閉じた玄関のドアにもたれかかり、大きく息をついた。

昨夜、ニュースで野間が逮捕されたと知ったとき、おそらくそのことを予感して自分に話をしてくれたのだろうと思った。

話を聞くまでは得体の知れない人物だった。しかし、話を聞いたあとでは、できるなら逃げおおせてくれと祈っている自分がいた。

だから、加賀美からたったいま聞いた話は、妙子を安心させるものだった。

野間はじっさいに正木を殺したわけでなく、心臓発作で死んだあとにナイフで刺したという。

なぜ本当のことを昨日言わなかったのかといぶかったが、たぶんあのとき本当のことを打ち明けても、きっと妙子が信じないと考えたのだろう。殺したのに責任逃れをしていると思われたくなかったに違いない。

いらぬ疑念を持たれれば、野間の言葉はすべていい加減なものになってしまう。

妹を死に追いやった原因を作った人物をこの手で始末しようと乗り込んでいったのに、先に死なれてしまった。

相手は死んだのだから、なにもせずにその場を離れてもよかったはずだ。

しかし、殺したことにしないとならなかった。

そうでなければ、妹の復讐をなしとげたことにはならない。そこでナイフで刺した。それが表向きの「動機」ということだ。

だが、本当の動機は、そんなところにはない。

――わたしだけが知っている。

別れ際に肩に乗せられた野間の手の温かさとともに、野間の残した言葉が妙子の中に深く染み入っていた。

――周囲から無視され、命令に従うだけの存在に人を貶めた方針を変えさせること。

――もし間違いに気づき、それを認めて方針を変えるなら、さらにこれ以上同じことを実行する人は必要ない。だが、気づかないままなら、同じことを考える人は出て来る。かならず。

訪ねてきた加賀美に、野間が話してくれた本当の動機を口にするつもりなどなかった。

言葉にしてしまえば陳腐になってしまうことは、たしかにあるのだ。

自分の中にあるものを目覚めさせろ、それを胸に秘めつつ、すり減ってしまった「自分」を取り戻せ。

野間の言葉は妙子にそう告げている気がした。

妙子が決心したのは、まさにこのときだった。

六

宮崎の始末をした翌日から一週間、清水は欠勤した。

インフルエンザに罹《かか》ったということにしたようだ。

コンクリートのクラッシャーに入れられた宮崎は粉微塵《こなみじん》になったが、そこまでの一連の作業に立ち会ったのだから、無理もなかった。クラッシャーの掃除は西村たちがやったはずで、清水はそこまでやる必要はない。しかし、相当こたえたに違いない。

やっと出勤してきた清水は、げっそりと頬をこけさせていた。ろくに食事もできなかったようだ。

「この前はお疲れだったな。部長への報告はやっておいた」

欠勤の詫びを入れに篤史のデスクまでやってきた清水の肩を叩いてやると、はあと弱々しく頭を下げただけだった。

いつものように昼飯を食べに行こうと誘っても、自分の席から立とうともしない。

「おい、ちょっと来い」

篤史はいらついて命じると、そのまま社の屋上に清水を連れて行った。

途中、社の食堂で買ってきたサンドイッチと缶コーヒーを手渡そうとしても受け取らない。

吹き晒しの屋上には、冬にしては暖かい陽が射している。

めったに社員は屋上に上がってこないから、ひっそりとしている。むろん、街の喧騒《けんそう》は澄んだ空気を通し、絶え間なく周囲をおおっていた。深く息を吸い込むと、篤史は貯水タンクの土台になっている場所に腰をかけた。清水も仕方なさそうに横に来る。

「たまには屋上もいいな」

言いながらサンドイッチを頬張り、缶コーヒーで流し込んだ。

「思い出すな、と言っても無理だろうからな。慣れるしかない」

「慣れるって、そんな」

できるはずがないと言いたげに顔をそむけた。

意外に弱いところがあるやつだったのかもしれない。

そんなことを思いつつ、自分が十年前に同じ立場だったことを思い出した。前任者の金木部長から見れば、おれもいまの清水のようだったのか。

いや、断じて違う。

「前にやったとき、おれもお前と同じことを命じられた。そのときはクラッシャーを使わず、手作業だった。見ててヘドが出そうになったよ。だがな。こうすることが会社の存続のためだと思ったら、気にならなくなった」

「でも」

「まあ聞け。おれたちは新浪建設の社員だ。しかも特別待遇のな。それなりの待遇を受けるには、それなりの仕事をする。当然だ。そうだろう。こう考えろ。おれたちはこの手で実行したわけじゃない。ただ命じられたことをやる段取りをつけたにすぎない」

篤史の口にした理屈を頭の中で確認するのか、清水は前かがみになって足元に目をやっている。

「もし宮崎の握った秘密を買い取れば、会社は五億の損失だ。しかもそれだけでなく、やつが左巻きのマスコミにでもリークしてみろ。新浪建設は倒産するかもしれない。だから、おれたちは会社の危機を救ったことになる」

「たしかにそれはそうです。しかし、なにもあそこまでしなくても」

「あそこまでしなくても、平気か」

「え」

「やつがどこかで生きているかぎり、会社は告発にびくびくしていなくちゃならない。だったらいっそのこといなくなってもらう方がいい。人を殺すな、なんて甘いこと言ってちゃ生きていけないんだよ。弱肉強食なんだ。強い側に立ち続けなくてはならない。試合を思い出せ。バレなければいくらでも反則をしただろうが。違うか」

「はい」

「チームも会社も同じだ。おれたちが生きていく場所がなくなっちまわないようにする。これが大事だ。おれたちのいるのは強い側だ。弱ければ、誰もついてこない。強いからこそ、ほかのやつらから信頼され、支持される。だから命じられたことをなにも考えずにやる。それだけでいい。邪魔するやつらを叩き潰しても誰にも文句を言わせない。おれたちは法律を守るのに汲々としている連中とは違うんだ。それでこそ、ダイガエの利かない者になれる」

清水がうなずいた。

「慣れれば、どうってことはない。おれたちに盾突くやつらはクズなんだ。そんなやつらを憐れむことはない」

「慣れるように頑張ります」

身体を起こして弱々しく答える清水に、篤史はサンドイッチを食べるように促した。

「いや。それはまだちょっと」

「じゃあ、食っちまうぞ」

清水のぶんに手を伸ばし、頬張った。ふと危惧が頭をかすめた。

「いいか。このことは誰にも秘密だからな。結婚相手にもだ」

松永美智のことを思い出して、釘を刺した。

「わかってます。だいいち、こんなこと言えませんよ」

「まあ、そうだな。しかし、食欲がないところは見せない方がいい。変に勘繰られてもまずいしな。ところで、あっちの欲はどうなんだよ」

「は」

「決まってんだろうが」

「いや、どうでしょうか。あのことがあってからはまだなんで。でも、寝つきも悪いですし」

「しっかりしろ」

サンドイッチを持った手で、清水の肩を強めに突いた。

いい気味だと思った。

――弱いやつは挫折していけばいい。

それは清水だとて例外ではない。そもそも清水に「幸せな家庭」など似つかわしくない。宮崎の始末に立ち会ったことを誰にも打ち明けられず、苦しめばいいのだ。そのストレスが家庭生活に暗い翳《かげ》を落とし続けるだろう。

おれは暗い翳など抱え込まなかった。強い者は、そんなものとは無縁だ。

篤史は十年前を振り返って、そう自信を持った。

サンドイッチをたいらげ、缶コーヒーを飲み干したちょうどそのとき、内ポケットに入れていたスマートフォンが振動した。

取り出してみると、金木部長からだった。

「いまどこにいる」

「屋上ですが」

「なんでそんなところにいるんだ。すぐに来てくれ。まずいことになった」

清水に視線を向けると、なにごとかと眉をひそめている。

「わかりました。すぐうかがいます」

金木の切迫した口調を聞くのは、初めてだった。

「部長がお呼びだ」

そう言って、清水とともに立ち上がった。

七

野間浩一は逮捕のあと、四日間勾留ののち送検された。

殺人の動機は、派遣業務をやっていた野間の妹が精神的に参ってしまい、二年前に自殺したことだとされた。

派遣制度を支持し、社会的に広めた学者のひとりが正木芳光だったことはマスコミなどに出て主張していたため周知の事実で、野間も知っていた。

それだけなら犯行には至らなかったはずだが、たまたま勤めていた薬局で薬を調剤してもらっていた人物が正木の息子だとわかったことから住所も把握した。

憎しみが増していた野間は、正木が妹を死に追いやった者だという「身勝手な」理屈からすぐさま殺意を抱いた。そして正木家に乗り込んでいき、殺そうとした。

だが、ナイフを取り出したのを目にした正木が心臓発作を起こし、死亡。野間はその遺体にナイフを突き刺して逃走した。

犯行の経緯は、そう説明された。

ネットにいっとき氾濫した息子への中傷も過去のものとなっており、野間逮捕に関してはネットの反応はほとんどなかったといっていい。

妹の件は捜査本部が裏を取り、自白通りだった。

問題は、犯行が外形的に死体損壊にすぎない点だった。血中の薬物検査をすることになったが、なにも出なかったので、死亡後の損壊は動かせないだろう。

正木が心臓に疾患のあることを知っていたことも明確に認めているので、殺意については立証できそうだが、不作為のまま死亡しているのも事実だ。

勾留を続けてねばっても、そのあたりの難しい判断は下せなかったということだ。

その話を耳にした加賀美は、半ば納得しつつも、呆れていた。

山岸なら、その程度の取り調べしかできないに違いない。もしかすると、上の意向に従って「身勝手な」動機で決着をつけただけかもしれなかった。

その一方で、「身勝手な」動機で野間のような男が殺人を実行しようとしたという点については、まるで得心が行かなかった。

じっさいには殺していないが、殺してやりたいほど憎んでいたのは事実だろう。しかし、そんな感情的な理由だけで殺人を犯そうとしたとは思えないのだ。

それは野間のたたずまいが、よくいる殺人犯や粗暴犯とはまったく違っていたからにほかならない。

もっと理路整然とした考えのもとに、犯行はおこなわれたのではないか。そう、あの冷静さを保ったまま。

——野間のアパートにいるうちに、明確な動機を聞くべきだった。

返すがえすも、それが悔やまれた。

むろん、追及しても真意を口にしてくれたとは限らない。

逮捕の翌日に新井妙子を訪ねて話を聞いたが、妙子が野間から本当の動機を聞いているのかいないのか、これもよくわからない。

妙子が野間と会って話したのは事実だが、単に事件発生当日に野間を目撃しただけの隣家の主婦だ。

ふたりのあいだに親密な関係はない。

当然だが、妙子は事件に無関係だ。

それでも、ふたりは会って長い時間言葉を交わしている。

動機かどうかはともかく、野間がなにかを妙子に伝えたことは間違いないと思えた。

そうやって考えをめぐらせるうち、ふいに野間の件を訊きに行ったとき、問い詰めようとしたら妙子が迷惑そうな色を浮かべたのを思い出した。

同時に、野間本人に動機を問いただしたときの気配がよみがえってきた。

――おまえには関係のないことだ。

そう言われているように感じたのだった。

妙子も、野間と同様に加賀美を見ているのではないか。

べつに息子探しを引き受けたからといって恩着せがましくするつもりはない。だいいち、加賀美が息子を見つけたわけでもない。妙子が加賀美に感謝することでもなかった。

だが、加賀美が力になろうとしたことは事実だ。そのとき、引き換えに「力を貸してほしい」と加賀美は申し入れている。

その約束以上に、野間とのあいだに交わされた話が重要ということかもしれない。

「殺したことに」しなくてはならなかった理由。

それは「おまえには関係ない」ということだ。

その推測に、加賀美は少しばかり愕然とした。

だが、事件は一応の解決を見たのだ。

関係者だった者と顔を合わせることは、もうないだろう。つぎつぎに事件は起きる。それに対応していくには、忘れなくてはならない。

新井妙子のことも。

八

その日出社した篤史は、玄関の前で呼び止められた。

来たかと思いつつ、左右に立ったスーツ姿の男たちへ交互に目をやった。

「なんでしょうか」

返事は、身分証の提示だった。警視庁捜査一課までは見て取ったが、それぞれの名前まで読み取る前に、それは閉じられた。

「お話をお聞きしたいので、ご同行願えますか」

年嵩《としかさ》の刑事が口を開いた。

「事情がわからないのですが」

「来ていただいてからお話しします」

「しかし、わたしはこれから会社に」

「二、三お聞きするだけです。お時間は取らせません」

「だとしても、会社に連絡しておかないと」

「金木部長にはご連絡して承諾を得ています」

その言葉を耳にしたとき、一瞬疑念を持った。あれだけ守ってやると言っていた金木が、自分を「売った」のではないかと感じたのだ。

四日前、清水が出社してきて屋上で話をしているとき、金木からの電話を受けた篤史たちはあわてて部長室に走った。

まずいことになったと電話口で告げた部長の言葉に嘘はなかった。

宮崎を始末した連中のひとりが傷害で蒲田《かまた》署に逮捕されたと西村が知らせてきたというのだ。しかも、警察の取り調べで殺人を犯したと口をすべらせてしまった。当然、自白した殺人についても、蒲田署は並行して捜査をしていると伝えていた。

テレビのニュースではさほど大きく取り上げられなかったが、ネットでは犯人の名前や住所がいくつものサイトで特定されていた。ただし顔写真はどこにも出回っていなかった。

名前は山本浩《やまもとひろし》。二十四歳。

篤史にも、あの三人のうちの誰なのかは、名前を聞いただけではわからない。年齢から推測すれば、メリケンサックか殺虫剤だとは思う。特にメリケンサックの男は見るからに緩い男だった。

いや、そもそもあの場にいた西村の連れてきた連中は、殺されたのが誰なのかは知らされていない。

だいいち、その山本とかいう馬鹿がほかにも殺人に加担していたのであれば、別の殺人の件を口にしただけかもしれなかった。

とにかく様子を見よう。

金木を交えて相談した結果、そういうことで四日前には終わっていた。

しかし、つい昨日西村が大森署から事情聴取に呼ばれ、山本浩に殺害を命じた疑いで拘束されてしまったという情報が入った。

西村は口が固いから新浪建設の名前は出ないとは思うが、万が一のことは考えておこうと金木部長と清水の三人で話したところだった。

「きみたちのことはしっかり守る。会社のためにもな」

金木の言葉を信じてはいるが、思ったよりも早く捜査網が狭まってきているのかもしれない。清水もすでに別の刑事に同行を求められているのではないか。だが、それを訊くことは命取りになりかねない。

腹に力を込めた篤史は、ふたりの刑事にわかったと答え、駐車場に停められていた覆面車両に乗り込んだ。

——べつに自分は手を下したわけではない。言い逃れることはできる。

シラを切るだけの自信はあった。


蒲田署に着くと、取調室ではなく応接室のような部屋に通された。

あくまで事情を聞くという形をとるようだ。新浪建設の社員という肩書が警察に対して少しは威嚇になっているのかもしれない。

年配の刑事は相田《あいだ》と名乗った。若い方は梅沢《うめざわ》。

「実は殺人事件について調べていまして、お話をうかがうために来ていただきました」

「殺人事件ですか」

篤史が眉をひそめると、相田がうなずいた。

「捜査本部が置かれたわけではありませんが、殺人ということもあって、所轄ではなく、われわれが調べています」

相田はそう前置きをして、話を始めた。

五日前の夜、蒲田の飲食店で酒に酔った山本浩が面識のない客と口論になり、殴りつけた。その結果駆けつけた警官が山本を逮捕し、取り調べをおこなった。

蒲田署の刑事がなぜ殴るようなことになったのか尋ねると、二十歳を過ぎて定職にもついていないようなやつはクズだと言われたからだと、山本はこたえた。

酒の入っていた山本は、自分だってちゃんと仕事をやっていると、取り調べの刑事に胸を張った。

そこまではありふれた事件だった。

どんな仕事か問われ、愚かにも、人殺しくらい平気でやれるのだと口をすべらせたようだ。

やはりメリケンサックをはめていた男だろう。

聞きながら、篤史は焦点の定まらない目をしていた男の顔を思い浮かべた。

「担当は物の喩《たと》えだろうと聞き流そうとしたんですが、そのときしまったという顔になったらしい。そこで担当が追及しましてね」

結局、今月頭にサラリーマン風の男を拉致して拷問したあと殺したと自白してしまった。

「西村という男から依頼されたと本人が言っていましてね。で、その西村も別の署で事情を聞いています」

「ほう」

篤史の反応をうかがう視線があてられたが、興味なさそうに相槌《あいづち》を打った。

「しかし、こちらの男は口が固くて困っていまして」

篤史は内心ほくそ笑んだ。やはり西村は口を割ってはいないようだ。まさにナメクジのようにのらりくらりとした態度で、問いをかわしているに違いない。長年この仕事をやってきて、新浪建設に恩があるのだ。「取引」があることが発覚すれば、西村にとって破滅につながる。むろん、新浪建設にとっても。

「それで、わたしに訊きたいことというのは」

その言葉を待ち構えていたように、向き合って座っていた相田が、乗り出してきた。

「その前に、新井さんご自身のことをいくつかお教えください。新浪建設の営業二課で課長をやっていらっしゃる。どのような業務ですか」

「一課は対外的な営業なんですが、二課は傘下にある企業の統括と業務調整といったことが仕事です」

むろん、嘘ではなかった。

「下請けもそこに含まれますか」

「ええ」

「西村という男は工務店をやっているんですが、ご存じでしょうか」

篤史は記憶を呼び起こす振りをしてから、首を振った。

「記憶にありませんね。一度でも業務委託をしたなら、会社のデータに残っているはずですが」

尋ねている相田はともかく、梅沢の方もメモを取る気配すら見せない。

「新浪建設は、最近神奈川県の澄山町で再開発の計画をしているとお聞きしました」

「まだ公表もしていませんけれど、それがなにか」

「営業二課は、再開発計画に、どのようなかかわりをお持ちですか」

街宣活動に息のかかった連中を動員したことをたしかめようとしているのか。西村に三百人以上も動員させはしたが、つながりを見つけようとしても無理だ。

「下請け業者の選定と調整は今後やることになりますが、いまのところはまだなにも」

「そうですか。ところで、宮崎誠さんはご存じですね」

唐突に話題を変えてきたが、とっさに対応できた。

「営業二課のわたしの部下です」

「無断欠勤が続いているとか」

「ええ。いったいどうしたのか、連絡がつかないので困っています」

「最後に宮崎さんに会ったのはいつでしょう」

西村に雇われた山本たちは宮崎の名前など知らないはずだった。なぜそこがつながるのかわからないまま、篤史は冷静を装った。

「さあ、どうでしたか。たしか羽田近くのホテルで一杯やりましたが、それが最後だったかもしれません」

ここは正直に言うところだった。とぼければひっくり返される可能性がある。羽田近くのホテルの名前を告げると、相田が大きくうなずき、横に立っていた梅沢に目配せした。

梅沢は部屋の隅にあった二十インチほどのモニターを移動してきた。

モニターのスイッチが入れられ、画面が映し出された。

白黒の定点カメラらしかった。天井付近からの視点で、バーらしき場所が映っている。

「ここで酒を飲んでいるのが宮崎さんと、あなた。そうですね」

梅沢が画面を拡大してふたつの人影を指さした。

篤史は顔を画面に近づけ、それから認めた。

「ああ、これはあのバーですね。そう、彼とわたしです。一緒に営業回りを終えて、帰りに一杯おごってやりました」

「山本たちが拉致を命じられて待ち構えていたのが、このホテル付近だったそうです」

「え、拉致ですか」

「そうです。山本たちが拉致したのが、宮崎さんだと思われます」

「まさか」

眉をひそめ、うなった。清水は拉致した宮崎を運ぶボックスカーで待機していたから、ホテル付近に防犯カメラがあったとしても映ってはいないだろう。

「証言をもとに周辺の防犯カメラを調べると、山本の言う通り拉致の瞬間が映された画像がありました」

モニターに、静止画像が映し出された。

三人の男がひとりをボックスカーに連れ込む様子が街路灯の明かりに照らし出されている。宮崎の顔がくっきりとわかった。

「で、ここに映っていた人物がどこからやってきたのか、が問題になりました。旅装ではなかったし、社用でホテルに来ていたのではないかと推測し、周辺にあるホテルをしらみつぶしに調べました」

それで篤史と酒を飲んでいる宮崎にたどり着いたという。

だが、それだけでは宮崎の名前も、篤史の素性もわからないはずだ。

「拉致して連れて行った場所が、鶴見線の安善駅付近にあった新浪建設の資材倉庫だと山本が自白しました。そこで殺害したと」

篤史は目を剝いてみせた。その一方で、内心納得した。そこからつながりを見つけたというわけか。

「なぜうちの倉庫なんかで」

「目下、捜査していますが、痕跡は見つかっていません」

篤史は額に手を当てた。

「つまり、殺されたのは宮崎だということですか」

相田が片手を振った。

「まだ推測の段階です。ただ御社で長期に欠勤している方がいないか尋ねると、宮崎さんが浮かび上がりました。ホテルでご一緒されているのが新井さんであることも」

篤史は身体を曲げ、両手で顔をおおった。

「なんてことだ」

「最後に会ったとき、変わった様子はありませんでしたか」

篤史は顔を上げ、ふと思い出したような顔を作った。

「そういえば」

相田と梅沢に目をやった。

「なにかいい儲《もう》け話をつかんだと言っていました。どんな話か尋ねたんですが、はっきりしたらわたしにも教えると」

ふたりの目に、興味を抱いたらしき色が浮かんだ。それを見て取り、篤史は少しばかり声を震わせた。

「変なことに巻き込まれたんでしょうか」

「それはまだわかりません。ただ、拉致当日の羽田発の便をチェックすると、ロサンゼルス行きのチケット購入者に宮崎さんの名前がありました」

「なんですか、それ。彼はアメリカに行くつもりだったというんですか」

訳がわからないというつもりで首をかしげた。

「そういったお話はしなかったんですか」

相田の問いに、篤史はうなずいた。

「儲け話と言っていたことと関係あるのかもしれませんね」

「しかし結果的に搭乗できなかった。それよりも、あなたのおっしゃるように、なぜ新浪建設の資材倉庫に連れ込んで殺したのか、そちらの方が重要な問題だと考えています」

「倉庫には何度か行ったことはありますが、まるで」

「なるほど。もうひとつお訊きしたいことがあります」

相田の合図で、梅沢がモニターを操作すると、ふたたび画面はバーのカメラに戻った。

「宮崎さんが出ていってから、あなたはどこかに電話をしています。どちらへ電話をされたのでしょうか」

——殺害現場には、篤史も清水もいなかった。

金木をまじえた口裏合わせでも、そう印象づけるのが大事だということになっていた。

「電話を一本入れたんです。営業先を回った報告と、そのまま直帰するからあとは頼むと清水くんに」

「清水さんというのは」

「部下です。清水彰。あの日は内勤と知っていましたから、まだ社内にいるかどうかわからなかったのですが、電話をしました」

「社に直接入れた方が早くありませんか」

相田の問いは予想できた。

「個人的な用件もあったので。彼、近く結婚するので、お祝いはなにがいいかついでに訊こうと」

筋道が立っているのを確認する間があった。それからじろりと相田の視線が向けられた。

「わかりました。では、あとひとつだけ」

「なんでしょう」

「山本は殺人だけでなく、西村という男からいろいろな仕事を回されていたようです。さきほど話に出た西村というのはこの男なんですがね」

写真を内ポケットから取り出すと、それをテーブルに置いた。さらにもう一枚、若い男の顔写真を横に並べる。

やはりメリケンサックの男だったようだ。

「こちらは誰ですか」

相田の視線が向けられているのを意識しつつ、篤史は尋ねた。

「山本浩です。見覚えはありませんか」

覗き込むしぐさはしたが、一瞥しただけで首を振ってみせた。

「どちらも見たことありませんね」

「一面識もない、と」

「そもそも、わたしが」

ふたりを知っているはずがないと言いかかるのを、相田が遮った。

「まあ、名前は知らないかもしれませんが」

「どういう意味ですか」

「さきほど確認しましたが、新浪建設は目下神奈川県の澄山町で再開発計画を進めている。公表はまだですが、これは事実ですね」

「それが、なにか」

梅沢がふたたびモニターのスイッチを入れ、画面が映りだした。

ひどくブレてピントもぼけていた。だが、すぐにカメラが安定すると、人が群れている様子を映したものだとわかった。怒声が響いている。

「山本の話だと、先月、十一月の十八日に西村からの仕事を引き受け、仲間とともに神奈川県の澄山町に行ったそうです」

練り歩きつつシュプレヒコールを繰り返す群れと、機動隊に遮られつつもその群れに怒声をあげる者たち。

「この動画は警視庁警備部がカウンター対策として撮影したものです」

梅沢が注釈を入れつつリモコンを操作すると、画面がストップし、一部がズームされた。

「この左側に映っているのが、山本です。証言通り、山本はその場に行っていた。で、山本は周囲にいる何人かの男たちとともに、右に立っている人物に挨拶をしている」

だが、右側の男は画面に背を向けているから、顔は見えない。

見えないが、すぐわかった。

「右側の男は赤いキャップをかぶっています。これを覚えておいてください」

相田が言うと、梅沢が動画をふたたびスタートさせた。倍速で画面が進んでいく。

開発推進派の面々よりカウンターたちの顔を撮影するのが目的なのだろうが、機動隊を間に挟んで怒鳴り合っているから、どちらの集団も画面に映り込むのは仕方がない。

しばらくすると、また画面がストップし、コマ送りになった。

赤いキャップをかぶった男が、カウンターの中にいた若い男に目を止め、機動隊を押しのけて殴りかかろうとしている。

若い男は抵抗するように腕を振り回し、赤いキャップの男がつけていたサングラスを弾き飛ばし、マスクを引き剝がした。

そこで画面がストップされた。

「これは、どなたかおわかりになりますか」

奇妙に顔が歪んで止まっていたが、それは篤史にほかならない。

「山本浩とお知り合いでしょうか」

神奈川県警の久松。

ふいにその名前が浮かんだ。集会の前に会社にやってきて、「集会と新浪建設は無関係ということになっている」と警察側の姿勢をほのめかしてきた男だ。トラブルになったときには、うまく処理してくれるはずだと思った。

しかし、いまその名前を出していいものかどうか。

警視庁と神奈川県警は張り合っていると聞いたこともある。

画面には、自分の顔が無様《ぶざま》に映ったままだ。これを自分だと認めるか、とぼけるか。

篤史はため息をついてみせた。

「たしかに、そこに映っているのは、わたしです。しかし、一緒にデモをしていただけで、面識があったわけではありません。みなさん頑張りましょうと挨拶をしただけです」

「なるほど」

相田は背もたれに身体をあずけた。

「そういったことも、営業二課の業務ということですか」

「なにがです」

「街宣に参加することです」

「業務とは関係ありません。再開発を進めることに個人的に賛成を表明したいと思って、行きました」

「ご自宅は厚木でしたね」

そこまで調べ上げているのが不快だったが、うなずいた。厚木なら澄山町に出向いてもおかしくはないと納得するような気配が相田の顔に浮かんだ。

「つまり、ご自分の会社の応援に来てくれたかたがたに挨拶をしただけ、と」

「礼儀です」

「山本は西村に仕事を依頼されて澄山町に出向いている。とすると、西村が再開発に賛成で、山本にも参加してくれと依頼した。そういうことでしょうか」

初めて知ったという顔をしてみせた。

「さあ、どうでしょう。そのあたりは西村さんですか、そちらにお尋ねになる話だと思いますが」

「たしかにそうですな。西村工務店は、新浪建設と下請けの契約をしているわけではないようですしね」

「初めて聞く名前です」

相田はじっと篤史に目を注いだあと、背筋を伸ばした。

「結構です。きょうのところはお引き取りください」

篤史は丁重に頭を下げ、梅沢に送られて蒲田署を出た。

来るときは車に乗せられたが、帰るときは放り出された格好だった。ここから渋谷まで勝手に帰れということらしい。

最寄りの駅は京急蒲田駅で、そちらに続く道を歩き出す。

たっぷり蒲田署から離れたあと、尾行がないのを確かめ、スマートフォンを取り出した。

まず清水にかけてみる。だが、電源が入っていないという音声がこたえた。

金木の番号にかけ直すと、こちらはすぐに出た。

「すまなかった。前もって連絡するなと言われてたな」

その口調は嘘ではないようだった。

「なんとかいま解放されたところです。清水も調べられているのですか」

一瞬口ごもった気配があったが、すぐに返事が届いた。

「そのようだ。で、どうだった」

「現場が鶴見の倉庫だと口にしてしまっているようです。拉致したのがホテル付近だったことも知っていました」

そこから宮崎と篤史が接触していたのを突き止められたことも説明した。

「つまり、清水はノーマークなのか」

しばらく返答が途切れたあと、そう尋ねられた。

「そのようです。清水はその時間帯に社内にいたと言っておきましたし」

金木が低くうなった。

「で、ほかには」

「警察は澄山町での街宣行動をビデオに撮っていました」

「なんだ、それは。どういうことだ」

「事情聴取をしたのは捜査一課の刑事でしたが、もしかすると捜査二課が再開発の件で動いているのかもしれません。警備部がカウンター側を撮っていたのだと言ってはいましたが」

しばし考える間があった。

「そちらは鈴川先生から手を回してもらえばいい。だが、なぜそんなビデオを見せられたんだ」

「じつは」

答えかけ、今度は篤史が口ごもった。息子の将一がカウンター側にいるのを見つけ、飛びかかって行ったとき、サングラスとマスクを外され、顔が映ってしまっていた。

それを正直には言えなかった。

「パクられた男と挨拶しているところを撮られていたようで、知り合いなのかと訊かれました。もちろんそのあたりはうまくごまかしましたが」

しばらく沈黙があったあとで、不愉快そうな声が届いた。

「きみが澄山町でその男と挨拶をしていたのは、まずいな」

清水のアリバイを作ってやったことを褒めもせず、篤史のミスを指摘してきた。

「申し訳ありません。詳しいことは社に戻ってから」

「いや、待ちたまえ」

「なんでしょうか」

またしばらく沈黙が続いた。誰かと相談でもしている気配があった。

「きみは口が固い。これ以上問題が拡大すれば、澄山町の件にもダメージがある。ひとまず一週間休んでもらおう。むろん出社扱いにする」

「どういうことでしょう」

「わかるだろう。きみはマークされた。宮崎と最後に会った人物だ。しかも、宮崎を殺した犯人のひとりと顔を合わせているのを知られた。状況的になにか知っていると疑われてもおかしくない」

「しかし」

「わたしとしてはきみを守りたい。むろん、社としてもだ。こちらから連絡するまで、自宅で待機してくれ」

篤史の返事を待たず、唐突に通話が切れた。

あわてて場所を移動してかけ直すと、電源が入っていないとアナウンスが伝わってきた。

何度かけても、同じだった。

——まさか、見捨てられたのか。だとしても、あまりにも突然すぎはしないか。

判断がつかずにいたのは、ほんのわずかだった。

金木は清水を守ろうとしているのだ。松永美智が、おれよりも清水を守ってほしいと頼んだに違いない。クソ女め。いや、清水もだ。おれをないがしろにして金木とうまくやっていたのだ。

とたんに、頭に血がのぼり、気づくと、握っていたスマートフォンを地面に叩きつけていた。

九

昼近くなって、順子と将一がやってきた。

「なんか、懐かしいな」

玄関から入ってくると将一がため息をついた。

「なに言ってるのよ。ひと月くらいいなかっただけでしょ」

順子が呆れた顔をしたが、将一は首を横に振った。

「それでもなんだか、ずいぶん昔にいた場所のような気がする」

迎え入れた妙子は、将一の言い分に納得した。それだけ将一がこの家から「離れられた」証拠だろう。

妙子にしても、ここ数日のあいだに家そのものに違和感を感じるようになっていた。

――この家を出る。

そう決心したせいだ。

「四年経っても、あんまり変わってないね」

順子の口ぶりは、懐かしいというより変わっていないことが不満そうに聞こえた。

「あなたの部屋、物置になっちゃって。ごめんなさい」

「べつにいいよ。わたしは持っていくものないし」

順子はあっさりこたえた。

夕方までに必要な荷物を持って出ていくという計画は、順子が立てた。篤史が帰ってくるのは早くとも午後六時だから、それまでに完了させてしまえば問題はない。

将一は無計画に家を出てしまったので、持っていきたいものがいろいろあるらしく、それなら妙子の荷物と一緒に運び出そうということで、日にちを決めてきょう決行することになったのだ。

いったん順子夫婦の家に行き、それからはあとで考えればいい。そう言ってくれた。

「将一の部屋も荒らされてしまったけれど、たぶんなくなっているものはないと思う」

うなずいた将一は、まずは腹ごしらえしようと言い、買ってきたファストフードの袋を掲げて見せた。

ひとまずダイニングでテーブルを囲む。

「ナロンは任せておいて大丈夫なの」

ふたりと向き合ってハンバーガーを頬張りつつ、尋ねた。

「きょうはカムナンが休みだから。だいたい育児は女がやるものっていうのが古いのよ」

言葉はきついが、諭《さと》すような調子でこたえた。

「そうね。その通り」

妙子は微笑み、うなずいた。順子や将一の話を聞くうち、理屈はよくわからないにしても、その言い分のほうがもっともらしいと感じられるようになっていた。

「じゃ、持ってくものまとめてくるよ」

ひと足先に食べ終えた将一が二階へ上がっていく。

それを見送ると、順子が声を低めて妙子の顔を覗いてきた。

「本当に、いいのね」

このまま篤史に黙って出ていっていいのか、たしかめたかったようだ。

妙子は大きくうなずいた。

「決めたのよ。順子にいろいろ言われて考えさせられたから」

「べつにわたしはなにもしてないよ。言いたいことを言っただけ」

はにかむように笑った。

「それがうれしかったのよ。言いたいことを言ってくれたから、決心がついたのかもしれない」

単に反発していたと思っていた順子が、自分のことを心配してくれていた。将一と相談して妙子に今の状況を気づかせようとしてくれた。

その思いが伝わってきたと言えばいいか。

だが、そこまで口にはしなかった。

「あなたが川の話をしたの、覚えてるでしょ」

「ああ、逃げ遅れたってやつね」

「そう。最初はそうでもなかったんだけど、だんだんね、このままずっとここにいたら、駄目になってしまう。そう感じるようになったの」

順子の目に真剣な色が浮かんだ。

「それはたしかよ。あの人は他人を支配しようとしているだけだもの。一緒に生活をしていこうなんて考えてない。周りの者はみんな奴隷かなにかだと思ってる」

こどもの頃からそれに気づいていた順子の方が正常だったのだ。妙子は無理に自分を篤史や姑に合わせようとして、精神的に参ってしまったわけだ。

「荷物はどれくらいあるの」

尋ねられて、考え込んでいたのに気づいた。

「そんなにないわ。昨日のうちに大半はまとめてあるから」

持ち出すにしても簞笥《たんす》や鏡台のようなものは無理だったから、最小限のものに限った。となると、持っていくべきものはおのずと決まった。とりあえずの着替えや現金、それに通帳や印鑑、証書のたぐいをバッグに詰め、最後に「瑞子」の位牌と手紙を入れてある。

「じゃ、将一が荷物をまとめたら」

長居は無用と言いたげに、順子は腕時計に視線を落としつつ言った。

午後二時を回っていたが、三時には出られるだろう。

壁の時計を見上げ、妙子はうなずいた。

二階から順子を呼ぶ声が届いた。

「ちょっと手伝ってよ。どこになにがあるか探すの大変なんだ」

「わかった。いま行くから」

順子が声を張り上げ、テーブルから立った。

「母さんは用意しておいて」

さりげなく口にして、二階へ上がっていった。再会してから「あなた」呼ばわりだったのに、初めて「母さん」と呼んでくれたのが、妙子には嬉しかった。

妙子も納戸の自分の部屋に向かい、バッグの中身を確認し始めた。

ふと置手紙をしていこうかと頭をかすめたが、それがいけないのだと言い聞かせた。

篤史から「逃げる」のではない。「捨てる」のだ。篤史ばかりでなく、この家も三十年間の「自分」も。

順子たちに話すわけにはいかなかったが、野間から聞いた話もまた、決心するきっかけになっていた。

喫茶店で話したあと、ポーの「黄金虫」を図書館に行って読み直したが、野間の話はかなり脚色されていた。

しかし、脚色されていたから野間の考えが伝わったともいえる。最初の出だしを間違えたら、いったんそこまで引き返す。小手先で手直しをしたところで「宝」は見つけられない。

だが、篤史と結婚したことがすべて間違いだったのかと訊かれたら、そんなことはない。順子と将一がいるのは、その結果なのだから。

ただし、その前に「瑞子」がいるはずだったのだ。それを、妙子は篤史と姑とともに「殺した」のだ。

引き返しても取り返しはつかないが、そこまで引き返さないと、妙子自身が納得できなかった。

だからこそ、篤史を捨て、この家を捨てるのだ。

自分を閉じ込めていた納戸をあらためて見渡す。そして、首を振った。

――ここは自分の居場所ではない。

ひしひしと、そう感じた。

そのときふいにインターホンが鳴った。

いつもの習慣で素早く立ち上がってキッチンのモニターのところへ走り、応答のスイッチを押そうとして、その手が止まった。

モニター画面に映っているのは、篤史だった。

妙子が在宅しているかもしれないと考えてインターホンを押したのだろう。

いや、そんなことより、なぜこんなに早く戻って来たのか。

混乱するより先に身体が震えた。応答しなくとも、合鍵を持っているからすぐに入ってきてしまう。

ともかく二階にいるふたりに逃げろと声をかけなくてはと思っているうちに、玄関の鍵が開けられる音がした。

「おい、いないのか」

ドアが開かれると怒鳴り声が響いた。だが、その声は途中で途切れたように感じられた。

靴を目にしたに違いなかった。

無言で上がってきたのは、床をことさらに踏み鳴らす音でわかった。キッチンへまっすぐやって来る。

妙子は身動きできず、立ち尽くしたまま、キッチンの入り口に現れた篤史の顔を見つめた。離れていても酒臭さが漂っている。目が据わり、怒りが顔を青ざめさせていた。

「どこだ。どこにいる」

妙子に問いただそうとして、すぐさま二階の気配に気づいたようだ。

「あのやろう」

うなりつつ、階段を上がっていく。

「出てこい、全部おまえのせいだ」

た。


「待って」

やっとのことで妙子は叫び、階段の途中まで駆け上がった。

見上げると、篤史は階段を上がり切り、将一の部屋がある方に目を見開いて立ち尽くしてい

「おまえら」

その声は戸惑っているのか、震えていた。

振り返って視線を向けると、ちょうど篤史と廊下を挟んで立っている順子と将一の姿が手すり越しに見えた。

「なにをしてる。ここで、なにをしている」

威厳を保つように、声に力がこもった。

「こっちの勝手よ。指図なんか受けない」

「なんだと」

「おれ、家を出るから」

順子をかばうように将一が前に出た。

事態を理解するための間が、わずかにあった。

妙子は仲裁しようとして階段を上がり切った。

「待って。説明するから、お願い」

「黙ってろ」

背後に立った妙子に、篤史が怒鳴った。だが、いからせた肩がゆっくりと振り返ってきた。

「知ってたのか。そうなんだな。こいつらと連絡取っていたってわけか。おれに隠れて、いったいなにをしようってんだ」

妙子は声が出せないまま、首を何度も振った。すると、順子の声がきっぱりと告げた。

「わたしが説明するわ。あんたを捨ててみんなで逃げることにしたのよ」

その呼び方に愕然としたのか、篤史が口の中で力なく繰り返した。だが、すぐに立ち直った。

「ふざけるな。そんなこと許さん。おまえたちのせいで、おれは」

順子、将一、そして妙子へと顔が向けられた。怒りで赤黒くなった顔色は、あきらかに異様だった。

「それはこっちの台詞だよ。あんたのせいで、おれは気が狂いそうだったんだ」

将一の声はひどく冷静で、言い聞かせる調子だった。

「おまえら、誰のおかげで食ってこられたと思ってんだ」

「食べさせているから、奴隷にしてもいいわけじゃない」

順子の言葉は辛辣だった。

ただ、篤史にそんな自覚はないはずだ。自分がやっていることが、どれだけ他人を苦しめているのか、まるで気づいていないのだ。

案の定、篤史は言い返した。

「奴隷だと。おれは、おまえらのためを思って」

その言葉を順子が遮った。

「わたしたちのため、ね。そういう言い方で、わたしたちを思うようにしたかっただけじゃないの。そういうのを奴隷扱いっていうのよ」

「働いて金を稼いできたのは、おれだ。言いなりにしてどこが悪い」

その言葉に、順子と将一が呆れたような顔を見合わせている。

「悪いけど、もう遅い。わたし結婚したの」

順子が胸を張ってみせた。

「なんだと。親の許しもなしに」

「相手はタイ人よ。こどももいる」

言えば怒りに油を注ぐのは目に見えていた。

思わず妙子は首を縮めた。

聞かされた事実を理解する間があってから、篤史は妙子を振り返った。

「おまえの責任だ。おまえの育て方が悪かったんだ。あいのこなんかにウチを乗っ取られてたまるか」

あとの方は順子に向き直って怒鳴った。

「あんたの跡継ぎになんかするつもりはないから安心してよ」

「くそ」

吐き捨てると、篤史は両手で髪をかきむしった。

「おまえら、頭がおかしいんじゃないのか」

「おかしいのは、そっちよ」

順子の言葉に、将一もうなずいた。

「おい、どっちがおかしいんだ。おれか、あいつらか」

髪の毛をかきむしるのをやめた篤史が、声を荒らげて妙子に尋ねてきた。というより、自分の味方になれと言いたげに聞こえた。

「おい、どうなんだ」

ためらっている妙子に、再度声が飛んだ。

順子が短く笑った。

「そうやって誰かを自分の思うように縛りつけてないと我慢ならないのよ。自分の力を見せつけて、認めさせたくて仕方がない」

「黙れ。おまえら一歩たりともこの家から出ていくことは許さないからな。黙っておれの言う通りにしてろ」

真っすぐ腕を伸ばし、指を立てて睨みまわした。

そのときになって、妙子の頭に疑問が浮かんだ。

なぜ篤史はこんなに興奮しているのだろう。

これほど早く帰ってきたことなどないし、昼間から酒をしたたか呑んでいる。将一や順子がいたことだけで怒り狂っているわけではないらしい。

いや、違う。これこそが、いま目の当たりにしている篤史こそが、本当の篤史なのだ。

だが、もはやそんなことはどうでもよかった。とにかくこの家を出ていく。それのみが重要なのだ。

「いいか。おれの命令に従わないやつは家族でもなんでもない。出ていくなら、いままでかかった金を返せ」

いまさっきとまったく逆のことを怒鳴った。

脅せば言うことをきくと思っているのだ。妙子の中で、なにかがぷつりと音をたてた。

「だったら、返して」

うめくようにつぶやいた妙子に、篤史が振り向いた。

「なんだと」

顔じゅうが汗にまみれた篤史が一歩近づいた。

「かかったお金を払うから、堕したこどもを返して」

顔を上げ、ひとことずつはっきりと口にした。

「馬鹿か、そんなことできるか。口ごたえしやがって」

一歩一歩近づいて、妙子におおいかぶさるように立った。それでも妙子は篤史の顔から眼を外さなかった。

「女は黙って従っていりゃいいんだ。男の言うことに黙って従う女だけが女だ」

とたんに酒の臭いに吐き気がこみ上げた。妙子は右手で口を押え、左手で篤史を振り払った。

腕は篤史の胸のあたりにぶつかり、その身体がふらついた。

それを目にした妙子は、一瞬我に返った。

そして冷静に、力を込めて両手で篤史を突き飛ばした。

言葉にならない声が篤史の口から出たのが聞こえ、つぎの瞬間、その身体がけたたましい音とともに階段から落ちていった。

頭が途中で階段にぶつかり、奇妙な方向にねじ曲がった。そして階下の床にずるずると大きな身体がすべっていって止まった。

＊

さほど経っていないように感じたが、ひどく長い時間が過ぎたように感じられた。

気づくと、順子と将一が妙子の横に立っていて、階段の下を見下ろしている。その視線は冷ややかだった。たぶん妙子も同じだろう。

痙攣《けいれん》している右足首が階段にかかっているが、身体全体は床に横たわっていた。血が出ているようには見えない。

起き上がろうとしているのか、わずかに身じろぎをしている篤史の首は、不自然にねじれていた。ちょうど顔が妙子たちに向いており、その目が見開かれている。

なにが起きたのか、まるで理解できていない目だった。

なんでおれがこんな目に。

そう言いたげにも感じられた。

なにもわかっていないのだ。

妙子は、篤史の目を見返し、そう思った。最後まで、なにも理解できず、この男は死んでいく。

ひとことも声を発することなく、やがて篤史の目から生気が失われていった。

それでも、誰も階段を降りていこうとはしなかった。

十

救急活動報告書

午後三時〇五分。消防署に救急要請あり。第二分隊が急行する。

負傷者は五十一歳男性。自宅の階段から酔って足を滑らせ転落。到着時頸椎骨折による頸髄損傷のため心肺停止状態。厚木総合病院に搬送したが、死亡を確認。

本厚木消防署第二分隊責任者

終章　そして氾濫が

拝啓
　これがあなたへの最後の手紙になります。

　書きたいことはたくさんありますが、長くなるのでやめます。ただ、あなたや、多くの人たちに助けられたからこそ、わたしはわたしを取り戻せた気がしています。

　いいえ、あなたにはまず謝らないとなりませんね。

　いままでも、あなたがいてくれたら、なにか変わっていたかもしれないと思ったりもして、心苦しい気持ちになることもあるのです。

　たしかに、わたしはあなたとお別れしても生きていける自信がつきました。でも、これからも見守っていてほしいのです。もちろん、わたしもあなたのことを忘れたりはしません。

　ありがとう。そして、ごめんなさい。

妙子

＊

三月に入って、川べりの風も柔らかくなってきた。

加賀美は土手に立つと、かすかに顔を仰向けて、大きく息を吸い込んだ。

日が暮れるには少し間があるが、夜になるとまだ冬の寒さが戻って来る。それがわかっているから、コートを着たまま土手に沿って川下に向かって歩き出した。夜にはまとまった雨が降るという予報だったが、まだその気配はない。

ススキが薄茶色に伸びきっていて、川沿いは見通しがよくない。

岸辺に行っている。

そう息子が教えてくれたが、妙子の姿はなかなか見つからなかった。

どう声をかければいいだろう。

歩きながら、加賀美は考えていた。

新井篤史が事故で死んだと聞いたのは、年末のことだった。警視庁の捜査一課から本厚木署に問い合わせがあったのがきっかけだった。

新浪建設社員を拉致し、殺害したと供述した男が別件で逮捕されており、状況的に新井篤史が犯行を指示した疑いがあったという。

一度事情を聞いたのだが、蒲田署を出たあと渋谷の本社に戻らず帰宅し、自宅の階段から転落して死亡した。妻の妙子から本社に連絡が入ったのは翌日だったが、三日後に再度事情を聞こうと会社に呼び出しの要請をするまで、新浪建設はその事実を報告してこなかった。

死因に不審な点があるかどうか確認したいので新井の自宅へ本厚木署の刑事課にも同行してほしいという申し入れがあったのは、死後一週間してからだった。

捜査一課としては仁義を切ったつもりなのだろう。

その日加賀美は非番だったので、別の同僚が同行し、そこで事故死していたのが判明した。隣の正木家で起きた殺人の件で新井家に聞き込みに行った者に話を聞きたいといわれ、翌日加賀美は捜査一課のふたりの刑事と署内で顔を合わせた。

とはいえ、加賀美にはなにも答えられなかった。

新井篤史と会ったのは二回だけだし、突っ込んだ会話をしたわけでもない。話した日時を尋ねられ、それを答えると、二回目のときの様子をしつこく訊かれた。

その日が、逮捕された男が殺人を実行したと自白した日の、六日後だったらしい。たしかにあの日はだらしなくガウン姿で出てきて、加賀美の質問に警戒する気配があったのを思い出した。

「殺人の件で」と切り出したとたん、その態度が怯んだのだ。

むろん、それが捜査一課の探っている殺人事件とかかわりがあるかどうかわからない。余計なことは口にすべきではなかった。

ふたりの刑事は、新井篤史の死が本当に事故死なのかどうかにこだわっていた。余計なことは口にしようとしなかったが、どうやら澄山町の再開発に関して、新浪建設内で揉め事が起こり、社員を始末するように上層部が指示した疑いがあるようだった。

実行者に直接命じたのが新井篤史で、事件が発覚しかかったため、篤史もまた口封じをされたのではないかと疑っているらしかった。

それについても加賀美は答えられるような情報を持っているとは言い難かった。

新井家の面々や救急搬送をした消防隊員にも尋ねたようだが、事故死でないという疑念はまったく出てこなかったと聞いた。

そんなことがあったあと、加賀美は妙子のことが気にはなったが、きょうまで訪問することはなかった。

新井篤史の死は事件ではないし、妙子からも知らせてくる義理はない。

それ以後、捜査一課からの問い合わせはなかった。

しかし年が明けてしばらくすると、新浪建設に検察の捜査が入ったというニュースが流れた。警察とはべつに、検察でも内偵をしていたのだ。澄山町の再開発をめぐり、元議員を介した不正取引の疑いだという。

それに絡んで殺人事件についても、新浪建設の指示があったことが明確になり、さらに十年前に行方不明になっていた社員についても殺人の疑いがあるとされ、捜査が開始された。当然へイト企業であることも蒸し返された。その結果、社長以下首脳陣が退陣し、新体制が発表された。

ふいに強い風が吹きつけ、ススキの群れが大きく揺れた。

その隙間から、川に視線を向けている姿が覗いた。ジーンズにトレーナー。その上から赤いパーカーをはおっている。パーカーが赤くなければ見落としていただろう。

加賀美は土手を降りていきながら、声をかけた。

ちらりと妙子の横顔がこちらに向けられたが、すぐに視線を戻してしまった。

「こんなことになっているとは知らずに失礼しました」

横に立つと、妙子に向かって頭を下げつつ、悔やみを述べた。

——夫が階段から落ちて亡くなった。ひとりでここにいても嫌なことを思い出すだけだから、希望ヶ丘にいる娘夫婦のところへ引っ越すことにした。家屋は取り壊すだろうが、意外に早く土地が売れた。

昨日の夜もらった電話で妙子はそう告げ、加賀美には息子の件でお世話になったので一応ご挨拶をしたかったと言った。

いつ引っ越すのかと尋ねると、明日だと言われ、乞われたわけでもないのに仕事を抜けて新井家の様子を見に来たのだった。

「わざわざいらしていただいて、申し訳ありません」

妙子は視線を向けないまま、静かに言った。

「体調はよさそうですね」

お元気になったようだという言い方は、いまの場合そぐわない気がした。ただ、じっさいに妙子の横顔は血色もよく、最初に見た時より十歳は若くなった気がした。

「おかげさまで、このところ元気になってきました」

それきり妙子は黙り、顔を向けようともしない。加賀美は話題を変えた。

「正木さんのところも引っ越されたそうですね」

「ええ」

——遺骨はどうなったか。

尋ねかけて口をつぐんだ。正木芳光の遺骨が玄関に放置されていたことを妙子が知るはずもなかった。まさかとは思うが、新井篤史の遺骨も空き家になる玄関に放置されるのだろうか。

そんなことを考えていると、ふいに妙子の顔が向けられた。

「野間さんは、いまどうしていますか」

急に問われ、加賀美は戸惑った。逮捕まではマスコミも報道するが、一般にその後の様子はほとんど知らされない。

犯人の野間と接触のあった妙子なら、気になってもおかしくはなかった。だが、それ以上に「野間さん」という言い方が、ひどく親しみをもった調子に聞こえた。

なぜ野間が犯行に及んだのか、その動機がいまひとつ納得いかず、野間と会って話した妙子を訪問し、その動機を聞き出そうとしたが、はぐらかされてしまったことが思い出された。

やはりなにか知っているのだろうと感じられたが、あらためて問い詰めるのはためらわれた。加賀美にとって、それはすでに過ぎ去った事件だった。

「来月地裁での公判が始まるようです。いったんは精神鑑定が必要かと思われたんですが、簡易的な診断で医師は正常と判断しました。野間は殺意があったことを認めていますし。問題は、ナイフを見せて脅したために発作を起こして死亡したのを殺人とみなすかどうかでしょうね」

「野間さんは、もちろん正常です。しかも、正しかった」

「え」

妙子がゆっくりと振り返った。

「正しかったんです」

ひどく真面目な表情が、繰り返した。

「どういう意味ですか、それは」

「他人の命令に従い続けていないと自分を認めてもらえないなんて、堪らないと思いませんか」

「野間がそうだったというのですか」

妙子は首を振った。

「誰にとってもです。事故があって、それに気づいたんです」

「ご主人が亡くなった事故ですか」

「だんだん自分がすり減っていく。死んだも同然。いえ、殺されるも同然。このままだと殺されるって感じたら、人は歯向かうものじゃありませんか」

その口ぶりは、あれが事故ではなかったとも聞こえた。

まさかと思いつつ、加賀美は答えられずに黙った。

妙子は憐れむような視線を加賀美にあてると、それからふたたび川へ顔を向けた。

「ここ、よく来ていた隠れ家なんです。結婚してからだから、もう三十年近く」

「ここ、ですか」

見回しつつ尋ね返し、そこが三ヵ月ほど前にこどもが川に落ちた場所だったことを思い出した。

岸辺から細く砂州が続いていて、その先に中州ができている。すでに日は沈みかかり、雲が空一面を覆いだした。川面が薄暗くなったせいで、中州の輪郭がくっきりと浮かんでいる。

「ススキが茂っていて、しゃがんでいると土手から見えないんです。別に嫌なことがあったとか、悲しいときに来るとか、そういうのではなく、なんとなくぼんやりしたいときに、ここでじっとしていたんです」

いったいなにを言いたいのか、加賀美には見当がつかなかった。するとまた妙子は話題を変えた。

「相模川が氾濫したことってあるんでしょうか」

戸惑いつつも、こたえた。

「さあ。本厚木署に赴任してきて十年になりますが、聞いたことはありませんね」

加賀美の返事などどうでもいいのか、妙子はじっと中州のあたりに目をやっている。そこになにかが立ち現れるのを待っているようにも見受けられた。

まだ本調子ではないのかと思った。夫を事故で亡くし、その夫が会社の揉め事にからんでいたことは、妙子に隣家の事件より精神的負担を負わせたのは当然だろう。

そのとき、土手の上から妙子を呼ぶ声が落ちてきた。

振り返ると、さっき家で引っ越しの荷物をトラックに運んでいた息子の姿が薄闇の中に立っていた。

「もう行けるよ」

息子は妙子に向かって告げてから、加賀美に用心深そうな視線をあてつつ軽く会釈をした。

「いま行くわ」

妙子は息子に答えたあと、あらためて加賀美に向き合い、丁寧に頭を下げた。

起き直った顔が白く浮かんだ。冷たい微笑みがかすかに口もとを走る。

そう見て取ったときには、背を向けていた。

——おまえには関係のないことだ。

土手を上がっていく赤いパーカーの背中が、そう告げているように感じられた。

ふたつの影が並んで歩き出し、そのまま家の方に向かって消えていく。

加賀美はその場に立ったままふたりの姿を見送ったあと、あらためて妙子の見つめていた中州のあたりへ目をこらした。

水嵩が少し増したのか、岸辺から続く細い砂州がなくなっている。

しばらくすると冷たい風が吹き始め、加賀美はコートの前を掻き合わせた。

頬に雨滴があたった。思ったより早く雨になりそうだった。上流ではすでに降っているのかもしれない。

闇が周囲をおおい、川の流れが激しくなってきた。

主要参考文献

・「ナイス・レイシズム　なぜリベラルなあなたが差別するのか?」ロビン・ディアンジェロ著　甘糟智子訳、出口真紀子解説（明石書店）

・「家族と国家は共謀する　サバイバルからレジスタンスへ」信田さよ子（角川新書）

・「実録・レイシストをしばき隊」野間易道（河出書房新社）

・「武器としての国際人権　日本の貧困・報道・差別」藤田早苗（集英社新書）

・「女ぎらい　ニッポンのミソジニー」上野千鶴子（朝日文庫）

その他

本書は書き下ろしです。

装画　tounami
装幀　welle design

佐野広実（さの・ひろみ）

1961年横浜生まれ。1999年、第６回松本清張賞を「島村匠」名義で受賞。2020年『わたしが消える』で第66回江戸川乱歩賞受賞。他の作品に『誰かがこの町で』『シャドウワーク』『サブ・ウェイ』など。『新青年』研究会会員。

氾濫《はんらん》の家《いえ》

第一刷発行　二〇二五年一月二〇日

著　者　佐《さ》野《の》広《ひろ》実《み》

発行者　篠木和久

発行所　株式会社　講談社
〒112-8001東京都文京区音羽二―一二―二一
電話　出版　〇三―五三九五―三五〇五
販売　〇三―五三九五―五八一七
業務　〇三―五三九五―三六一五

本文データ制作　講談社デジタル製作

印刷所　株式会社ＫＰＳプロダクツ

製本所　株式会社国宝社

定価はカバーに表示してあります。

Printed in Japan　ISBN978-4-06-536567-0
N.D.C. 913　388p　19cm

KODANSHA

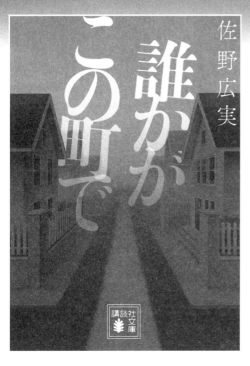